전병헌의

# 비타민 복지

전병헌의 **비타민 복지**
전병헌 지음

초판 인쇄 | 2011년 03월 28일
초판 발행 | 2011년 04월 01일

지은이 | 전병헌
펴낸이 | 신현운
펴는곳 | 연인M&B
기  획 | 여인화
디자인 | 이수영 이희정
등  록 | 2000년 3월 7일 제2-3037호
주  소 | 143-874 서울특별시 광진구 자양동 (680-25호.(2층)
전  화 | (02)455-3987  팩스 | (02)3437-5975
홈주소 | www.yeoninmb.co.kr
이메일 | yeonin7@hanmail.net

값 12,000원

ⓒ 전병헌 2011 Printed in Korea

ISBN 978-89-6253-080-3 03810

위대한 역사, 새로운 시대는 과감한 발상의 전환을 통한
패러다임(paradigm)의 변화로 이뤄진다.
야당 정책의 본질은 새로운 비전을 담아 논란을 촉발시켜
사회 진보를 이끌어 내는 동력의 역할을 해야 한다.

전 병 헌 지음

# 전병헌의
# 비타민 복지

사람이 사람답게 사는 세상으로 가는 새로운 패러다임 설계서

연인M&B

국회의원이 되기 전부터 줄곧 '비타민 정치'를 주창해 왔다. 비타민은 늘 말해 왔듯이 우리 생활에 꼭 필요한 영양소이다. 소량이라도 반드시 필요하지만 부족하거나 과잉 섭취하면 바로 문제가 나타난다. 나는 정치도 늘 비타민 같아야 한다고 생각한다. 먼저 발간했던 책들도 비타민과 함께 녹아져 왔다.

『비타민 복지』는 대한민국 사회의 패러다임을 바꾸어 복지국가로 향하고자 하는 생각과 자료들을 모아 낸 것이다.

밥과 김치를 주라는 쪽지를 남기고 굶어 죽어 간 촉망받던 시나리오 작가, 실업계 고교를 졸업하고 당당히 카이스트의 학생이 된 어느 청년의 등록금에 의한 타살, 30분 내 도착 피자 배달에 목숨을 건 질주를 한 청소년의 죽음, 하루 식사 보조비 300원으로 살 수밖에 없었던 청소부 아줌마들의 처절한 생존 투쟁, 물가 폭탄에 시름하는 서민들과 전월세 대란, 실업 대란에 허덕이는 국민들….

국민들은 지쳐 있다. 이명박 정부 3년, 성장과 효율, 양극화 그리고 무한 경쟁의 정글 속으로 내몰리는 국민들은 대전환을 바라고 있다.

그래서 변화는 필요하다. 양극화 사회는 복지사회로의 전환을 요구받고 있다. 복지국가로의 전환은 하느냐, 마느냐 선택의 문제가 아니라 해야만 하는 절체절명의 명제가 되어 있음을 알아야 한다.

이것은 또한 국가에 대한 국민의 요구와 보다 새로워져야 하는 국가의 책임과 의무를 생각하게 하는 매우 중요한 과제이기도 하다.

그리하여, 2012년 정권 교체는 보편적 국민복지 시대를 열기 위함이며 대한민국 사회의 패러다임의 일대 전환으로 새로운 복지국가를 창조해 나가야 하는 것이다.

민주당의 보편적 복지 정책은 2009년 경기도 교육감 보궐선거의 무상급식 공약을 시작으로 2010년 6월 지방선거에서도 국민적 지지를 얻으며 서울과 수도권의 자치단체장과 교육감 선거를 승리로 이끌었다. 이 승리의 의미는 무엇인가? 국민은 대한민국 사회 패러다임의 과감한 변혁을 원한 것이다. 의무만을 강요당해 온 국민에서 국가로부터 서비스와 혜택을 받는 국민이고자 한다는 시대적 요구를 보여준 것이다.

국민들의 패러다임 전환 요구를 나는 실질적 무상의료, 무상보육, 반값 등록금으로 정리하여 민주당 정책으로 당론화하였다. 이것은 급식과 함께 생애 주기로 볼 때 가장 핵심적 과제들이라 생각했기 때문이다. 아이를 낳고, 기르고, 먹이고, 치료하고, 가르치는 것만큼 우리 사회에서 중요한 일은 없기 때문이다.

민주당 내에서조차 '무상인가?' '증세인가?' '재원은?' 등의 뜨거운 논쟁이 수없이 펼쳐졌다. 그와 같은 논란조차도 보편적 복지를 인식화하는데 도움이 되었다. 언론에서도 야당 정책이 논란을 불러일으키고 관심을 부르는데 성공을 했다는 평가가 이어졌고, 급기야 정부 내에서조차 이례적으로 '대응 TF' 까지 만들어졌다는 소리까지 들렸다.

민주당의 보편적 복지는 '일자리이고 성장' 이다. 정부가 복지 정책을 통해 교육, 의료, 보육, 주거를 지원한다면 가구당 가처분 소득이 늘어나게 되고, 소비를 진작시켜 내수 경기는 활성화되어 임금도 높아지게 되는 것이다. 이같은 경제 선순환과 일자리 창출, 곧 성장으로 이어지는 것이 보편적 복지의 효과이다.

논란이 없는 정책은 죽은 정책이다. 야당의 정책은 끊임없이 논란과 논쟁의 화두를 던져 국민과 소통할 수 있는 주제를 생산해 내야 한다. 그래야 국민에게 평가받고 집권하여 그 정책을 제대로 펼칠 기회를 잡을 수 있는 것이다.

항상 국민을 염두에 두고 방안을 마련하는 올바른 정책은 통치자와 집권당의 의지로 실현해야 한다. 그것이 바로 정당이, 정치가 사회를 변동시키는 힘의 원천인 것이다.

"역사의 변혁이 시작되면 정치가는 신의 발소리가 들릴 때까지 귀를 세우고 기다리다가 마침내 그 발소리가 들리면 벌떡 일어나 신의 외투 자락을 잡아야 한다." 한 세기 반 전 독일의 통일을 이뤄 유럽의 지도를 바꿔 놓은 프로이센의 철혈재상 오토 폰 비스마르크의 말이다. 지금 우리 시대에 변화를 머금은 '신의 발소리'를 나는 듣는 듯하다.

2011년 3월

민주당 정책위 의장
동작갑 국회의원　전병헌

# 보편적 복지는 국민의 권리이고 민주국가의 의무이다

### 김성재

(김대중도서관 관장 · 연세대 석좌교수)

복지를 선별로 하느냐, 보편으로 하느냐 하는 것은 사람에 대한 인식, 곧 사람을 차별적 존재로 인식하느냐, 평등한 존재로 인식하느냐 하는 것과 직결되어 있다. 또한 국민이 국가를 위해 존재하느냐, 국가가 국민을 위해 존재하느냐 하는 국가에 대한 인식과도 결부되어 있다.

봉건 왕조시대에는 사람을 타고난 계급적 신분에 따라 차별적 존재로 인식했다. 그리고 백성이 왕과 귀족을 위해 존재했다. 그래서 봉건 왕조시대는 왕과 귀족의 자선으로 선별적이고 차별적인 복지가 시행되었다. 본래 자선은 수혜자를 위한 것 같지만 사실은 시혜자를 위한 것이다. 시혜자는 자선을 통해 명예를 얻고 수혜자 위에 도덕적, 사회적으로 군림한다. 뿐만 아니라 부스러기 자선으로 시혜자의 불의한 권력과 부의 축적을 정당화한다.

그러나 근대 민주주의 국가에서는 사람을 천부인권을 가진 평등한 존재로 인식했다. 그리고 민주국가는 국민이 국가를 위해 존재하는 것이 아니라 국가가 국민을 위해 존재한다. 따라서 민주국가의 복지 정책은 자선이 아니라 인권에 의한 국민의 권리와 국가의 의무로 인식했다.

우리나라는 민주국가이지만 1998년 국민의 정부 이전까지는 정상적인 민주국가가 아니었다. 따라서 국가의 복지 정책이 봉건 왕조처럼 자선적 시혜가 되었다. 특히 우리나라는 봉건 왕조 말기에 일제 식민지가 되었고, 독립 후 공화 정부를 수립했지만 독재로 귀결되었고, 이후 군사독재 정부가 30여 년간 계속 이어졌기 때문에 복지를 국가의 의무로, 인권으로서 국민의 권리라고 인식하지 못했다. 도리어 군사독재 정부는 민주주의와 인권을 짓밟고, 국민의 자유와 평등의 권리를 빼앗고, 복지가 경제성장의 발목을 잡는다고 국민의 복지 요구를 탄압했다. 군사독재 정부는 국민을 위한 정부가 아니라 국민 위에 군림한 정부였다.

그러므로 우리가 보편적 복지를 한다는 것은 단순히 복지 확대 차원의 문제가 아니다. 그동안 빼앗겼던 국민의 존엄성과 자유와 평등의 권리를 되찾는 것이고, 국민 위에 군림하는 국가, 정부가 아니라 국민을 섬기는 민주국가의 근본을 바로잡는 것이다.

인권에 의한 보편적 복지를 반대하는 보수 정권 및 보수 세력은 자기들이 말하는 선별적 복지가 빈민을 더 위하는 것처럼 말하지만, 실제로는 과거처럼 부스러기 자선적 복지로 국민을 차별하고, 국민 위에 군림하고, 불의한 권력과 부의 축적을 정당화시키고, 생색까지 내려고 하는 것이다. 이들은 보편적 복지를 하기 위한 국가재정이 없기 때문에, 이것은 포퓰리즘이고 안 된다고 한다. 그러나 사실은 돈이 없는 것이 아니다. 돈은 있지만 마음이 없고 의식이 없는 것이다.

실제로 정부는 낙후 지역을 발전시킨다는 명분, 곧 보편적 복지 명분으로 300조가 넘는 선심성 난개발을 하고 있다. 정부는 전 국토를 개발, 재개발하는 혁신도시 및 뉴타운, 한강 르네상스 및 디자인 서울, 자전거 도로 등의 프로젝트 사업을 국가 발전과 국민 삶의 질적 향상이란 보편적 복지 명분을 가지고 추진하지만, 이것은 결코 국민 모두에게 해당되는 보편적인 것이 아니라 부자들만을 위한 것이다. 이런 정부의 선심성 프로젝트 사업으로 금수강산과 전통 마을이 파괴될 뿐 아니라 빈민과 서민은 억울하게 살던 곳에서 쫓겨나서 생존의 위기에 처하게 되었고, 접근조차 제대로 할 수 없게 되었다. 뿐만 아니라 이 프로젝트 사업들은 천문학적인 빚을 지고 있는데, 정부는 부자들의 막대한 개발 이익까지 챙겨 주면서 빚은 국민 세금으로 보전한다고 한다.

이것만 보아도 보수 정권 및 보수 세력들이 재정을 핑계로 보편적 복지를 반대하는 것은 정말 부도덕한 정치적 속임수라는 것이 드러난다. 이들은 이미 이렇게 엄청난 정부의 재정으로 빚까지 져가며 자기들의 이익을 위한 보편적 복지를 시행하고 있다. 그럼에도 국민의 평등한 생활과 행복 그리고 국가 발전의 기본이 되는 무상급식, 무상교육, 무상보육, 무상의료에 대한 보편적 복지를 반대하는 것은 다른 속셈, 곧 자기들의 보다 많은 정치적 이익과 부의 축적 그리고 빈민, 서민들과 함께 살 수 없다는 차별과 특권의식의 속셈이라고밖에 생각되지 않는다.

최근 시카고대학 교수인 라구람 라잔(Raghuram Govind Rajan)의 '폴트 라인'(fault line)이란 책을 통해 미국의 금융 위기에 대한 탁월한 분석을 해서, 세계적으로 아주 높은 평가를 받고 있다. 그의 분석에 의하면 미국의 금융 위기는 표면적으로는 월가의 탐욕과 정부의 방만한 신용대출(서브 프라임 모기지)에서 비롯된 것 같지만, 단층선

10

밑을 보면 서서히 진행된 소득불균형 심화와 사회안전망 약화가 가장 근본적인 원인이라고 했다.

김대중 정부가 IMF 외환 위기를 조속히 극복하고 우리나라를 세계 13위의 경제 대국으로 발전시킬 수 있었던 중요한 요인 중 하나도 보편적 국가복지의 기반과 사회안전망을 구축한 것이다. 정략적 계산을 떠나서, 우리나라가 국민소득 2만 달러, 세계 13위의 경제 대국이 된 현재의 시점에서 국가의 보편적 복지를 더욱 발전시키고 정상적으로 굳건하게 자리매김하지 못하면 빈부 격차의 극대화로 인한 사회적 재앙은 우리 국민 모두를 불행하게 하고 국가의 발전도 불가능하게 할 것이다.

'비타민 정치'로 인간다운 행복의 정치를 실천하는 전병헌 의원이 '비타민 복지'로 제시한 보편적 국가복지 정책은 좀 더 정책적으로 다듬고 보완해야 할 내용이 있지만, 우리 사회에서 사람됨의 가치를 회복하고 우리나라를 정상적인 선진 민주국가로 발전시키는 중요하고 훌륭한 정책이라고 생각한다. 모든 사람들에게 생명의 활력을 주는 비타민, 이와 같이 '비타민 복지'는 모든 국민들에게 행복한 생명의 활력소가 되고 국가도 새롭게 발전시키는 활력소가 될 것이다.

# 한국 정치의 변곡점 만들어 낸 전병헌의 신념의 결정체

### 김용익

(서울의대 교수 · 한국미래발전연구원 원장 · 참여정부 청와대 사회정책수석)

"이슈를 선점하는 게 가장 중요하다. 그 뒤에 여당과 이슈 파이팅을 해야 국민에게 전달된다." 전병헌 민주당 정책위원회 의장이 작년 6월 서울신문과 한 인터뷰에서 한 말이다.

이 말은 금년 1월 민주당이 '무상'의 이름을 붙여 발표한 '보편적 복지 3+1 정책' 이후 진가를 발휘하기 시작했다. 전병헌 의장이 이를 발표하자마자 여당과 보수 언론이 극심한 반론을 퍼부어 댔다. 그러나 민주당의 복지 정책은 잦아들기는 고사하고 들불과 같이 번져 나가기만 했다. 그동안 흩어졌던 야당들과 시민단체, 진보 언론이 복지를 중심에 두고 일제히 한 곳으로 모이기 시작했다.

하루가 멀다 하고 이어지는 복지 논쟁은 온 국민의 관심을 끌었다. 그 때문에 국민들은 복지를, 그리고 한국이 가야 할 미래를 다시 한 번 심각하게 생각해 보고 있는 중이다. 찬반을 불문하고 이제 복지는 국민들의 뇌리에 새겨진 단어가 되었다.

복지 논쟁은 지금 두 달이 넘도록 계속되고 있다. 그리고 앞으로도 계속될 것이다. 복지국가를 만드는 일은 단순히 복지를 대폭 확충하는 일이 아니다. 조세 구조를 개편하고 경제와 고용의 운영 방식을 바꿔야 하며 이를 추진할 강력한 정당 체제를 만들어야 한다. 이 논쟁은 결국 한국의 정당과 학계가 사회정책은 물론이고 경제정책과 정치 체계를 전반적으로 다시 구상하는 기폭제가 될 것이다.

가깝게는 내년의 총선과 대선에서 모든 정당들은 공약과 집권 구상을 전면적으로 재구성해야 할 상황이 되었다.

한국이 복지국가로 가야 한다는 주장은 어제오늘 나온 말이 아니다. 수많은 학자들과 시민단체, 그리고 진보 정당들이 오래전부터 이를 주장해 왔다. 심지어는 집권 중인 참여정부가 '비전 2030'으로 길을 제시하기도 했다. 그러나 한번도 복지국가가 국민적 관심사가 된 일은 없었다.

누군가가 이슈를 만들어 주어야 했다. 아무리 큰 사회적 문제가 잠재해 있어도 이를 이슈로 만들어 주는 계기가 있어야 국가적 과제로 성립된다. 그런 계기를 만들어 낼 사람이 필요하다. 이번에는 전병헌 의원이 그 역할을 해 주었고, 그 계기를 만든 핵심 단어는 '무상'이다.

그런 의미에서 전병헌 의원은 과감하다. "'무상'이라는 용어가 상당한 논란을 불러일으킬 것이라는 예상은 하면서도 논란을 불러일으키지 않는 야당 정책은 생명력이 없음을 3년 동안 지켜봐 왔기에" 그는 보편적 복지 정책을 무상으로 이름 짓는 무리수를 감행했다.

입원 진료비의 90%를 보장해 주는 의료보장이 무상이냐는 당연히 학술적으로 부정된다. 그러나 무상이라고 이름붙일까 말까는 정치적인 결정이다. 그로 인해 '실질적 무상의료'로 가는 길을 열고 국민들에게 큰 도움을 줄 수 있게 된다면 그것은 정치적으로 유능한 결정이다. 그의 말대로 '무상'이라는 말을 붙이지 않았으면 민주당의 보편적 복지 정책은 아무런 주목을 받지 못했을 것이다. 국가적 과제가 되지도 않았을 것이다.

이 책을 보면 그의 이런 결단이 즉흥적인 정치 공학이 아니라 소신에 바탕을 두고 있음을 알 수 있다. 그의 신념은 한국이 보편적 복지의 복지국가로 가야 한다는 것이고, 이것을 그는 패러다임의 전환으로 인식하고 있다. 재정 구조나 예산편성 우선순위도 "삼겹살 굽는 알루미늄 호일에서 불고기 굽는 불고기 판으로 바꿔야 한다."고 말한다. "장기적인 관점을 가지고 향후 사회 패러다임을 바꾸고자" 하는 더 큰 규모의 야심도 가지고 있다.

정치는 국민들과 하는 것이다. 정당과 정치인이 가지고 있는 정치적 이상과 가치를 정치 과정을 통해 사회에 구현하고자 하는 행위이다. 흔히 '정치'라고 불리는 당내 정치는 정치인들 내부의 문제일 뿐이다. 이번 민주당의 '보편적 복지 3+1 정책'은 한국 정치가 오랜만에 보여 준 대국민 정치이자, 국민들의 꿈과 열정을 불러일으켜야 할 정치 본연의 모습을 보여 준 사례라고 할 것이다. 정치를 하지 않은 정당이 정당일 수 없음을 돌이켜 깨닫게 해 주기도 한다.

이 책은 최근 한국 정치의 변곡점이 될 만한 대사건을 만들어 낸 전병헌 의원의 신념과 소신을 들여다볼 수 있는 책이자, 그가 인간으로 정치인으로 성장해 온 과정을 알아볼 수 있는 책이다. 민주당이 추구하는 복지 정책의 전모와 향후의 발전 가능성을 찾아볼 수 있는 참고 서적이기도 하다.

# | Contents |

제1부

## 보편적 복지는 일자리이고, 성장이다

| Contents |

| Contents |

부록

## 언론에 비쳐진 전병헌

# 보편적 복지는
# 일자리이고, 성장이다

# 01 | 경제성장과 민주화 이후의 과제 〈보편적 복지국가〉

　자유민주주의 국가의 최종 목표는 무엇인가? 그것도 2만 불 정도의
국민소득의 국가의 방향과 목표는 무엇이 되어야 하는가? 결국 복지
국가이다.

　대한민국 국민은 납세, 병역, 교육, 근로 4대 의무가 있다. 모든 국
민들은 의무를 감당하기 위해 많은 노력을 하고 기꺼이 의무를 감당
하고자 한다. 그런데 그런 의무를 지우는 국가는 국민에게 무엇을 해
주고 있는가. 나라를 지켜 주고 도둑을 잡아 주고 재난을 막아 주는
기능으로 족한 것인가. 국가는 국민들에게 그 이상의 서비스를 해야
한다. 국민들은 이제 그 이상의 서비스를 국가로부터 받기를 원한다.
선진국 대부분이 소득 2만 불 수준일 때 복지 예산은 평균 43%이다.
우리는 지금 28%, 차이가 나도 너무 크게 나고 있다.

　대한민국은 우리 국민에게 너무나 많은 '의무'만을 강요해 왔다.
실질적인 혜택 대신 '구휼미' 기능의 최소한의 자선적 복지만을 해
왔다. 이제는 복지를 보는 관점도 변해야 한다.

　예를 들어, 중학교 의무교육도 일부 육성회비 등만 면제를 해 주고

있을 뿐이지 실제로 급식비와 부수적인 교육비를 내야 하는 현재의 '의무교육'은 여전히 부족함이 많다.

또 다른 예로 지난 10년의 민주 정부 시절 4대 보험 체계를 더욱 공고화하기 위해 많은 정책적 대안을 제시하고 실험을 해 왔다. 그러나 4대 보험이 온전하게 국민의 삶을 보장해 주고 윤택하게 해 주고 있다고 느끼는 국민은 그다지 많지 않다.

선진 복지국가가 소득 2만 달러 시대부터 차근차근 복지 제도를 준비한 것처럼 지금부터 돈 때문에 치료를 못하고 병원비 때문에 가계가 파산하는 것은 정부가 막아 줘야 한다. 저출산을 걱정하면서 아이 낳기 두려운 사회가 되게 해서는 안 된다. 복지 체계가 건강해져야 사회가 건강하다. 준비하고 실천할 수 있는 정책들을 만들어야 한다. 특히 양극화가 악화일로로 치닫고 있는 한국 사회는 더욱 그러하다. 건강한 중산층과 서민이 많이 존재해야 부유층도 부자로 존재할 수 있다. 서민과 중산층이 없으면 부자가 돈을 벌 수 있는 영역이 적어지고 그들에게 부를 가져다 주는 자원도 작아질 수밖에 없다. 서민과 중산층이 자꾸만 나락으로 떨어지면 부자들의 부(富)는 '사상누각'이나 다름없다.

'네가 있어야 내가 있다'는 사회적 발상의 전환이 필요한 때이다. 그것이 우리에게 주어진 시대적 흐름이고, 역사적 과제로 받아들여야 한다.


## 2012년 대선, 거대하지만 구체적인 정책으로 승부하자

이제부터라도 야당 정책은 사건, 사안들이 있을 때 몇 마디씩 던지는 임기응변형 '코멘터리(commentary)' 정책은 집어던져 버려야 한다. 논란을 불러일으키지 않는 야당 정책은 생명력을 잃은 정책이다.

언론은 물론 국민의 관심도 끌 수 없다. 단순히 표를 의식하자는 것이 아니다. 논란을 통해 야당이 지향하는 사회 변화의 비전과 방향을 보여 주어야 한다.

정치는 역사의 변곡점을 정확히 꿰뚫고, 국민의 마음을 헤아리고 완전히 치유할 수 있는 대안을 만들어야 한다. 그래서 정치는 직관과 통찰력이 필요한 것 같다.

김대중 대통령은 정치인을 "정치인은 서생적 문제의식과 상인의 현실감각을 가져야 한다."고 했다.

2012년 대선을 앞두고 한국 사회는 대통령이 누가 될 것인가? 인물에게만 관심이 있다. 우리 민주당은 현재 한국 사회의 일반적인 의견으로 볼 때, 한나라당의 잠재적인 대통령 후보에 비해 인물 지지도 면에서 열세에 있다. 하지만 민주당은 다른 곳에서 경쟁력을 찾아야 한다. 정치가 국민과 소통하고 국민 속에서 화합할 수 있는 정책적 패러다임의 획기적인 전환을 통해 국민 앞에 나서야 한다.

효율과 경쟁 만능의 신자유주의 정책인가, 아니면 보편적 복지국가인가. 정책의 테마로 승부를 가릴 때가 온 것이다. 그것은 미래의 대한민국의 패러다임과 흥망성쇠를 선택하는 역사적 결단으로 만들어 내야 한다.

2012년 대선, 인물 중심의 대결에서 우리 사회의 지향성이 다른 대척 관계의 정책적 전선을 통해 대한민국은 국민 대다수의 삶에 희망을 불어넣는 복지국가로 가야 한다.

## 02 | 보편적 복지 정책이 포퓰리즘이라고?
### — "보편적 복지는 일자리이고, 성장이다"

2011년 1월 13일 민주당 의원총회에는 많은 취재진들이 몰렸다. 1월 6일 새해 첫 정책 의총부터 민주당이 발표하기 시작한 보편적 복지 정책들이 큰 이슈를 몰고 왔기 때문이다.

이명박 정부와 한나라당은 정말 '민주당의 정책에 대한 반대를 위한 반대' 논리를 쏟아붓고 보수 언론에서는 이를 받아 주고 있는 상황이었다. 그러나 우리에게 갈 길은 너무도 명확했다.

의원총회 모두 발언에서 민주당의 정책이 나아갈 방향을 말해야 했다. 사실상 호소에 가까웠다. 또한 명확하고 단호하게 말했다. 이제 보편적 복지는 민주당이 이슈로 만들어서가 아니라, 거스를 수 없는 시대적 흐름이 됐기 때문이다.

### "야당은 결코 부자가 아니다"

민주당, 우리 야당은 결코 부자가 아니다. 부자가 몸조심하는 듯한 태도로는 결코 국민의 희망과 비전을 담아낼 수 없다.

정책으로 국민의 꿈과 비전을 담아내는 민주당이 돼야 한다. 정강에 부합하는 정강을 담아낼 수 있는 정책으로 대안을 제시해 내야 한다.

### "국민 살리는 정책이 '포퓰리즘'이라면 능히, 기꺼이 감내할 것"

민주당의 보편적 복지 정치를 포퓰리즘이라 매도하는 한나라당은 과연 책임 있는 집권당의 자격이 있는지 묻지 않을 수 없다. 한나라당은 자신들이 지난 총선, 대선에서 공약한 정책들을 단순히 포퓰리즘 차원에서 제기했던 것인지, 대국민 사기 차원에서 제기한 것인지 분명하게 밝혀야 한다.

병원비가 없어서 치료를 포기하고, 병원비 때문에 가계가 파산하자는 것을 막자는 정책이 포퓰리즘이라면 우리는 그 포퓰리즘을 능히, 그리고 기꺼이 감내해야 한다. 저출산 재앙을 걱정하면서 저출산을 해결할 정책을 포퓰리즘이라고 한다면 당연히 시행해서 국가적 재앙을 차단해야 한다. 대학 등록금에 대다수의 서민과 중산층의 허리가 휘어지고 고통을 받고 있는데 획기적인 정책을 내놓고도 집권 후 '나 몰라라' 팽개친다면 제1야당이 당연히 책임을 짊어져야 한다.

야당의 정책은 비전과 국민 염원을 담아내야 한다. 과감하고 단호한 정책만이 야당 정책으로 생명력이 있다.

그래야, 정책과 야당이 사회를 변화시킬 수 있다.


### "이제 '보편적 복지'는 거스를 수 없는 시대적 흐름이다"

2010년 서점가에는 '마이클 샌델의 정의란 무엇인가'와 '장하준의 그들이 말하지 않는 23가지'라는 때 아닌 사회·인문학 도서 열풍이 불었다. 두 책 모두 '보편적 복지'를 향한 국민적 관심을 투영하고 있다.

한 언론사의 여론조사 결과에서도 2012년 대선 제1프레임으로 '복지'가 선택됐다.

보수 언론과 한나라당이 민주당의 '보편적 복지' 세부 실천 프로그램에 아무리 포퓰리즘과 색깔의 옷을 입히려 해도 이미 대한민국에서 '보편적 복지'는 거스를 수 없는 시대의 흐름이 돼 버린 것이다.

### "보편적 복지는 일자리 정책이자, 경제성장 정책"

한나라당이 말하는 선택적, 시혜적 복지 재정은 일시적인 소모성 경비에 불과할지 모르겠지만, 민주당이 추구하는 '보편적 복지'는 성장이고 곧 일자리 정책입니다. 우리 국민들은 대기업, 부자 중심의 정책은 더 이상 내수 성장에 기여하지 못한다는 것을 지난 수년간의 경험을 통해 알고 있다.

'보편적 복지'를 통한 교육과 복지에 대한 투자는 중산층과 서민 대다수의 가계 지출을 줄여서 가처분 소득을 늘려 줍니다. 가계 지출의 필수 항목인 의료비와 보육비 그리고 학자금 등이 대폭 줄어든다면 사실상 소득이 늘어나는 효과를 볼 수 있기 때문이다.

얼마 전 KBS 스페셜에서 인터뷰를 한 네덜란드인의 답변이 마음에 와 닿는다. "소득이 6만 달러쯤 되는데 그중 3만 달러 가량을 세금으로 낸다. 아깝지 않다. 왜냐하면 내가 낸 세금으로 무상교육(대학까지 원할 경우 포함), 무상급식, 무상의료, 예술활동 등 다양한 부분에서 부대 비용이 들어가지 않기 때문이다. 그래서 실제로 얻게 되는 소득은 더 늘어났다."는 인터뷰였다.

이처럼 '보편적 복지' 재정투자는 실질소득을 증가시켜서 소비 촉진으로 내수를 진작시키고 투자와 생산으로 이어지는 경제 선순환 구조의 출발이자 윤활유다. 그러기에 '보편적 복지는 곧 일자리이고 성장'인 것이다.

# 03 | 보편적 복지 재정-스푸트니크(Sputnik)와 KTX

　역사적인 배경과 엇갈린 평가는 차치해 두더라도 1958년 소련의 스푸트니크 인공위성 발사 성공은 냉전 시대 미국에게는 엄청난 충격이었다. 소련에게 항공우주과학기술의 뒤처짐은 군사기술은 물론이고 국가의 미래 경쟁력에도 위기가 도래했음을 의미하는 것이기도 했기 때문이다.

　미국은 곧바로 나사(NASA)를 창립하고 이듬해에는 연방정부의 교육지원 예산을 여섯 배나 증액시키는 과감한 투자를 하였다. 마침내 나사는 소련을 제치고 달 착륙을 하였다. 이것은 신소재 개발을 이끌어 냈을 뿐만 아니라 눈부신 과학기술의 도약을 이뤄 냈다. 당시 미국 정부의 과감하고 결단력 있는 예산편성을 비롯한 국정 운영의 중심 패러다임을 바꾼 결과이다.

　10년 뒤 1968년 한국에서는 경부고속도로를 둘러싼 논쟁이 치열했다. 박정희 대통령은 경부고속도로를 통해 수출의 중심 도로망을 만들고자 하였다. 야당은 물론이고 당시 경제 부처와 경제 관료들까지도 반대를 하였다. 1km에 1억 원에 이르는(당시 쌀 80kg 4,350원) 총

길이 428km, 총사업비 429억 원의 천문학적 비용을 들여 최단기간에 공사를 마치고 대한민국을 일일생활권으로 정리한 일대 사건이었다. 박정희 대통령은 밀어붙였고 경부고속도로는 한국이 1차산업에서 2차산업 중심으로 산업구조의 패러다임을 변화시키는 대동맥의 역할을 톡톡히 하였다.

2001년 국민의 정부 시절, 2001년 7월 20일 김대중 대통령은 '7·20교육환경개선사업'을 천명하였다. 학급당 인원수 35명, 당시만 하여도 4~50명씩 되었던 학급당 학생수를 선진국형의 35명으로 줄이겠다는 발상은 무리하다는 지적이 특히 경제 부처 사이에서 터져나왔다. 우리의 경제 규모나 재정 형편상 무리하다는 지적이었다. 더욱이 IMF 경제 위기 뒤끝이어서 이같은 경제 부처의 주장은 더욱더 설득력이 있는 듯하였다.

그러나 김대중 대통령은 교육의 질을 개선하기 위한 투자로 학급당 35명 환경개선사업을 과감하게 밀어붙였다. 2년 동안에 16조 5천억의 예산이 집중되었다. 당시로서는 상당한 재정이었다. 그 결과 우리는 지금 학급당 35명이 넘으면 '콩나물 교실'로 인식하는 수준의 학급을 갖게 되었다.

이같이 변화는 발상과 패러다임을 바꾸는 것으로부터 시작되는 것이다. 과감한 결단과 집중으로 충분히 변화를 이끌어 낼 수 있다. 무상급식, 무상의료, 무상보육과 반값 대학 등록금은 결코 불가능한 일이 아니다. 집권자가 집권당이 의지를 가지고 추진하면 이뤄 낼 수 있는 것이다.

그런데 진보 진영 내에서조차 재정에 여력이 있느냐를 둘러싸고 논란을 벌이고 있다. '부유세'라는 신세를 도입하자고도 한다. '복지는 예산이다'라고 한다. 복지는 예산이지만 그것이 곧 '증세'나 또는

'신세'를 도입해야 한다는 사고방식 자체가 예산 패러다임의 전환을 생각하지 않은 낡은 사고방식일 뿐이다. 있는 예산을 왜 달리 쓸 생각을 하지 않는가. 낭비되는 예산을 왜 아낄 생각을 하지 않는가. 보편적 복지로 사회를 바꾸자고 하면서 왜, 예산편성에 우선순위를 바꾸고 재정 구조의 패러다임을 먼저 바꾸려 하지 않는 것인가. 증세나 신세를 이야기하는 것은 성급한 일이다.

그것은 '삼겹살 굽는 판'과 '불고기를 굽는 판'이 다른 것인데 삼겹살 굽는 판에 신세나 증세라는 알루미늄 호일을 깔고 불고기를 구워야 한다고 주장하는 것과 같은 것이다.

KTX의 등장은 단순히 초고속 열차의 등장을 의미하는 것은 아니다. 경부선과 KTX는 패러다임이 완전히 다르다. 그동안 우리는 경부선에 비둘기호부터 무궁화 새마을호까지 달리게 하였다. 그것이 지금까지 우리 예산편성의 우선순위고 재정의 구조였다.

KTX는 경부선과 완전히 다르다. 경부선을 달리는 열차로는 결코 서울-부산행 비행기 가격을 따라갈 수가 없다. 그러나 KTX 요금은 지금 항공료보다 비싸다. 왜냐면 서울-부산간 비행기 속도에 KTX의 속도가 충분히 경쟁력 있기 때문이다. 열차 운임이 항공료보다 비쌀 수 있다! 바로 이것이 발상의 전환이고 패러다임의 전환이다.

보편적 복지 재정의 편성은 이제까지 재래식 경부선 레일에 놓여 있던 대한민국의 예산과 재정 구조를 KTX 레일에 올려놓자는 것이다. 증세나 신세의 도입은 KTX 레일 위를 새롭게 달려 보고 논의해도 늦지 않을 일이다. 국민들한테 세금 많이 걷어서 혜택 많이 주겠다고 하는 것은 감동이 없다. 그리고 그것이 전략이고 정책이라면 하지하책일 뿐이다.

# 04 일본 재정 부실, '과잉 복지' 때문인가, '과소 복지' 때문인가?

한나라당과 일부 보수 언론은 일본의 신용등급 하락이 복지에 대한 과잉투자에서 비롯된 것이라고 주장하고 있다. 한마디로 일본이 복지 과잉 때문에 재정 악화가 초래되었다는 주장은 어불성설이고 견강부회이다.

1980년대 건실한 재정으로 주목받던 일본이 90년대 이후 국가 부채가 가장 많은 부실한 재정으로 전락한 것은 버블 붕괴의 후유증으로 92년부터 시작된 소위 잃어버린 10년 기간 동안 성장률 정체와 물가 하락의 악순환에 재정지출 확대를 통해 대응했기 때문이다.

일본은 1993년부터 대규모 추경예산편성을 통해 도로, 항만, 공항 등 대규모 SOC사업으로 경기 부양을 시도하였다. 일본 중앙정부 예산 중 공공투자사업비 비중은 1993년 이전에는 10~15% 수준이었으나 93년 19.6%를 시작으로 99년까지 높은 수준을 유지하였다.

이같은 일본의 공공투자사업비의 비중은 독일, 영국 등의 선진국이 5~7% 수준임을 감안할 때 대단히 높은 규모이다. 일본의 예산 규모로 볼 때(93년 724조 엔으로 우리나라 2011년 예산의 241배) 20%를 투입한 것은 천문학적 액수이다.

그러나 대규모 공공투자사업이 과거처럼 고용을 창출하고 투자를 유도하여 경기 침체를 벗어나게 하기보다 과잉 중복 투자로 인해 재정 부실만 초래했다.

산간벽지까지 도로를 촘촘히 닦아 놓았지만 사람 하나 다니지 않은 도로가 태반이다.

결과적으로 적자재정을 통한 대규모 공공사업에도 불구하고 1992-2001기간 중 성장률은 96년(2.7%)과 98년(2%)을 제외하고는 1%대의 침체를 벗어나지 못하였다.

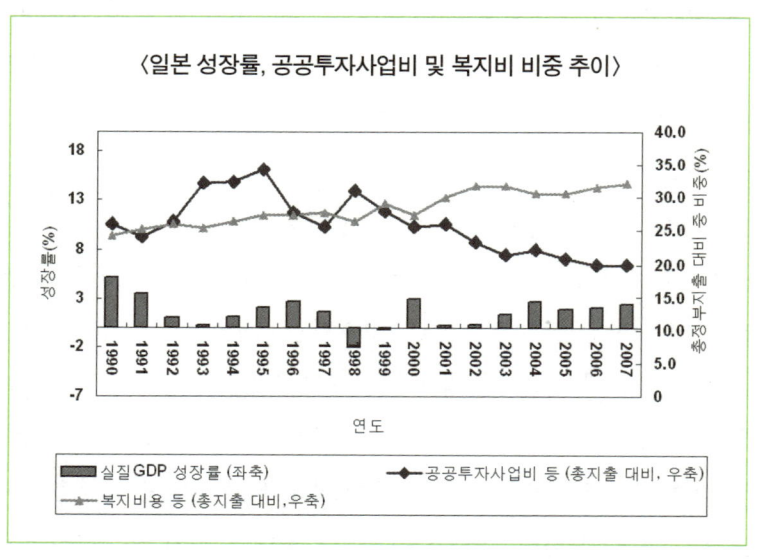

재정적자는 93년까지 통상의 선진국 수준[1]인 GDP의 2.5%였으나

---

1)선진국의 경우 재정적자 3% 이내, 국가 채무 60% 이내 수준이면 건실한 것으로 평가

93년 이후 지속적으로 증가하여 금융 시스템 안정을 위한 사업비까지 지출하기 시작한 98년에는 11.2%까지 치솟는 등 6~7%의 구조적인 적자 기조가 정착되어 버렸다.

국가 채무도 97년 이전 70% 수준을 넘어선 이후 급증하여 2008년에는 177% 수준까지 치솟았다.

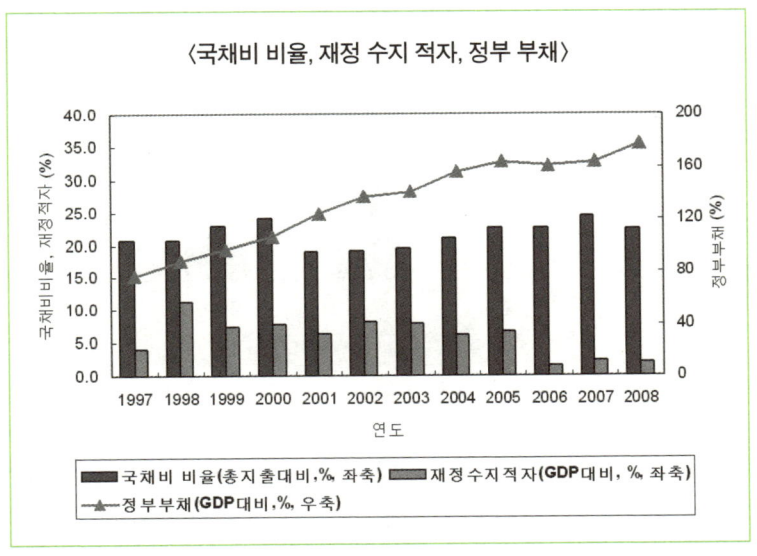

〈국채비 비율, 재정 수지 적자, 정부 부채〉

일본의 복지 지출이 99년을 기점으로 일부 증가하기 시작했으나 복지 지출이 재정 파탄을 야기시켰다는 것은 논리의 비약이다.

앞서 지적한 것처럼 이같은 주장은 일본이 이미 90년대 중반 이후 공공투자사업과 금융 안정화사업 비용 지출로 구조적인 재정적자 기조가 고착되어 왔다는 보다 중요한 사실을 완전히 무시하는 것이다.

일본의 복지 지출은 다른 선진국에 비하면 여전히 낮은 수준이다. OECD 선진 국가 중에서도 일본은 미국과 함께 GDP 대비 복지비의 지출이 상대적으로 적은 대표적인 나라이다.

과거 일본 자민당 정부는 복지 지출 확대에 대하여 보수적 태도를 견지하며 사회복지를 위한 국가 역할의 축소 입장을 고수해 왔다는 것은 공지의 사실이다.

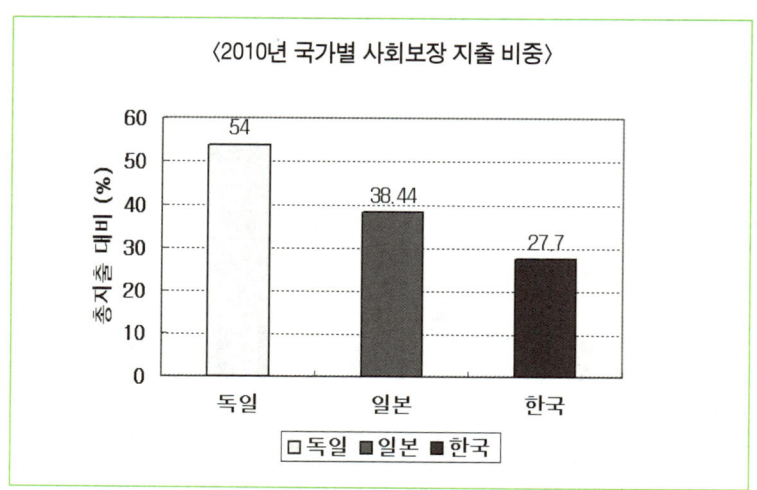

한편으로는 90년 초반부터 본격적으로 진전되고 있던 고령화 추세에 대한 대비가 필요하였음에도 엉뚱한 토목 건설에 재원의 대부분을 소진한 것은 자원 배분의 실패라고밖에 할 수 없을 것이다.

한나라당이 제기했던 쿠폰(지역진흥권)[2]지급 문제도 1회성 이벤트에 불과한 것으로 재정 수지에 미친 영향은 극히 미미했다.

일본의 장기적인 경기 침체의 원인이 고소득 국가이면서도 복지 지출에 소극적이었고 그로 인한 낮은 사회복지 수준이 결정적 요인이라는 분석이 보다 설득력을 갖고 있다.

---

2)지역진흥권 사업의 개요 · 1999년 1회 시행 · 국가 재원(6,194 억 엔)으로 1인당 2만 엔(상품권 액면 1000엔짜리 20개) 지급 · 대상: 65세 이상 노인, 각종 사회복지 연금 대상자, 15세 이하 자녀를 둔 세대주

복지 지출에 소극적[3]인 일본은 서구 국가들과는 달리 교육, 의료 등을 모두 개인이 해결해야만 하다 보니 오히려 국민들이 노후에 대한 불안감으로 저축만 하지 돈을 쓰지 않게 되어 소비가 줄고 물가가 하락하는 악순환이 나타났다는 것이다.

또한 2009년 집권한 민주당 정부가 선거공약을 이행하지 못하고 있는 것도 재원 조달의 실패라기보다 과감한 재정 구조 개혁을 추진할 수 있는 정치적 리더쉽의 부재와 오랜 예산의 기득권 구조를 깨지 못하고 있는데서 비롯된 것으로 보아야 한다.

다른 선진국에 비해 높은 SOC사업비, 낮은 복지 지출 비중의 오래된 재정 구조의 현실에서 볼 때 이미 유럽의 주요 국가에서 시행되고 있는 3대 무상 공약의 실현을 위해서는 추가적인 재원 조달 방식에서 벗어나 보다 과감한 재정 구조 개혁을 통해 추진되었어야 한다.

그러나 일본 민주당은 아직까지 자민당 집권 기간 중 오랫동안 형성된 예산의 기득권 구조(정경 유착)로 혁파할 수 있는 리더쉽을 확보하지 못하고 있다. 건설, 농림 등 기존의 각종 예산의 우선순위와 재정의 구조를 과감히 조정하지 못함으로서 재원 조달에 어려움을 겪고 있는 것이다.

일본이 복지 지출 증가로 재정 파탄을 맞게 되었다는 주장은 일본이 90년대에 이미 과다한 공공투자사업 중심의 경기 부양 정책 실패로 재정적자 증가와 국가 채무 누적 기조가 구조적으로 고착되어 왔다는 사실을 완전히 도외시한 건강부회이다.

---

3)아동수당: 영국, 프랑스, 독일 등 대부분의 유럽 국가, 고교 무상교육: 대부분의 유럽 국가가 시행하고 있고 영국을 제외한 대부분의 유럽 국가는 대학 교육도 무료임, 고속도로 통행료 무료: 독일, 영국, 네덜란드 등 상당수 유럽 국가

특히 급속한 고령화가 예견되었음에도 불구하고 비효율적인 SOC 사업, 즉 기계 일자리와 대기업 중심의 경기 부양 정책의 실패로 재정 여력을 탕진하여 연금이나 의료 비용 증가에 대비하지 못한 90년대 일본의 경기 대응책은 우리도 참고해야 할 지점이다.

소득 증가와 고령화의 진전과 달라진 건설 환경으로 SOC사업의 효율성이 크게 떨어졌다는 점을 도외시하고 전통적인 경기 부양책에 매달리다 실패한 일본의 경험을 우리도 타산지석으로 삼을 필요가 있다.

결론적으로 2009년 일본 민주당이 새로운 복지 프로그램을 도입하는데 어려움을 겪고 있는 것은 이미 재정 건전성이 크게 악화된 상태이고 재정 구조를 획기적으로 전환할 만큼 정치적 리더쉽이 확고하지 못하기 때문이라는 것이다.

일본이 90년대 초반부터 국가 구조를 산업국가에서 복지국가로 전환하여 민주당이 도입하고자 했던 프로그램을 조기 도입했더라면 지금쯤 상황은 아주 많이 달라져 있을 것이다.

고소득 국가의 튼튼한 재정 여력을 SOC에 쏟아부을 것이 아니라 복지 제도를 견실하게 만드는데 투자했다면 일본 국민들은 미래의 불확실성과 불안에서 벗어나 경기 침체를 조기에 벗어났을 것이며 오히려 오늘과는 전혀 다른 경제적 상황을 맞이했을 것이다.

일본의 사례는 과잉 복지 실패 사례가 아니라 과소 복지 실패 사례이다.

정보화 사회, 양극화 사회, 고령화 사회에서 복지 투자가 곧 일자리와 성장이라는 반증이기도 하다.

## 〈여전히 부족한 한국의 사회복지 지출 비율〉

OECD 국가 사회복지 지출(Social Expenditure) 현황

① 국가 전체 예산대비 사회복지 지출 비율

(단위: %)

| 국가 | 1980 | 1985 | 1990 | 1995 | 2000 | 2005 | 2006 | 2007 |
|---|---|---|---|---|---|---|---|---|
| Australia | 31.6 | 32.0 | 37.1 | 44.6 | 44.8 | 49.0 | 48.1 | 48.0 |
| Austria | 45.2 | 44.7 | 46.1 | 47.1 | 51.3 | 54.6 | 54.6 | 54.5 |
| Belgium | 44.5 | 47.5 | 50.3 | 51.7 | 50.6 | 54.3 | 54.4 | |
| Canada | 32.7 | 35.3 | 36.5 | 39.4 | 39.9 | 43.3 | 43.0 | 42.7 |
| Chile | | | | | | | | |
| Czech Republic | | | | 33.4 | 47.3 | 43.4 | 43.6 | 44.2 |
| Denmark | | | 45.4 | 48.8 | 47.8 | 51.6 | 51.5 | 51.3 |
| Estonia | | | | 0.0 | 38.9 | 39.2 | 38.0 | 37.8 |
| Finland | 45.0 | 48.5 | 50.4 | 50.3 | 50.4 | 52.1 | 52.9 | 52.8 |
| France | 45.4 | 50.2 | 50.3 | 52.4 | 53.7 | 54.3 | 54.2 | 54.3 |
| Germany | | | | 48.9 | 58.9 | 58.1 | 57.7 | 57.8 |
| Greece | | | | 37.9 | 41.0 | 47.7 | 47.2 | 45.7 |
| Hungary | | | | | 43.7 | 45.4 | 44.3 | 46.2 |
| Iceland | | | | 35.6 | 36.4 | 38.7 | 38.1 | 34.5 |
| Ireland | | | 34.9 | 38.2 | 42.4 | 46.4 | 45.7 | 44.3 |
| Israel | | | | 31.6 | 35.2 | 35.3 | 34.7 | 34.5 |
| Italy | 44.1 | 41.7 | 37.7 | 37.9 | 50.4 | 51.9 | 51.5 | 51.9 |
| Japan | 31.1 | 34.3 | 35.7 | 39.5 | 42.5 | 49.1 | 51.1 | 51.7 |
| **Korea** | | | **14.5** | **15.9** | **21.4** | **24.2** | **26.5** | **26.3** |
| Luxembourg | | | 50.7 | 52.3 | 52.6 | 55.4 | 56.5 | 57.1 |
| Mexico | | | | | | 37.0 | 36.5 | 37.3 |
| Netherlands | 44.9 | 44.3 | 46.6 | 42.2 | 44.8 | 46.2 | 44.6 | 44.4 |
| New Zealand | | | 40.7 | 45.5 | 50.0 | 47.7 | 48.3 | 46.7 |
| Norway | | | | 45.7 | 50.4 | 51.5 | 50.5 | 50.6 |
| Poland | | | | 47.4 | 50.5 | 49.0 | 47.9 | 47.4 |
| Portugal | | | | 39.7 | 45.9 | 50.0 | 51.5 | 51.4 |
| Slovak Republic | | | | 38.6 | 34.3 | 42.9 | 43.6 | 45.7 |
| Slovenia | | | | 0.0 | 49.0 | 48.5 | 48.4 | 47.8 |
| Spain | | | | 48.2 | 52.2 | 55.7 | 55.7 | 55.1 |
| Sweden | | | | 49.3 | 51.6 | 54.0 | 53.9 | 53.6 |
| Switzerland | | | 44.4 | 49.9 | 50.8 | 57.3 | 57.3 | 57.3 |
| Turkey | | | | | | | | |
| United Kingdom | 35.9 | 42.6 | 40.3 | 45.8 | 47.3 | 46.6 | 46.1 | 45.8 |
| United States | 39.0 | 35.8 | 36.4 | 41.4 | 42.6 | 43.7 | 44.4 | 44.3 |
| **OECD Total** | | | | | | | | 47.42 |

※자료: OECD.StatExtracts(http://stats.oecd.org/index.aspx, data
extracted on 09 Mar 2011 06:47 UTC(GMT) from OECD.Stat〉

* 2011. 3. 국회입법 조사처 자료.

## ② GDP 대비 사회복지 지출 비율

(단위: %)

| 국 가 | 1980 | 1985 | 1990 | 1995 | 2000 | 2005 | 2006 | 2007 |
|---|---|---|---|---|---|---|---|---|
| Australia | 10.3 | 12.1 | 13.1 | 16.2 | 17.3 | 16.5 | 16.1 | 16.0 |
| Austria | 22.4 | 23.7 | 23.8 | 26.6 | 26.7 | 27.4 | 27.0 | 26.4 |
| Belgium | 23.5 | 26.0 | 24.9 | 26.3 | 25.4 | 26.5 | 26.4 | 26.3 |
| Canada | 13.7 | 17.0 | 18.1 | 18.9 | 16.5 | 17.0 | 16.9 | 16.9 |
| Chile | | | 10.2 | 11.4 | 13.2 | 11.2 | 10.5 | 10.6 |
| Czech Republic | | | 16.0 | 18.2 | 19.8 | 19.5 | 19.1 | 18.8 |
| Denmark | 24.8 | 23.2 | 25.1 | 28.9 | 25.7 | 27.2 | 26.6 | 26.1 |
| Estonia | | | | 0.0 | 14.1 | 13.2 | 12.8 | 13.0 |
| Finland | 18.1 | 22.6 | 24.3 | 30.9 | 24.3 | 26.1 | 25.9 | 24.9 |
| France | 20.8 | 26.0 | 24.9 | 28.5 | 27.7 | 29.0 | 28.6 | 28.4 |
| Germany | 22.1 | 22.5 | 21.7 | 26.8 | 26.6 | 27.2 | 26.1 | 25.2 |
| Greece | 10.2 | 16.0 | 16.5 | 17.3 | 19.2 | 21.0 | 21.3 | 21.3 |
| Hungary | | | | | 20.4 | 22.8 | 23.1 | 23.1 |
| Iceland | | | 13.7 | 15.2 | 15.2 | 16.3 | 15.9 | 14.6 |
| Ireland | 16.7 | 21.3 | 14.9 | 15.7 | 13.3 | 15.8 | 15.8 | 16.3 |
| Israel | | | | 16.7 | 17.1 | 16.5 | 15.9 | 15.5 |
| Italy | 18.0 | 20.8 | 20.0 | 19.9 | 23.3 | 25.0 | 25.1 | 24.9 |
| Japan | 10.4 | 11.2 | 11.3 | 14.3 | 16.5 | 18.6 | 18.4 | 18.7 |
| **Korea** | | | **2.8** | **3.2** | **4.8** | **6.4** | **7.3** | **7.5** |
| Luxembourg | 20.6 | 20.2 | 19.1 | 20.8 | 19.8 | 23.0 | 21.8 | 20.6 |
| Mexico | | 1.7 | 3.3 | 4.3 | 5.3 | 6.8 | 7.0 | 7.2 |
| Netherlands | 24.8 | 25.3 | 25.6 | 23.8 | 19.8 | 20.7 | 20.3 | 20.1 |
| New Zealand | 17.0 | 17.7 | 21.5 | 18.7 | 19.1 | 18.1 | 19.0 | 18.4 |
| Norway | 16.9 | 17.8 | 22.3 | 23.3 | 21.3 | 21.7 | 20.4 | 20.8 |
| Poland | | | 14.9 | 22.6 | 20.7 | 21.3 | 21.0 | 20.0 |
| Portugal | 9.9 | 10.1 | 12.5 | 16.5 | 18.9 | 22.9 | 22.9 | 22.5 |
| Slovak Republic | | | | 18.8 | 17.9 | 16.3 | 16.0 | 15.7 |
| Slovenia | | | 0.0 | 0.0 | 22.9 | 21.9 | 21.5 | 20.3 |
| Spain | 15.5 | 17.8 | 19.9 | 21.4 | 20.4 | 21.4 | 21.4 | 21.6 |
| Sweden | 27.2 | 29.5 | 30.2 | 32.0 | 28.4 | 29.1 | 28.4 | 27.3 |
| Switzerland | 13.8 | 14.7 | 13.5 | 17.5 | 17.8 | 20.2 | 19.2 | 18.5 |
| Turkey | 3.2 | 3.1 | 5.7 | 5.6 | 9.9 | 10.0 | 10.5 | |
| United Kingdom | 16.5 | 19.4 | 16.8 | 19.9 | 18.6 | 20.6 | 20.4 | 20.5 |
| United States | 13.2 | 13.1 | 13.5 | 15.4 | 14.5 | 15.8 | 16.0 | 16.2 |
| **OECD Total** | 15.6 | 17.3 | 17.6 | 19.5 | 18.9 | 19.8 | 19.5 | 19.3 |

※자료: OECD.StatExtracts(http://stats.oecd.org/index.aspx, data
 extracted on 09 Mar 2011 06:47 UTC(GMT) from OECD.Stat)

* 2011. 3. 국회입법 조사처 자료

# 05 | 정관용-전병헌, 보편적 복지 대담
### ―민주당 보편적 복지를 말하다

 민족의 명절, 설을 앞두고 CBS 라디오의 대표적 시사 프로그램 '시사자키 정관용입니다'에서 섭외 요청이 들어왔다. 설이 끝난 뒤 정관용 교수와 민주당 보편적 복지 정책에 대해 단둘이 한 시간 가량 대담을 해 달라는 것이었다. 대단히 반갑고, 고마운 섭외였다. 방송을 통해 민주당의 보편적 복지 정책을 충분하게 설명할 수 있는 기회였기 때문이다.

 사실 복지 논쟁이 촉발되고 나서 방송은 물론, 신문 지면 상으로도 한나라당과 민주당 정책위 의장 간의 맞짱 토론 섭외가 많이 있었다. 그러나 한나라당 정책위 의장이 지속적으로 토론을 거부하면서 방송 토론은 물론이고 신문 지상 토론 역시 지속적으로 불발됐기 때문이다.

 짧지만, 또 긴 시간이기도 한 한 시간 가량의 대담을 통해 민주당 보편적 복지 정책의 설명과 함께 우리의 실천 의지를 보여 주고 싶었다. 대담 그대로를 풀어서 정리해 봤다.

 **정관용** 민주당의 정책을 책임지고 있는 민주당 정책위 전병헌 의장과 함께 긴 대화, 집중 인터뷰로 꾸미겠습니다.

최근에 민주당이 무상급식, 무상의료, 무상보육, 그리고 반값 등록금 줄여서 3무 1반이라고 말하지요. 한마디로 무상복지, 정치권 최대 이슈로 주목을 받고 있는데요. 그런데 과연 증세 없이 이게 가능하냐, 일단 민주당은 증세 없이 가능하다 라는 입장을 정리를 해 놓았어요.

하지만 당 내에서도 논란이 좀 있는 상태이지요. 그리고 2월 임시국회 등원 문제, 영수회담 문제, 개헌 문제 등 정치적 이슈들도 뜨거운데요. 이런 여러 현안들에 대한 입장을 직접 들어 보겠습니다.

**전병헌** 예, 안녕하세요. 전병헌 의원입니다.

**정관용** 당내 논의가 다 끝난 거예요?

**전병헌** 당내 논의는 여러 가지 이견은 대체적으로 정리가 다 되었고요. 일차적으로 저희는 보편적 복지로서 지금 말씀하신 대로 3+1 정책에 대한 재원 마련 대책도 대체적인 윤곽은 벌써 끝났습니다.

**정관용** 그러니까 당론으로 결정된 거예요?

**전병헌** 아, 그거 이미 당론으로 결정된 거지요.

**정관용** 그러니까 증세 없이 한다는 것까지도 당론으로 결정됐다?

**전병헌** 재원 복지 마련에 대해서는 여러 가지 이견이 있을 수 있지요. 그러나 저희들이 3+1 정책을 최종적으로 당론으로 하는 과정에서는 이 재원 대책에 대해서 증세를 해서 하겠다 라는 내용은 없었고요, 저희들이 기초적으로 3+1 정책을 당론화하는 과정에서 재원 대책에 대한 제안을 했고, 그 제안과 구상을 좀 더 정밀하게 다듬자 라고 하는 일부 의원님들의 지적과 제안이 있어서….

**정관용** 더 논의 중인 상태이군요?

**전병헌** 그것을 논의하기 위해서 보편적 복지 재원 마련을 위한 기획단을 만들었습니다. 거기에는 약 23명의, 말하자면 정부의 경제 부처에서 일한, 또는 장관을 지낸 경륜 있는 분들로 의견단을 구성을 했고요, 거기에 여러 가지 외부 전문가들까지 같이 토론을 해서 정책에서 마련한 그런 프레임에 좀 더 세부적인 구체성을 더해서 재원 마련에 대한 구체적인 제안을 이야기했고 지난번에 손학규 대표하고 같이 발표를 했습니다.

**정관용** 네, 알겠습니다. 그러니까 골격을 만들었고 그 다음에 살을 붙여서 발표까지 일단 된 상태다, 이런 거지요?

**전병헌** 그렇습니다.

**정관용** 이 3무 1반 정책, 시민들을 만나 봤거든요. 시민들의 의견은 찬반의 목소리가 있습니다. 뭐 우려하는 목소리, 첫 번째는 돈이 어디에서 나느냐, 세금 더 내야 하는 것 아니냐 결과적으로는. 이 문제이고 또 하나는 정치적으로 활용하기 위한 포퓰리즘, 이른바 인기 영합주의 아니냐. 이 인기 영합주의, 포퓰리즘에 대한 주장 속에는 잘 사는 사람까지 뭐 하러 혜택을 줘야 하느냐 이런 생각이 깔려 있을 거예요. 이렇게 두 각도인데 뭐부터 할까요?

**전병헌** 첫째 포퓰리즘 문제에 대해서 말씀드리지요.

**정관용** 그것부터 할까요?

**전병헌** 네, 지금 정 교수님께서 말씀하셨듯이, 잘사는 사람까지 주는 것이 포퓰리즘이다 라고 한다면 저는 그건 문제가 있다고 생각합니다. 정말 포퓰리즘이라고 한다면, 못사는 사람들에게 모든 것을 다 공짜로 해 주겠다, 라는 식으로 나가는 것이 어떤 설득력에 있어서나 기존에 우리가 가지고 있는 사회적 통념상 그것이 포퓰리즘이라고 볼 수 있겠지요. 그러나 저희는 그런 관점은 아니라는 점을 말씀을 드리고요,

그리고 두 번째는 선거에 표를 의식한 것 아니냐, 정당은 당연히 어

떤 정책을 제안하고 그 정책을 통해서 국민들로부터 심판을 받기 위한 과정에 있는 기능을 하는 정당으로서 당연한 부분이라고 볼 수 있겠지만 그럼에도 불구하고 우리가, 민주당이 표에 급급했다면, 그렇다면 총선까지도 1년 4개월이 남은 시점에서 그렇게 장기적인 기간을 두고서 굳이 할 필요가 있을까 하는 점을 생각해 보셨으면 합니다.

**정관용** 너무 시기가 빠르다?

**전병헌** 네, 금년 4월에 만약 총선이 있다면, 금년 1월에 이러한 정책을 발표했다면 그것은 진정성이 없고 이것은 포퓰리즘이다, 이렇게 말할 수 있을 것이고요.

### "민주당의 보편적 복지 정책은 패러다임 전환의 일환이다"

**정관용** 알겠습니다, 그것은 뭐 선거용이다, 표 의식이다, 이것은 더 반론 안 하셔도 되고요.

포퓰리즘을 어느 쪽에 붙이느냐 하는 것도 별개의 문제고 핵심은 과연 이 보편적 복지가 지금 현 단계에서 좋으냐, 아니면 선별적 복지를 조금 더 강화하는 것이 더 급선무냐, 이 논쟁 아니겠습니까? 이 대목에 대해서요.

**전병헌** 저희는 이렇게 생각합니다. 우리가 2만 불 소득이 됐고요, 그동안 저희가 어찌 됐든 신자유주의 경제체제가 되었든 개발 성장 주도의 경제체제가 됐든 간에 굉장히 세계적으로 많은 양극화 현상이 있습니다만, 우리나라는 지금 특별히 더 양극화가 되어 있고요. 더군다나 이명박 정부 3년 동안에 성장과 효율 그리고 무한 경쟁 이런 쪽의 방향으로 경제와 국정을 운영하다 보니까 국민들이 많이 지쳐 있고 양극화가 갈수록 심화되고 있다고 생각합니다.

따라서 저희들은 경쟁과 효율, 성장, 이런 패러다임을 이제는 국민들이 사회의 새로운 패러다임으로 바뀌어야 된다는 요구가 상당히 성숙되어 있다, 저희들은 이렇게 보고 있습니다. 그래서 이제까지 사실상 실질적 무상의료, 무상보육이라든지, 무상급식, 그리고 대학생 반값 등록금이라든지 이러한 새로운 패러다임이 국민들에게 필요한 시점이 되었고 그러한 사회적 서비스, 내지는 국가적 서비스가 진행되어 야지만 우리가 지속 가능한 성장 체제, 그리고 발전 가능한 국민경제 모델을 만들 수 있겠다, 라는 관점을 가지고 있는 것이지요.

**정관용** 크게 보면 패러다임 전환의 한 방편이다?

**전병헌** 예, 그리고 이제 우리가 종래의 패러다임으로 본다면, 이 소위 말해서 개발이나 성장에 쓰여지는 것은 투자라고 생각을 하고 복지에 쓰여지는 것은 자선이고 비용이라고 생각하지 않습니까? 그런데 이제는 복지에 투자하고 사용하는 것 자체가 결국은 우리가 지금 가계의 지출 구조로 볼 때 말이지요, 가장 큰 게 교육비, 보육비 아니겠습니까?

그리고 두 번째가 뭐니 뭐니 해도 집값. 그리고 특별히 중요한 부분이 병원비 아닙니까? 병원비는 특히 얼마 전에 통계에도 나왔습니다만, 갑작스럽게 중병에 걸리면 집도 날아갈 수 있다 하는 불안감 때문에 거의 대부분이 건강보험 외에도 민간 의료, 건강보험을 다 들고 있지 않습니까? 지금 우리나라 4인 가구 이상의 민간건강보험 계약자 수가 95% 정도 된다는 통계가 나와 있고 3.6배 정도 민간건강보험을 들고 있다는 통계가 집계가 되고 있는데요. 그런 부분들이 있는 거지요. 그래서 의료비, 교육비, 보육비, 집값, 이런 것들에 대해서 만약에 정부가 다른 부분들을 좀 줄이고 이런 것들을 지원을 해 준다면 상대적으로 그 가정이나 그 가계는 지출하는 비용이 적어지는 것이지요.

**정관용** 그런데 핵심은 그 비용이 굉장히 부담이 되는데 그 비용이 부담이 안 되는 계층이 있단 말이지요. 상류층, 소득 상위 2, 30% 되는 사람들, 이 사람들한테까지 혜택을 줄 이유가 뭐가 있느냐. 오히려 그 사람들한테 갈 혜택이 있다면 지금 서민 복지에서 보면, 예를 들어서 기초생활수급자한테는 돈이 나가지만 바로 그 차상위 계층 이런 데 빈 구멍들이 많단 말이에요. 이런 데 메우는 게 더 급한 거 아니냐. 이게 이른바 선별적 복지 주장이지요.

**전병헌** 그런데 근본적으로는 그와 같이 걸러 내는 행정 비용이 훨씬 더 많이 들 수 있다는 부분이 있고요. 또 결국은 국가에서 제공하는 모든 서비스라는 것이 국민들이 내는 세금을 통해서 운영되는 것 아닙니까? 국민들이 낸 세금으로 운영되는 시스템이기 때문에 당연히 부자들은 누진적 과세 체계를 통해서 세금을 훨씬 더 많이 내고 있거든요. 그래서 굳이 그분들을 갈라낼 필요는 없는 것이고. 또 그분들이 충분한 소득이 있으면서 국가에서 보편적으로 제공하는 서비스를 받기 싫다고 하면 얼마든지 일탈해서 받을 수 있는 것이거든요.

그런 시스템이기 때문에 굳이 거기에서 행정 비용을 들여서 부자와 빈자, 중산층과 서민을 굳이 구별해서 할 필요가 없는 것이다, 저희들은 이렇게 보고 있는 것이고. 그리고 또 모든 것을 다 그렇게 하자는 것이 아니라 적어도 학교에서 우리가 의무교육을 시키지 않습니까? 그러면 초등학교하고 중학교까지 의무교육인데, 의무교육을 받기 위해서 학교에 머무르고 있는 동안은 학습은 물론이고 급식, 먹는 것까지 국가가 책임져 주는 것이 당연하다 이겁니다. 만약에 돈 있는 사람들은 돈을 내고서 먹어야 된다고 한다면, 학교에서 의무교육이기 때문에 수업료를 안 받고 교재도 일부 무료로 주고 하는 것도 부자들한테는 받아라 하는 얘기하고 똑같은 논리다, 이런 점이 있는 것이고요.

그래서 저희들은 무상이라는 그런 측면이 결국은 누진적 과세에 의해서 이것이 적절하게 정리가 되고 더 추가로 돈을 더 많이 내고 있는 분들이기 때문에 굳이 골라낼 필요가 없다.

**정관용** 글쎄요, 하지만 정서상 보자면, 얼마 전 대통령이 우리는 국방비도 많이 쓰는 나라이기도 하고 그리고 부자들한테, 삼성 손자들한테까지 급식비 대 줄 필요가 있느냐, 이게 또 상당히 어필하는 것이 분명히 있거든요, 감정상 보면 '어, 그것도 맞는 말이네' 싶은 생각이 든단 말이지요. 어떻게 생각하세요?

**전병헌** 그것은 이렇게 봐야 하지 않을까요? 삼성 손자의 경우에는 예를 들어서 어느 학교를 다니고 있는지 모르지만 공립학교를 다니고 있다면 당연히 삼성 손자도 서민의 아이들과 동일한 대우를 해 주는 것이 맞다고 봅니다. 오히려 그 상태에서 삼성 손자는 매우 부자니까 너는 돈을 내고 먹어라 라고 한다면 돈을 내지 않고 먹는 사람들의 입장에서는, 특히 아이들, 예민한 사춘기 아이나 어린아이들로서는 나는 삼성 손자만큼이나 또는 내 옆의 짝꿍의 친구만큼이나 우리 엄마나 아빠는 부자가 아니기 때문에 돈을 안 내고 먹고 쟤는 돈을 내고 먹는구나, 이런 계급적인 차별 의식이 생긴단 말이지요.

이것은 선별적으로 골라내서 그분들에게 보편적인 혜택을 같이 안 주는 것에 비해서 너무나 커다란 또 다른 차원에서의 갈등과 분열, 이런 것들이 형성될 수 있다는 것이지요.

**정관용** 누구는 돈 냈고 누구는 돈 안 냈고 그런 것을 서로 모르게 할 수 있는 그런 식의 제도 개편안은 이미 다 나와 있다, 그런데 그건 안 하고 있다, 한나라당 오세훈 시장은 그렇게 비판하고 있거든요?

**전병헌** 아, 그런데요, 그것은 그 요즘 같은 인터넷 시대에, 그리고 예민한 아이들 사회에서 그것이 안 알려진다는 것은 참으로 어려운 일이지요. 그리고 그것을 구분하는 행정 비용이라든지 그것을 신경

써야 하는 보이지 않는 비용을 생각한다면….

**정관용** 더 들어간다?

**전병헌** 아주 극소수의 아이들을 골라내기 위한 노력보다는 보편적으로 해서, 동일한 교육을 받으면서 동일한 밥을 먹도록 해 주는 것이 아이들 정서상 좋다, 이렇게 보여지고요.

**정관용** 알겠습니다. 질문을 다시 이렇게 바꿔서요, 지금 이른바 3무 1반을 실천하는데 연간 총 몇 조가 듭니까? 지금 민주당 계산상으로요. 이따가 또 자세히 얘기하겠지만.

**전병헌** 저희들은 16조 4천억 정도, 이렇게 든다고 보고 있습니다.

**정관용** 16조 4천억? 좋아요. 그러면 16조라고 치고, 상위 30%한테는 혜택을 안 준다, 예를 들어서 그렇게 하면 16조의 3/10이면 얼마가 됩니까? 이거만 해도 5조 가까이 되는 거 아닙니까? 4조 몇 천억 된단 말이지요. 그 4조 몇 천억의 돈을 30%에게 주지 않고 대신에 그 4조 몇 천억의 돈을 지금 현재 기초생활수급자 바로 위에 있는 차상위 계층에게 생계비 보조가 안 나가는데 그 사람들한테 보조를 주자, 이것에 반대하세요?

### "정선군의 사례를 보라"

**전병헌** 제가 한 가지만 말씀드리면요, 저는 강원도 정선군의 예가 아주 좋은 답변이 될 수 있다고 생각합니다.

**정관용** 어떤 겁니까?

**전병헌** 강원도 정선군이 상당히 재정이 열악한 군인데, 가용 재정이 한 천억 정도 되는. 그런 정도의 작은 군인데, 이 군에서는 작년 한 학기 동안에 초등학교와 중학교의 무상급식은 물론, 고등학교까지. 초중고 무상급식을 했습니다. 그렇게 친환경 무상급식을 하다 보니까 농가의 소득이 상대적으로 많이 늘어난다는 거지요. 친환경 생산물을 직접적으로 거래를 하니까.

두 번째는 아이들 정서에 매우 좋게 작용한다는 것이 확인이 됐다는 것이고요.

세 번째는 그럼 있는 사람들은 어떠냐 하면, 나는 돈을 내고 먹겠다라고 하는 사람들도 별로 없을 뿐만 아니라 부유한 집의 엄마 아빠들은 내가 학교로부터 그렇게 배려를 받았으니까, 나는 친환경 무상급식을 통해서 자기가 본래 그 무상급식이 아니었다면 자기는 내야 할 돈이 있었는데, 그 내야 할 돈을 좀 모아서 학교의 장학금으로 내놓겠다, 이러한 작은 운동이 벌어져서 이 작은 사회가 굉장히 훈훈하고 서로 배려하는 그런 사회가 됐다는 거지요.

### "미국이 아니라 유럽을 모델로"

**정관용** 아, 그건 좋은 이야기지요.

**전병헌** 네, 그래서 저는 우리 사회가 이제 성장과, 지금 말씀하신 것처럼 그런 말씀이 바로 효율을 중심으로 하는 것이지요. 그런 효율보다도 서로가 배려하고 나누는 그런 미덕이 있는 훈훈한 사회로 갈 필요가 있다. 우리가 서구 선진국의 예를 보면서요, 우리가 기본적으로, 이상적으로 생각하는 것이 미국과 같이 총기뿐만 아니라 여러 가지 측면에서 각박하게 사는 그런 사회보다는 유럽의 좀 평안하고 잔잔한, 그리고 여유도 있고 서로 배려도 하고 그리고 대부분 보육비 걱정 없고, 의료비 걱정 없고 교육비 걱정 없는 그러한 사회를 대개 이상적으로 보고 있지 않습니까.

**정관용** 아니, 얘기가 자꾸 도는데, 제가 말씀드린 것은 정선군 같은 그런 좋은 예도 좋아요, 그럴 수 있습니다. 그러나 정선군에도 기초생활수급자들, 차상위 계층 있잖아요. 그분들 목마른 분들이란 말이에요. 그분들한테 생계비 지원하는 게 더 급한 거 아니냐, 이 논리에 대해서 한번 말씀을.

**전병헌** 아니, 그런데 그것은요, 말씀이 윗돌 빼서 아랫돌 막아야 하는 것 아니냐 지금 그런 말씀이거든요. 예산은 한정되어 있다, 그러니 윗돌 빼서 아랫돌 괴자, 이런 말씀인데, 저희는 그 사고의 패러다임을 바꾸자는 겁니다.

말하자면은, 지금 기본적으로 재정이 편성되어 있지 않습니까. 재정 구조가 있는데, 그 재정 구조의 우선순위를 바꾸자는 것이지요. 그래서 지금 예를 들어서 보편적 복지를 하는데 있어서 상위 계층에 배려되어야 하는 그런 부분을 빼서 아랫돌을 괴자는 얘기가 아니라, 지금 우리나라가 상당 부분에 있어서 SOC 투자가 많고요, 또 여러 가지 불요불급한 부분들이 많이 있거든요. 또 지금 말씀하신 것처럼 부자들한테 그러한 혜택을 뺏을 생각을 하지 말고, 부자 감세를 했지 않습니까? 부자들의 세금을 엄청나게 깎아 주지 않았습니까? 그래서 지금 연간 약 20조 원의 세수 감소가 지금 이루어질 지경에 있는데….

**정관용** 그걸 환원하자?

**전병헌** 예, 그런 것들을 환원해서 보편적으로 나눠 주자는 것이지요. 그것이 훨씬 행정 비용에 있어서나 어떤 사회를 전반적으로 훈훈하고 이웃에 대한 배려와 고민과 고통을 보편적으로 덜어 주는데 훨씬 더 효과적이라는 것이지요.

**정관용** 조금 아까 재정 지출의 우선순위를 바꾼다, 예를 들면 SOC 투자 같은 것이 너무 많다. 그런 데에서 지출을 줄여 가지고 그런 것들로 제가 지금 계속 지적하고 있는 기초생활수급자 위의 차상위 계층에 대한 지원도 하자는 거지요, 그러니까?

**전병헌**  그럼요, 그건 당연하지요.

**정관용**  아, 한나라당 쪽이 말하고 있는 선별적 복지에 있어서의 서민 복지 강화를 반대하고 있는 게 아닌 거지요?

**전병헌**  아, 그걸 반대하는 것이 아니지요.

### "조세부담률을 이명박 정부 이전으로 환원만 해도 20조 원 생겨"

**정관용**  그러니까 그것도 하고 추가로 보편적 복지를 더 하자 이거 아닙니까?

**전병헌**  그렇습니다. 그러니까 기본에 우리나라의 재정 구조, 조세 체계, 특히 이명박 정부 들어와서 지금 부자 감세를 했기 때문에 조세 부담률이 국민의 정부, 참여 정부 때까지는 조세부담률이 21%까지였는데요, 지금은 이명박 정부가 부자들의 세금을 많이 깎아 주는 바람에 19.3%로 줄어들었거든요. 이러한 부자 감세를, 조세부담률을 민주 정부, 참여 정부 시절로만 환원을 하더라도 약 20조 원 가까이 추가적으로 생기고요.

두 번째는 정부의 예산이라는 것이 아무래도 불요불급한 것들이 많이 있습니다. 그래서 그러한 부분들을 약 5% 정도를 감면하게 되면 또 15조 정도가 생기는 것이고요. 그리고 또 이명박 정부 들어와서요, 여러 가지 각종 감면 혜택들이 있습니다. 이 감면 혜택도 굉장히 과도하게 되어 있어요. 이런 것들도 민주 정부 시절에는 감면률이 12.5% 였는데 지금은 이명박 정부 들어와서는 15.8%까지 올라가 있습니다. 이 부분도 민주 정부 시절로 환원하게 되면 여기에서 또 6조 5천억 정도가 생겨납니다. 그리고 또 예를 들어서 의료, 건강보험도 그렇습니다. 건강보험이, 77년도에 처음으로 직장의보가 생겼지요. 그때만 해도 처음 생기는 것이기 때문에 우리 월급쟁이, 유리 지갑이라고 하지 않습니까? 과세를 하는데 가장 단순명료하고 간단한, 투명한 그 부분을 가지고 시작을 할 수밖에 없었기 때문에 근로소득세 단일 기준으로만 직장의보 체계가 되어 있단 말이지요. 그리고 88년도에 지역의보가 생겼지 않습니까? 그런데 지역의보는 생기면서 소득을 추측할 수가 없는 상황이 많이 있기 때문에 그래서 지역의보 같은 경우는 자동차의 배기량까지 계산을 하고, 그분이 가지고 있는 집의 평수까지 계산을 해서 건강보험을 부과하고 있거든요. 그런데 직장의보는 77년 이후에 근로소득세 단일 기준으로만 일관되게 해 오고 있거든요.

**정관용** 아, 거기에다가 자산도 넣자?

**전병헌** 거기에다가 예를 들어 배당소득이라든지, 임대소득이라든지 이런 것들을 추가로 해서 종합소득세의 개념으로 해서 부과를 하게 되면. 그러니까 건강보험의 부과 체계를 합리적으로 개정하는 것이지요. 왜냐하면 지금은 직장의보하고 지역의보하고 부과 체계가 완전히 다르거든요. 이것을 지역의보하고 직장의보의 부과 체계를 거의 동일한 수준으로 조정을 하면….

**정관용** 그렇게 되면 직장의보 쪽에서는 부담이 늘어나는 분들이 있겠네요?

**전병헌** 4조 2천억 정도 걷히는 것으로 연구 용역 결과 나와 있어요. 건강의료보험 평가단에서 용역한 결과로는요. 그래서 직장에 다니는 분들 중에서 약 9.3%에서 9.8% 상위소득, 그분들은 조금 더 내게 되는 거지요. 그런데 그분들 같은 경우는 연간 소득이 7, 8천만 원 이상, 1억 가까이 되는 분들이기 때문에 결과적으로는 그분들이 그렇게 낸다고 해서 건강보험을 조금 더 낸다고 해서 크게 경제적으로 부담 받을 일은 없다는 거지요.

**정관용** 예, 알겠습니다. 지금 쭉 말씀해 주신 것만 합해도 거의 한

35조….

**전병헌**  약 42조 7천억 정도 되지요.

**정관용**  아, 조금 몇 가지 더 있는 모양이네요. 그 정도 돈이면 이른바 3무 1반도 실천하고 서민 복지 강화도 다 실천할 수 있다?

**전병헌**  네, 그렇습니다. 그리고 지금 이명박 정부 들어와서 재정 건전성이 매우 악화가 됐거든요. 부자 감세를 너무 많이 해 주는 바람에. 그래서 그중에서 약 한 40조 원 정도를 더 걷을 수가 있는데, 제가 지금 말씀드린 부분을 정확하게 계산하면 45조 원 내지 46조가 나옵니다.

그 부분에서 한 20조 원 정도는 보편적 복지를 위해서 쓰고, 획기적인 국가 서비스를 위해서 쓰고, 20조 정도는 재정 건전성을 위해서 쓰자는 겁니다.

**정관용**  서민 복지 강화에 안 쓰고요?

**전병헌**  저희들이 지금 말씀드리는 것이 서민 복지의 강화 차원이라는 것이지요.

**정관용**  보편적 복지가?

**전병헌**  예.

**정관용**  아, 그런 차원의 지원이 무상으로 급식도, 보육도 다 지원을 하게 되면 서민들에게 결국은 복지 증진의 효과를 가져온다? 직접적으로 생계비 지원 같은 것을 하지 않아도?

**전병헌**  생계비 지원 같은 것도, 저희들은 그러한 부분들은요, 지금 말씀하신 대로 사회 안전망에 있어서 일부 구멍이 나 있는 부분들을 메우고 때우는 것은 그렇게 천문학적인 돈이 들어가는 것이 아니기 때문에….

**정관용**  빈 구멍을 메우는 거다?

**전병헌** 예, 그것은 자연적인 증가를 통해서, 그리고 약간의 조정을 하게 되면 충분히 영세민들이나 서민들에 대한 지원이나 보완은 충분히 가능하다는 것이지요.

**정관용** 예, 알겠습니다. 그러니까 결국은 부자들의 감세 혜택, 감세해 줬던 것을 철회한다, 그러면 부자들은 결과적으로는 증세 효과가 있는 거예요, 그렇죠?

**전병헌** 그렇지요.

**정관용** 지금 현재로 비교해 본다면, 또 예를 들어서 건강보험 부과 체계도 바꾸게 되면 역시 그 부분도 부자들에 대해서는 약간의 증세효과로 나타나게 되는 거지요. 그러니까 증세 없이 할 수 있다 라고 하지만 현실적으로 보면 약간의 증세가 되는 거지요?

**전병헌** 그건 아니지요.

### "세금 신설도 세율 대폭 인상도 필요 없다"

**정관용** 새로운 세금이 신설되는 것이 아닐 뿐이지….

**전병헌** 저희는요, 지금 저희가 현재, 우리가 명료하게 해야 할 점이 증세라는 개념, 그리고 한나라당에서 세금 폭탄이라고 얘기하는 부분은, 세금을 신설해야 한다는 부분이 하나가 있는 것이고요. 두 번째는 세율을, 기존 세율을 대폭 인상해야 한다는 것을 이야기하고 있는 것입니다.

**정관용** 그렇지 않아도 된다?

**전병헌** 저희들은 새로운 세금을 신설하지 않아도 된다는 것이고 또 있는 세율을 추가로 더 높일 필요는 없다는 거지요.

**정관용** 그러니까 깎아 줬던 것만 돌리자. 결과적으로 그건 증세 아닙니까.

**전병헌** 그렇지요. 저희들은 증세라고 보기보다는요.

**정관용** 용어상으로는 그렇습니다만.

**전병헌** 저희들은 부자 감세의 환원이라고 계속 이야기를 하고 있지요. 그리고 이것은 단순히 이와 같이 3+1 무상복지 실천을 위해서 부자 감세를 이야기하고 있었던 것이 아니라 이것이 재정의 건전성뿐만 아니라 이런 부분에 있어서 부자 감세가 필요하다고 계속 주장하고 있는 것이지요.

**정관용** 한나라당의 '세금 폭탄이다'라고 하는 것도 과장이다, 그러나 민주당의 '증세 없는 무상복지다' 이것도 다소 과장인 것 같다, 저는 이렇게 말씀을 드렸고요. 문자로 참여하신 분들 가운데 민주당의 무상복지 안에 대해서 상당히 긍정적이고 찬성하시는 의견이 더 많아요. 그런데 꼬집는 분들 가운데 이런 분들이 있습니다.

1007번 쓰시는 분, '필요한 증세 주장도 떳떳하지 못하고 어설픈 짝퉁만 내놓는 느낌, 복지에서 세금 문제에 대한 민주당의 소심함은 열린우리당의 지리멸렬함을 다시 보는 듯함' 뭐 이런 식의 표현. 4652번 쓰시는 분, '서유럽 복지국가는 조세부담률이 40% 정도입니다. 우리는 20% 정도이니 30% 정도만 걷어도 150조 원 정도 더 걷힙니다. 부유층의 나눔 정신이 필요하지요' 뭐 이런 주장.

그리고 당내에서도 정동영 최고의원은 부유세 도입하자, 또 민주노동당, 진보신당 등은 복지세 신설해야 한다는 이런 이야기들이 나온단 말이지요. 그리고 또 일각에서는 3무 1반 실현하는데 과연 16조만으로 가능하냐. 지금 특히나 고령화 사회 추세에서 의료비 같은 것은 기하급수적으로 늘어날 것이기 때문에 앞으로 이 액수는 점점 더 늘어난다, 그러니까 쓸 돈은 더 많아질 것이다, 때문에 차라리 과감하게 증세도 일부 필요하다, 부자들한테는 세금 좀 더 걷어야 한다, 라고 나가는 게 더 떳떳하고 당당한 거 아니냐, 이런 목소리에 대해서 어떻게 생각하세요?

**전병헌** 첫째, 그건 떳떳하고 당당한 게 아니라 그건 편리한 생각이지요, 그리고 두 번째는요, 왜 그렇게 기본적인 마인드를 바꾸려고 하지 않는가 하는 생각이 듭니다. 무슨 말씀이냐 하면요, 지금 정부의 재정 구조나 예산편성의 우선순위가 매우 정의롭고 최고의 선이다, 라는 전제 하에서 다 말씀을 하시거든요. 그래서 한 말씀만 더 드린다면 우리가 충분히 재정의 구조 개혁과 예산의 우선순위 조정을 통해서 충분하게 재원 확보가 가능하다고 말씀을 드리는 것은요, 단순히 현학적인 레토릭이 아니라, 기본적으로 이렇게 보시면 될 것 같아요.

이제까지 정부의 재정 구조나 예산편성 우선순위가 삼겹살 굽는 불판이라는 개념이었다면, 지금 새로운 패러다임은 국민들이 불고기를 굽자고 하는 것이다. 따라서 삼겹살 굽던 판에다 알루미늄 호일을 깔고 불고기를 얹을 것이냐, 즉 증세라는 알루미늄 호일을 깔고 불고기를 얹어서 계속 구울 것이냐. 아니면 불고기를 구우려면, 삼겹살을 굽는 판에서 불고기판으로 바꿔야 하지 않겠습니까?

**정관용** 판 자체를 바꾸자?

**전병헌** 판 자체를 바꿔야 된다. 왜 먼저 판 자체를 바꿀 생각은 않고 현재의 정부 재정 구조나 예산편성의 우선순위가, 그야말로 4대강까지 마구 몰아붙이는 그런 조세 구조나 재정 구조를 전폭적으로 인정하는 전제 하에서 이 복지 재정이나 예산을 편성해야 한다고 주장을 하는가. 오히려 저는 그러한 멘탈을 바꿔야 된다고 생각합니다.

**정관용** 그런데 또 많은 분들이, 문자에서도 있습니다만, 많은 분들이 지적하시는 게 흔히 재정 구조 개혁, 제로베이스에서 재검토한다, 물론 4대강 이런 것은 새로운 이슈가 됩니다만.

그게 아니라 그런데 민주당 집권 5년, 열린우리당 집권 5년, 도합 10년 사이에도 결국은 과거 예산에서 플러스 마이너스 플러스 마이너스 하면서 그 판을, 구조를 바꿔 내지 못하지 않았느냐. 왜 집권 당시에는 못했던 것을 이제는 할 수 있다고 하느냐. 정부 맡으면 결국은 계속하던 사업해야지 플러스 마이너스 플러스 마이너스 판은 못 바꾼다, 이런 비판론….

**전병헌** 아주 좋은 질문이신데, 첫째는 아까 어떤 분이 조세부담률이 서구 사회에서는 40%라고 말씀을 하셨는데요, 40%까지는 아니더라도 OECD 평균이 약 26% 내지 27% 정도 되거든요.

**정관용** 북구라파 쪽은 약 40% 육박하지요.

**전병헌** 그런데 우리는 19.3%, 19% 수준이기 때문에 이것은 21%를 19%로 줄인 것이기 때문에 이것을 정상화시키자고 말씀을 드린 거고요.

두 번째는요, 민주 정부 때도 제대로 못 바꾸지 않았느냐. 못 바꾼 것이 사실입니다.

첫째는 국민의 정부 때는 잘 아시다시피 완전히 IMF 때문에 구제금융에서 벗어나는 것이 우선순위였지 않습니까. 그런 점이 있었고요, 두 번째 참여 정부 시절에는 여러 가지 계획은 많이 세웠었는데 일부 비판이 있었습니다만, 뭐 좌측 깜빡이 키고 우측으로 간다는 등 이런 비판이 있었지 않습니까? 그러나 참여 정부에서 계획을, 이른바 로드맵은 상당히 잘 세워 놓은 것이 있습니다. 그런데 그것이 재정 건전성이라든지 이런 지적 때문에 제대로 실천이 되기가 어려웠지요. 그래서 실제적으로 지금 이명박 정부의 재정 건전성 악화가 참여 정부의 7배입니다. 그래서 국민의 정부는 IMF 국가 부도 파산 상태를 정상화시켜 놓았고 그리고 참여 정부는 재정 건전성을 그 어느 나라보다도 건강하게 만들어 놓았습니다.

그런데 그 건강하게 만들어 놓은 재원을 한나라당, 이명박 정부가 집권을 해서 부자 감세를 해서 부자들한테만 선심을 쓰면서 한편으로는 4대강이라는 쓸모없는 대형 SOC사업에다 퍼붓고 있는 것이지요. 이런 것들을 바꿔야 되는 것인데, 저희들, 지난번에 못했기 때문에 저희들이 이제 장기적인 관점을 가지고 향후 사회적 패러다임을 바꾸자, 앞으로 방향은 그런 것이다. 3+1+2에다가 그러니까 급식, 보육, 의료, 여기에다가 대학 등록금 반값, 여기에다가 집값, 주거 복지 문제, 그리고 일자리 복지까지 해서 1+2 해서 3+3의 계획을 가지고 저희가 집권을 하면 재정 구조를 완전히 바꾸어 버리겠다, 패러다임을 바꾸겠다고 말씀을 드리는 것이고요.

그리고 지금 제가 한 가지 예를 더 드릴게요. 지금 과거의 경부선 있지 않습니까. 지금 경부선이 다니고 있습니다만, 경부선 레일 위에는 옛날 완행열차 비둘기호부터 무궁화호, 새마을 열차까지 다 다녔습니다. 그런데 지금 KTX는 KTX만 다닙니다. 바로 그렇게 패러다임을 바꾸자는 거지요. 과거 낡은 경부선 열차 삯은 비행기 삯하고는 거의 비교가 안 되지 않았습니까? 지금 KTX 여객비는 항공 요금하고 거의 비슷합니다. 완전히 열차의 패러다임이 바뀐 것이지요. 그런 식으로 바꾸자 이겁니다.

**정관용** 오늘 패러다임이라는 단어를 굉장히 많이 사용하시는데….

**전병헌** 아니, 그런데 우리가 증세론이나, 떳떳하지 않는 것 아니냐, 너무 자신 없는 것 아니냐 이렇게 말씀하시는데, 일단은 예산 구조, 예산편성 우선순위를 우선 확 바꿔 보고 그리고 안 되면 우리가 이걸 한몫에 다 하겠다는 것이 아니고 5년간에 단계적으로 실천하겠다는 것이기 때문에 이와 같이 보육이나 의료나 교육이나 이런 부분들에 대해서 투자를 해 가면서 그런 것들이 어떤 보장 수준이 높아지면 국민들이 체감할 것 아닙니까.

그러면 사회적 분위기가 형성이 되는 것이고, 예를 들어서 90%까지 가기 전에 85%까지 갔는데 아, 이렇게 하니까 좋더라. 그렇다면 내가 조금 더 비용을 내더라도 국가로부터 완전한 서비스를 받고 싶다 라는 완전한 사회적 합의가 이루어진다면, 뭐 증세도 필요하다고 보지만, 처음부터 패러다임을 바꿔 가는 과정에서 어떤 예산의 구조나 재정개혁을 하지도 않은 채로, 기존의 세율이나 세목부터 올리겠다는 것은 너무 조급하고 오히려 그것이 복지에 대한 비전과 자신감이 없는 것이다, 저는 이렇게 생각합니다.

**정관용** 민주당이 항상 보면 중도 아닙니까. 중도 개혁 세력 자임하시잖아요. 역시 오늘 차근차근 얘기를 하다 보니까 다시 한 번 확인이 되는 거예요. 그러니까 민주당의 주장에 대해서 한나라당 측의 비판은 지금 우선 선별적 복지도 제대로 안 되고 있다, 그리고 그 외에 국방 예산 등등 써야 할 곳이 많다, 이런 식의 반론을 펴고 있는 것이고. 반대로 민주노동당, 진보신당 이쪽은 그쪽이라고 해서 이른바 재정 구조 개혁을 말하지 않는 것이 아닙니다. 그쪽도 훨씬 과감한 재정 구조 개혁을 이야기하지 않습니까? 심지어는….

**전병헌** 지금 민노당이나 일부 진보 정파에서 재정 구조를 얘기한다는 얘기는 제가 크게 관심 있게 못 보았습니다. 왜냐하면요, 바로 증세를, 부유세라는 새로운 세를 신설하자고 주장을 하고 있기 때문에 재정 구조 개혁은 뒷전으로 밀려나 있고 새로운 세목 신설에 대한 주장이 확연히 드러나 있는 것이지요.

**정관용** 아니, 그쪽에서도 이미 똑같은 목소리로 4대강 같은 SOC 과잉, 심지어는 선도적 군축을 통해서 국방비도 줄이자, 굉장히 많은 개혁 이야기를 이미 해 왔지요. 거기에다 추가로 더 증세까지 해서 무상 복지 수준이 아니라 전면 복지로 가자는 주장이 이쪽에서 나오는 거 아니에요. 그래서 제가 지금 민주당은 중간이다, 양쪽의 이런 비판들이 있다, 이런 말씀을 드리는 거예요.

**전병헌** 중간보다는, 조금 왼쪽이라기보다는 보다 진보적이라고 생각을 하고요. 지금의 예산 구조가요, 작년에 우리나라의 예산 정책처가 우리나라의 예산편성이나 지출의 성격을 처음으로 분석을 했습니다. 그래서 우리나라 예산이 약 309조 정도 되는데요, 그중에서 법정 의무 지출.

**정관용** 공무원 봉급 같은 것?

**전병헌** 그러니까 어떤 정부가 들어와도 당장의, 경직성 경비의 성격이지요. 당장은 줄일 수 없는 법정의무 지출 성격의 예산이 47%로 분석이 됐고요, 그리고 재량 지출, 그러니까 그 정권의 또는 집권자, 집권당의 의지에 따라서 조절될 수 있는, 그런 재량을 발휘할 수 있는 예산이 53%로 나왔습니다. 그러니까 이 53%에 대해, 일차적으로 이 53%의 재량 지출 구조 예산을 우선순위를 가지고 바꿔 내고 그 다음에 법적 제도적 장치를 통해서 바꿔 내 가면 충분히 증세라든가 세금 신설을 먼저 주장하지 않고서도 일정한 수준까지는 충분히 유지해 낼 수 있지 않느냐 이렇게 보는 거지요.

**정관용** 민주당 3무 1반, 그리고 일자리, 집값까지. 그러니까 주거복지 문제까지 체계적으로 하나하나씩 만들고 계신데 구체적으로 뒷받침하는, 숫자가 딸려 있는 그런 자료 같은 것을 지속적으로 많이 생산해 주시고, 국민들에게 널리 알려 주시고, 그런 작업이 아마 계속되겠지요?

**전병헌** 예, 그렇게 하기 위해서 많이 노력을 하고 있습니다.

**정관용** 지금 그 기획단 작업은 끝났습니까?

**전병헌** 기획단 작업은요, 일단 지난 설 전에, 30일 날이었지요. 3+1 복지 재원에 대한 구체성을 좀 제시를 했고요. 앞으로 매주 전문가들과 토론을 해 나가면서 일자리 복지와 주거 복지에 대한 재원 대책을 계속 발전시켜 나갈 것입니다.

## 06

오마이뉴스, 2011. 01. 20

## 43조 원 세금 폭탄? 호들갑 떨지 마라!
## 민주당 복지, 증세 없이 가능하다

―[인터뷰] 전병헌 민주당 정책위 의장
　"세금신설 없이 재정 구조 개혁하면 돼"

　한국 사회에 복지 담론이 지금처럼 확산된 적은 없었을 것이다. 복지 논쟁이 확산되면서 야권과 시민사회를 중심으로 증세 논쟁도 불붙고 있다.

　정동영 민주당 최고위원과 조승수 진보신당 대표는 '복지는 세금이다' 라는 제목의 토론까지 열 계획이고 한나라당은 '세금 폭탄' 이라며 이 틈을 비집고 들어오고 있다.

　민주당의 '무상 시리즈' 를 준비하고 발표해 온 전병헌 정책위 의장은 이에 대해 "'복지는 증세' 라는 고정관념을 깨고 가야 한다."고 반박했다. 19일 국회 의원회관에서 만난 전 의장은 "지식인들이 '말에 책임을 지려면 재원 대책이 필요하다' 며 증세를 말하는데, 재정 확보에서도 새로운 패러다임을 추구해야 한다." 며 이렇게 말했다.

　"증세 얘기를 하고 싶은데 선거 때문에 못하는 것 아니냐."고 묻자 그는 "기본적으로 세금 올려서 하는 일이라면 무엇인들 못하겠나." 라며 "'증세 없는 복지는 허구다' 라는 명제는 성립하지 않는다."고 받았다. "새로운 세금의 신설이나 세율의 인상이 필요하다는 주장은 재정 구조의 개혁과 배분의 측면을 너무 간과한 것"이라는 주장이다.

그는 "국가의 재정을 어느 부분에 어떻게 배분할 것이냐는 사회적 합의만 있으면 되는 것"이라며 "세금의 신설부터 얘기할 필요는 없다."고 덧붙였다. '증세론자'들에 대한 손학규 민주당 대표 쪽의 답변인 셈이다.

민주당의 복지 시리즈에 43조 원이 추가로 필요하다는 한나라당의 주장에 대해서는 "건강보험만 봐도 안다."며 반박했다. 한나라당은 총 진료비가 54조 원에서 30조 원 가까이 늘어나 50% 이상 증가한다고 하지만, 입원 치료비·외래 치료비 보장성을 평균 20% 올리자는 건데 어떻게 50% 이상 진료비가 늘어나느냐는 것이다.

다음은 일문일답이다.

"복지 정책 전면 등장 '성과' … 논란 없는 정책, 생명력 없어"

### ▶ 복지 담론이 급속히 확산되고 있다, 배경을 무엇이라고 보나

"이명박 정권 3년 동안 부자 감세로 상징되는 부자 중심 사회, 고환율 정책으로 상징되는 대기업 중심 사회가 이 사회의 양극화를 악화시키고 대다수 중산층 서민들을 더욱 어렵게 만들었다. 서민 다수가 이런 식의 국정 방향과 사회적 흐름은 해답이 아니라는 결론을 내리고 있다. 이 변화에 부응하기 위해 정치권에서 새로운 패러다임을 갈구하고 있다. 그 새로운 패러다임에 대한 해답을 찾아가는 과정에 있다."

### ▶ 민주당이 내세운 '무상'이라는 표현에 대한 반론도 있다

"무상의료는 엄격하게 이야기하면 건강보험 보장성 강화 정책이다. 그런데 강화라는 표현이 전문성을 요하는 것이고 국민 다수가 이해하기 어려운 부분이 있다. 최종적으로는 무상의료의 사회로 가야 하지만 단계적인 과정을 거쳐야 한다는 측면에서 건강보험의 보장성 강화 방안을 먼저 제시하면서 이것에 대한 방향성과 목적성을 알리는 차원에서 무상의료라는 용어를 쓴 것이다.

'무상'이라는 용어가 상당한 논란을 불러일으킬 것이라는 예상은 했다. 논란을 불러일으키지 않는 야당 정책은 생명력이 없음을 3년 동안 반복적으로 지켜봐 왔다. 따라서 완전한 무상의료는 아니지만 정책의 지향성을 나타내면서 강화 방안을 담고 있다는 메시지를 전달하는 의미가 있다. 최종적으로는 적어도 돈 때문에 생명을 포기하는 일은 막아 주는 것이 인간 사회의 최소한의 도리라고 생각을 하고 있다."

▶ **최소한 논란 일으키는 것은 성공했다?**

"논란을 일으켰을 뿐 아니라 민주당의 확고한 정책으로 자리잡게 했다고 생각한다. 본래 무상보육과 반값 등록금은 한나라당에서 이미 다 한 얘기인데 우리가 리모델링해서 들고 나오니 한나라당이 방어전을 펼치는 것 아닌가. 4대강 사업 등 개발과 토목 중심의 국정 운영으로 뒤로 밀려 있던 중요한 복지 정책들이 전면에 등장하게 됐다는 점에 있어서 일정한 성과가 있다. 만족한다. 박근혜 전 대표가 '한국형 복지'를 들고 나왔지만, 현재 복지 이슈는 민주당이 주도하고 있다고 생각한다."

"보장성 20% 올리는데, 50% 추가 재원 필요? 터무니없다"

▶ **한나라당에서는 '복지 시리즈'에 43조 원이 필요하다며 세금 폭탄이라고 한다**

"건강보험만 갖고 얘기해 보자. 입원 치료비 보장성을 현재 62%에서 90%로 28% 올리고, 외래 치료비 보장성은 12%를 올리자는 것이다. 한나라당은 54조 원의 진료비가 30조 원 가까이 늘어나 진료비가 50% 이상 늘어날 것이라고 주장하고 있다. 28%, 12%의 평균을 따지면 20% 올리는 건데 50% 이상의 추가 재원이 필요하다고 하는 것은 터무니없는 추산이다. 무상의료, 무상 보육을 해 주자는 것이 국민적 파급력을 일으키니까 이를 약화시키기 위해 과도하게 신종 색깔론을 덧붙여서 호들갑을 떨고 있는 것이다."

▶ 지금은 이른바 프레임 전쟁을 하는 시기인 것 같다. '복지국가 대 세금 폭탄', 승산이 있다고 보나

"그렇다. 우선 이명박 정부의 국정 운영 결과로 생긴 상처와 부작용들로 국민들 생활이 피해를 보고 있기 때문에 새로운 사회와 패러다임을 요구하는 국민들의 욕구가 충만하다. 이 부분이 유리한 점이다. 둘째, 범민주개혁진보 진영의 연대가 필요하다는 공감대는 이미 형성돼 있고, 그러면 민주개혁진보 진영이 무엇을 어떻게 할 것이냐는 상황에서 복지 정책만큼 공통분모를 찾아낼 수 있는 지점이 없다. 범민주진보개혁 진영의 집권을 위한 과제에 딱 들어맞는 것이 복지 분야인 것이다."

▶ 재원 마련 방안부터 구체적으로 준비한 뒤 무상 시리즈를 내놨어야 한다는 지적도 있다

"재원 부분은 다 마련해서 내놨다. 우선 건강보험 보장성 강화를 위해 8조 1000억 원이 들어가는데 여기에 대한 재원 조달 방안을 제시했다. 건강보험 부과 기반을 확대하는 것을 통해서 4조 2000억 원 정도의 예산을 확보할 수 있다. 건강보험공단 연구 결과를 바탕으로 한

수치다. 1977년도에 건강보험은 근로소득세라는 봉급 생활자의 투명한 유리 지갑을 단일 기준으로 해서 도입이 됐고, 1988년도에 지역까지 확대됐는데 현재 지역 보험과 직장 보험의 부과 체계 균형이 깨져있다. 지역의료보험은 자동차의 배기량까지 세서 부과하는데 직장의료보험은 소득세라는 단일 기준으로만 부과해 오고 있는 것이다. 임대 소득, 배당 소득, 이자 소득 등을 종합소득으로 환산해서 건강보험료를 부과하게 되면 상당 정도의 건강보험이 추가로 걷힌다.

전 국민에 해당하는 게 아니고 직장인의 상위 10%가 조금 더 내도록 하자는 것이다. 즉, 어떤 직장인이 주식, 건물도 갖고 있다고 예를 들어 보자. 근로소득은 300만 원인데, 주식·임대 소득을 다 합치면 700만 원이다. 이 700만 원을 기준으로 건강보험을 징수하도록 바꾸겠다는 것이다.

부양가족의 기준도 보다 엄격하게 개선하겠다. 본인이 건물을 갖고 있더라도 자녀의 부양가족으로 등록되면 본인은 건강보험료를 한 푼도 안 낸다. 아들이 그냥 부양가족 수에 따라서 직장 보험에서 조금 더 내는 수준이다. 이런 부분들만 개혁해도 건강보험료가 4조 2000억 원 더 걷힌다. 정부가 건강보험 공공재정의 20%를 지원해 주고 있는데 OECD 평균 지원 규모가 30%다. 우리도 20%를 30%까지 끌어올릴 것이다.

아울러서 지출 구조도 개혁해야 한다. 행위별 수가제를 포괄 수가제로 전환하고, 주치의 제도와 총액 계약제 도입 등을 통해 지출 구조를 개선하면 건강보험 재정이 늘어나는 부분은 최소화하면서 보장성은 강화할 수 있다."

"세금 올려서 하는 일이라면 무엇인들 못하겠나"

▶ 돈 때문에 치료 못 받는 일이 없는 정도로 가려면 증세가 필연적이라는 인식이 적지 않다. 정동영 민주당 최고위원과 조승수 진보신당 대표는 20일 '복지는 세금이다' 라는 제목으로 토론회를 연다

"새로운 목적세를 신설하거나 기존의 세율을 인상하는 것은 고려하지 않고 있다. 양극화로 국민들이 지쳐 있는데 새로운 활력소로 사회보장 체계의 패러다임을 바꾸자고 하면서, 증세나 새로운 세목의 신설부터 들고 나가는 것은 국민에 대한 예의가 아니다. 새로운 패러다임이라고 주장하는 데에서도 설득력이 떨어진다. 국민의 부담을 최소화하는 수준에서 새로운 패러다임을 제시하고, 이를 통해 사회적 합의를 만들면서 복지 패러다임이 정착할 수 있도록 추동력을 확보하는 것이 중요하다. 때문에 국민에게 부담을 지우는 문제는 먼저 얘기할 사안은 아니다. 그렇게 가는 것은 엄밀하게 얘기해서 새로운 패러다임도 아니다.

우리의 재정 지출 구조를 보면 GDP대비 복지 관련 예산의 수준이 OECD의 평균치에서 현저히 떨어져 있다. 우리는 예산 대비 복지비 편성 비율이 28%인데 OECD 평균치는 45% 정도다. 현재의 총예산 대비 복지비 예산편성이 OECD 평균이라면 증세를 얘기하는 게 맞다. 그런데 수준이 OECD 평균치에도 못 미치는 상황에서 이를 해결하려는 노력도 없이 복지를 담당할 세금부터 새로 만들고, 세금을 올리자는 건 맞지 않다. 우리가 갖고 있는 한정된 자원을 어떤 목적의식과 가치에 따라 배분해 갈 것이냐부터 정리하는 것이 맞다."


▶ 사실은 선거 때문에 증세 얘기를 하고 싶은데 못하는 것 아닌가

"세금 올려서 복지하자는 프레임으로 갈 것 같았으면 이런 의제를 먼저 던질 이유가 없다. 기본적으로 세금 올려서 하는 일이라면 무엇

인들 못하겠나. '증세 없는 복지는 허구다'라는 명제는 성립하지 않는다.

성장과 효율, 경쟁 만능 사회였기 때문에 복지에 대해서 상대적으로 관심도 적었고, 복지에 대한 투자와 자원 배분이 소홀했다는 부분을 스스로가 먼저 반성하고 처음부터 재설계하겠다는 식으로 가야 한다. 종래의 자원 배분과 예산편성, 복지에 대한 인식을 동일하게 가지면서 국민으로부터 세금을 더 거둬서 +α하겠다는 것은 본질적인 시각과 가치관이 다른 것이다. 민주당은 새로운 사회 질서와 구조, 국정 운영 기조에서 새로운 패러다임을 제기하는 것이다.

한나라당의 인식이나 구조로 얘기할 수 있는 시혜적, 선별적 복지에 있어서 복지비는 소모 경비에 불과하다. 그러나 보편적 복지 제도는 다르다. 이를 통해 의료비가 줄어들고, 보육료가 줄어들거나 없어지고, 학자금 지출이 대폭 완화되면 실질 소득의 증가로 이어진다. 늘어난 가처분 소득은 소비로 이어지고, 내수 경제가 활성화되면서 투자와 생산으로 이어져 국민, 서민 경제의 볼륨을 키워 낼 수 있다. 따라서 새로운 세금의 신설이나 세율의 인상이 필요하다는 주장은 재정 구조의 개혁과 배분의 측면을 너무 간과한 것이다. 국가의 재정을 어느 부분에 어떻게 배분할 것이냐는 사회적 합의만 있으면 얼마든지 가능하다. 세금의 신설부터 얘기할 필요는 없다.

재정 확보에서도 새로운 패러다임을 추구해야 한다. '복지는 증세'라는 고정관념을 깨고 가야 한다. 복지는 증세라는 고정관념을 갖고 민주당의 복지 정책을 해결하려는 것은 삼가야 한다."

### ▶ 건강보험 보장성을 높이면 민간보험사와의 마찰도 클 텐데

"공공의료보험의 보장율을 90% 수준까지 높이면 민영의료보험은 상대적으로 역할이 줄어들 것이다. 바람직한 것 아니냐. 어떤 것이 국민에게 유리하냐는 관점에서 그러한 논란은 부수적일 뿐이다. 민간보험회사가 건강보험 상품만 다루는 것도 아니다. 또, 민영건강보험사들이 처음엔 정액제 상품을 주로 내놓다가 실손형으로 전환된 상황이다. 이를 다시 정액형으로 돌릴 수도 있다. 의료 지출 구조 합리화, 의료보험 체제의 개혁 측면에서 민영의료보험법 19개의 법률 재개정을 추진하고 있고 그 속에 민영의료보험법도 포함돼 있다."

### "복지 문제 파급력 때문에, 일부 언론·한나라당 폭격 가하는 것"

▶ 무상 의료의 경우 '건강보험 하나로 시민회의'는 1만 1000원을 더 내 90% 보장을 확보하자는 것이다. 민주당 안도 건강보험료 인상이 뒤따르는 것 아닌가

"건강보험 보장성을 90%까지 높이자는 목표와 방향에서는 일치하지만 로드맵은 다르다. 보험료 인상이 꼭 보장성을 강화해 주는 것으로 연결되지는 않는다고 본다. 참여 정부 시절에 공공의료에 4조 3000억 원을 집중적으로 투입했지만 보장성은 4%밖에 안 올랐다. 지금의 의료 지출 구조를 그대로 둔 채로 건강보험료를 많이 올린다 해도 보장성이 강화되기는 어렵다. 지출 구조를 합리적으로 개선해야 건강보험 재정이 올라갔을 때 보장성도 함께 올라간다."

▶ '민주당이 좌클릭하면 중도를 빼앗긴다'는 김효석 의원의 지적은 어떻게 보나

"어떤 정책을 좌클릭, 우클릭이라고 하는 것 자체가 스스로를 규정시키는 것이다. 총론적인 그림을 그리고 거기에 맞는 수준의 담론·정책을 얘기해야 한다고 주장하는데, 그렇게 되면 이념 논쟁으로 빠

져 버릴 가능성이 있다. 이념 논쟁은 국민들 입장에서 볼 때 부질없는 것이다.

국민들을 설득시켜서 사회적 합의를 이끌어 낼 수 있느냐가 중요하고, 국민에게 혜택이 얼마나 돌아가느냐의 규모 측정이 중요하다. 무상의료 정책은 국민 절대 다수가 별도의 민영보험을 드는 문제를 해결하자는 정책일 뿐이다. 아주 극소수의 부자를 제외하고는 중산층도 대부분이 의료에 대한 고민과 고통을 받고 있다. 보육 문제도 중산층 가정, 30~40대 젊은 부부들이 갖는 양육에 대한 고민을 어떻게 해결할까의 문제일 뿐이지 좌향좌의 정책이고 아니고의 문제가 아니다.”

### ▶ 복지 시리즈를 추진해 가는 데 제일 큰 걸림돌은 무엇이라고 보나

“복지국가, 복지에 대해서는 크게 거부감이 없지만 이걸 구체화시키는 작업에서는 여러 가지 다양한 의견들이 있을 수 있다. 다양한 의견이 복지 논리와 정책을 튼튼히 하는 것으로 작용할 수도 있고, 또 다른 측면에서는 세금 폭탄 · 포퓰리즘이라고 매도하는 결과로 나올 수도 있다. 그런 측면에서 볼 때 우리가 국민들이 요구하는 신선한 사회적 패러다임에 얼마나 따라갈 수 있느냐는 발상의 전환이 가장 중요한 포인트다. 그 지점을 못 따라가기 때문에 일부 언론과 한나라당이 폭격을 가하는 것이다. 그리고 바로 그러한 부분들이 국민적 요구와 밀접하게 닿아 있어서 파급력이 크기 때문에 과도하게 폭격을 가하는 것이다.”

# 07

## 지금 시작해야 국민소득 3만~4만 달러 때 복지 시스템 정착

### —전병헌 민주당 정책위 의장 "복지를 시혜, 소모로 여기는 생각 바꿔야"

"대통령의 성장과 효율 위주의 정책에 국민들은 지쳐 있습니다. 양극화는 심해지고 있고요. 국민 전체를 보듬을 수 있는 보편적 복지가 필요한 때입니다."

전병헌 민주당 정책위 의장은 복지 이슈와 관련해 강한 자신감을 보였다. 지난해 6월 야당 정책위 의장직을 맡은 그는 8개월에 걸쳐 복지 정책을 지속적으로 제안해 왔고, 여당과의 정책 대결에서 성공적으로 이슈를 선점했다는 평가를 받고 있다.

그는 지금까지 민주당이 '3(무상의료/무상보육/무상급식)+1(반값등록금)+2(주거 지원/일자리 지원)' 복지 제도를 만들겠다고 전했다.

전 의장의 설명이다. "사실 주거와 일자리 복지가 복지의 핵심이라 할 수 있습니다. 전세 난민이라는 용어가 나올 정도로 주거 문제가 심각한데, 이를 해결하지 못하는 정부를 국민이 신뢰할 수 있을까요. 보육과 의료 등 기초생활을 보장한 다음 일자리와 주거 문제도 국가에서 책임져야 한다고 봅니다."

## 복지는 사회적 再생산의 수단

그는 기존 복지의 개념을 넘어선, 새로운 복지 패러다임을 만들어야 한다고 주장했다.

"지금까지처럼 예산 마련해서 가난한 사람에게 나눠 주는 복지라 생각하면 사실 답이 안 나옵니다. 없던 예산을 끌어모아서 집어넣고, 또 다음 해에 또 끌어모아서 집어넣는다면 밑 빠진 독에 물 붓기일 뿐이죠. 복지 예산을 '나눠 주는', 일회성 소모 예산이라고 생각하면 복지 확대는 불가능해요. 한나라당은 아직 이런 옛날식 복지 마인드에서 벗어나지 못하고 있는 것 같습니다.

하지만 인식을 완전히 전환하면 답이 나옵니다. 정부가 복지 정책을 통해 교육·의료·보육·주거를 지원한다면 가구당 가용 소득이 늘어나겠지요. 그러면 소비가 늘어나고 내수 경기가 활성화되고 임금도 높아지고 경제가 선순환되는 겁니다. 정부는 복지 투자를 생산 유발 비용이라고 보면 됩니다. 또 복지가 활성화되면 범죄율이 줄어들고 출산율은 늘어나는 등 미래지향적인 효과는 확실합니다."

전 의장은 "현재 성장과 효율성 위주의 정부 여당 정책에 국민들이 힘들어하고 있고, 그렇다고 성장이나 고용이 크게 확대되고 있는 것도 아니어서 국민의 고충은 더 심해지고 있다."고 주장했다. "예산편성의 우선순위만 바꿔도 예산에 여유가 생깁니다. 여당은 기존의 재정 구조를 바꾸지 않겠다고 생각하기 때문에 복지의 재정 문제를 이야기하는데요. 4대강 등 개발 예산만 줄여도 증세 없이 보편적 복지를 시행할 수 있습니다."

그는 여당이 벤치마킹하려는 브라질 룰라 대통령의 복지 정책도 언급했다. 룰라 대통령은 '왜 부자를 돕는 돈은 투자이고 서민을 돕는 돈은 비용이라 하는가'라는 질문을 던진 바 있는데, 이처럼 강력한

복지 정책을 펴서 복지 대상을 중산층까지 확대했기 때문에 재집권이
가능했다는 것이 전 의장의 설명이다.

## 사람에 투자해야 한다

전 의장은 '지금은 4대강이나 SOC(사회간접자본) 개발보다는 사람
에 투자해야 할 때'라고 말했다.

"현 정부가 경기 활성화 등을 위해 SOC 및 개발산업을 절대 포기할
수 없다면 중도를 택하는 방법도 있습니다. 2001년 김대중 전 대통령
은 전국 초등학교 인원 감축을 목표로 학교 환경개선사업을 실시했습
니다. 당시 한 반 인원이 60여 명이었는데, 한 반 인원을 30명대로 줄
이고자 교사(校舍)를 리모델링하고 교사(教師)를 충원하는, 개발과
인적 투자를 함께하는 사업이었죠. 당시 기획예산처와 재정경제부는
엄청나게 반발했습니다. 절대 불가능하다는 것이었습니다. 하지만
대통령이 직접 국정상황실을 통해 강하게 밀어붙였고, 현재 초등학교
한 반 인원은 35명에 불과하지 않습니까. 복지 역시 마찬가지입니다.
당장 예산 낭비라는 비난도 있겠지만, 이렇게 미리 제도를 마련하지
않으면 후대에 더 큰 부담으로 돌아올 가능성이 높습니다. 경부고속
도로도 처음 만들 때 찬성한 사람이 몇 명이나 됩니까? 하지만 그때
만들지 않았으면 우리나라 경제성장이 가능했을까요? 경부고속도로
건설 당시가 우리 복지의 시작점이라 보면 됩니다."

그는 '무상복지'라는 용어를 사용한 이후 여당과 보수파의 공격을
거세게 받고 있기도 하다. "국민의 세금으로 시행하는 복지가 공짜·
무상인가."라는 지적에 그는 "무상이라는 말을 쓰지 않으려 내부적 논
의도 해 봤지만 상징적인 의미가 있어 그대로 쓰기로 했다."고 말했다.

"시장경제에서 국가가 국민 세금을 재원으로 국민에게 공공재 또는

공공 서비스를 제공하는 것을 무상 서비스라고 표현한 겁니다. 초등학교 등록금이나 국방·경찰 서비스, 도로·항만 등의 서비스를 생각해 보세요. 국민들은 이를 '무상'으로 받아들이고 있지 않습니까. 이제 급식과 의료, 보육도 이 같은 공공재와 같은 차원에서 '무상' 서비스를 제공한다는 겁니다. 특히 의료 서비스의 90%를 국가가 부담하는 것은 사실상 무상의료라 보면 됩니다."

"아직 국민소득이 선진 복지국가 수준에 못 미치는 만큼 적극적인 복지 정책에 나서기엔 이른 것 아니냐."는 질문에 그는 "지금이 보편적 복지 정책을 시작해야 할 시기."라고 주장했다.

### '선진국 복지병' 과는 형편 달라

"선진 복지국가들도 대부분 국민소득 2만 달러 수준에서 보편적 복지 정책을 시작했어요. 지금 시작하지 않으면 3만~4만 달러가 넘어갈 때 복지 시스템이 정착될 수가 없습니다. 그때는 이미 늦습니다. 지금 시작해야 계층 간 갈등을 최소화시킬 수 있다고 봅니다."

그는 OECD 국가들이 국민소득 2만 달러를 달성했을 당시 전체 예산 대비 복지 지출 비중이 적게는 34.7%(2006년 이스라엘)에서 55.7%(2003년 스페인) 수준이었는데, 우리나라의 경우 처음 2만 달러를 달성한 2007년 26.3%에 불과했으며, 2만 달러 수준인 2011년에도 28%에 그치고 있다고 설명했다.

그는 일부 언론에서 제기한 '선진국 복지병 우려'에 대해서도 일축했다.

"복지국가에서 복지병 때문에 성장 속도가 줄어들고 근로 의욕이 감퇴한다는 데는 근복적으로 동의하지 않습니다. 복지 정책 외에 다른 이유가 더 많다고 봅니다. 또 우리는 후발 복지국가로서 선진국의 복지 정책을 따라가자는 것이 아니라 선진국에서 나타난 부작용과 소모 비용을 교훈 · 참고 삼아 창의적인 복지 모델을 만들고 있습니다."

전 위원장의 설명이다. "일부 언론이 일본이 지나친 복지 비용 때문에 위기에 빠졌다고 하는데, 사실이 아닙니다. 지난 10여 년 동안 과도한 규제 완화와 선심성 감세 등으로 총체적 위기에 빠진 것이죠. 또 일본은 OECD 국가 중 복지 예산 비중이 매우 낮은 편입니다. 일본은 취약한 복지 시스템 때문에 위기가 왔다고 하는 것이 더 정확할 겁니다."

전 위원장은 "최근 복지 논쟁에서 의견이 통하는 정당이나 대권 주자가 있느냐."는 질문에 "여권에서는 박근혜 전 한나라당 대표가 유일하게 새로운 복지의 개념을 이해하고 있는 것으로 보인다."고 말했다. "완전히 새로운 복지 패러다임을 만들어야 한다는 점과 국민이 복지에 대해 높은 관심을 갖고, 원하고 있다는 점을 이해하고 있는 것 같습니다. 그러나 논의가 원론 수준에 머물뿐 구체적인 대안이나 재원 등 방안을 내놓지 못하고 있는 점은 아쉽습니다."

그는 "대통령이 대선 당시 '아이만 낳으면 국가가 키워 주고 대학 보내 주겠다'고 한 것이 엊그제 같은데, 지금 야당이 같은 주장을 하고 있다."고 말했다. "복지 중 다른 건 몰라도 무상보육은 지도자의 의지만 있으면 얼마든지 해결 가능한 일이라고 봅니다. 대학 등록금도 마찬가지고요. 그런데 야당의 안에 반박하기만 하는 집권당을 뭐라고 평가해야 할까요."

### 부유층도 보편적 복지 대상이 될 수 있다

여당과 논쟁 중인 '부유층까지 포함한 보편적 복지'에 대해 전 의장은 여당이 새로운 시각으로 접근할 것을 제안했다.

"부유층이 무상급식 혜택을 받는다면 그것이 과연 불공평한 것일까요? 부유층은 전 계층에 똑같이 제공되는 무상급식의 혜택 범위에서 이미 벗어나 있을 가능성이 훨씬 높습니다. 예를 들면 별도의 비용을 내는 사립학교 등으로요. 그렇지 않더라도 부유층은 많은 세금을 내고 급식을 받고, 빈곤층은 적은 세금으로 급식을 받게 되는 것이 불공평이라 생각하지 않습니다. 조세 형평만 제대로 이뤄진다면 복지를 통해 부의 분배가 이뤄지는 겁니다. 복지의 대상을 골라내는 일이야말로 엄청난 사회적 비용이고 각종 비리가 끼어들 가능성이 큽니다. 지금도 많은 재산을 갖고도 저소득층을 위한 복지 예산을 교묘하게 받아먹는 사람들이 적지 않습니다. 이야말로 불공평이죠."

그는 "국가로부터 존중받아야 할 국민이 복지를 제공받기 위해 스스로 가난을 증명하거나 능력이 부족하다는 것을 증명해야 한다면 아직 후진국 수준의 '시혜적 복지'에 머무는 것"이라고 말했다.

"한나라당은 보편적 복지가 실현되며 부유층 지원과 시민들의 도덕적 해이 등으로 '새는' 예산이 많을 것이라고 지적하고 있지 않은가."라는 질문에 전 의장은 "복지와 투자를 얘기하면서 과거 관행과 미래에 일어나지도 않은 일을 이야기한다는 것은 어불성설(語不成說)"이라고 말했다.

"지금도 새는 예산이 얼마나 많습니까? 어떤 정책도 새나가는 예산을 100% 막을 수는 없어요. 또 공짜라고 병원을 여기저기 돌아다니는 '의료쇼핑' 같은 현상을 막기 위해 포괄 수가제와 주치의 제도 등 제도적 장치도 마련하고 있습니다."

전 위원장은 "보편적 복지가 아닌 선택적 복지를 한다면 그 '선택'에 얼마나 더 큰 비용이 들어가겠는가."라고 반문했다. "제도를 악용하는 사람이 생겨나기는 마찬가지입니다. 이를 얼마나 구조적으로 막을 수 있느냐가 문제죠. 새는 예산 운운하는 것은 본질을 벗어난 얘깁니다."

복지의 재원에 대해 질문했다. 전 의장은 "민주당이 전문가 용역을 통해 추산한 3+1 복지 예산이 16조 4000억 원 정도이고, 4대강 사업 같은 선심성·낭비성 예산을 줄이고 현행 세제만 정리해도 43조 원을 확보할 수 있다."며 "재원이 부족해서 복지 못한다는 건 말이 안 된다."고 답했다.

"야당이다 보니 책임감 없이 선정적인 주제를 이끌어 내고 있는 것 아니냐."는 질문에 그는 "야당 정책의 본질은 현 정부의 잘못을 지적하고 논란을 만들어 내는 것"이라고 말했다.

"포퓰리즘이라는 비난도 있지만, 저는 그렇게 생각하지 않습니다. 총선과 대선이 1년 넘게 남았는데 지금 굳이 선정적인 이슈를 제기할 이유가 없겠죠. 또 여당으로서 무책임하게 선심성 정책을 실시하고 세금을 낭비한다면 포퓰리즘이라는 비난받을 수 있겠지만, 우리는 차기 정권에서 실시할 수 있는 복지 정책을 차근차근 준비하고 있는 겁니다. 복지는 우리 사회에 대단히 중요한 문제이고 담론이기 때문에 지속적으로 문제 삼을 겁니다. 복지는 하고 안 하고의 문제가 아니라 안 하면 큰일 나는, 필수적인 것이라고 보면 됩니다. 그동안 여야를 막론하고 논란을 위한 논란을 제기하면 국민들이 동의하지 않았어요. 그런데 복지 문제는 모든 국민이 관심을 갖고 있지 않습니까?"

## 08

매일경제, 2011. 01. 26

# 전병헌 "무상복지 비난만 말고 맞짱 토론하자"

## —민주당 무상복지 입안 전병헌 정책위 의장

요즘 정치권의 최대 이슈는 '무상복지' 다. 민주당이 불을 붙인 복지 논쟁에 정치권은 물론 보수·진보단체, 학계, 언론계 등이 모두 휘말려 있다. 이러한 논쟁의 중심에 전병헌 민주당 정책위 의장이 서 있다.

그는 "논란을 불러일으키지 않는 야당 정책은 생명력을 잃은 정책"이라는 소신을 갖고 있다. 그러면서 "여권의 누구라도 나와라. 민주당의 복지 정책에 대해 포퓰리즘이라고 비난만 하지 말고 맞짱 토론을 해 보자. 그런 후 국민의 평가를 받아 보자." 며 자신감을 보였다.

### ▶ 무상복지라는 용어를 계속 고집할 것인가

무상이라는 용어 자체가 주는 사회적 거부감이 있는 것도 사실이다. 그러나 야당의 정책은 미래지향적이고 방향성을 담아 내야 한다. '무상복지' 라는 용어가 국민들에게 업그레이드된 복지 체계 의미를 전달하는 데 용이한 측면이 있다.

### ▶ 복지 이슈를 2012년까지 끌고 갈 생각인가

복지 이슈를 2012년까지 끌고 가는 문제는 국민들이 생각할 문제다. 복지에 대한 관심은 이명박 정부 들어 무한 경쟁이 남긴 국민들의 피로감에서 누적된 결과다. 이는 우리 사회가 새로운 패러다임을 간절하게 바라고 있는 것으로 해석된다.

### ▶ 민주당이 사활을 걸고 관철할 가치는 복지인가

무상급식, 무상의료, 무상보육에 반값 등록금에 이르는 '3+1 정책'에 주거 복지와 일자리 문제를 합친 '3+3'이 민주당이 일차적으로 지향하는 복지 체계의 1단계다.

이 6대 의제를 지속적인 우리 의제로 삼아가면서 여러 가지 부분들을 논의해 나갈 것이다. 민주당 정책을 추진하면 연 16조 원이 더 든다는 비판도 있지만 이명박 정부가 5년간 부자 감세 등으로 90조 원의 세수를 깎아 준 것을 원상 복구하면 아무런 문제가 없다.

### ▶ 부유세는 어떻게 보는가

일부 정파에서 증세를 얘기하는 것에 대해 특별하게 논평할 생각은 없다. 다만 국민들은 정부가 치열한 경쟁과 효율만 강조하다 보니 불만이 많이 쌓여 있는 것이 사실이다.

## 09

조선일보, 2011. 01. 31

## 재정 · 복지 · 조세개혁하면 증세 필요 없다
—전병헌 민주당 정책위 의장 "한나라의 무상 정책 매도는 실제 가능할
　수도 있다는 두려움과 견제 의식 때문"

'무상(無償)복지 시리즈'를 통해 정치권에 '복지 전쟁'을 촉발시킨 민주당 전병헌 정책위 의장은 30일 "민주당 복지 정책을 '포퓰리즘'으로 매도하는 한나라당 공세에는 무상 정책의 파급력과 실현 가능성에 대한 두려움과 견제 의식이 깔려 있다."며 "논쟁이 장기화할수록 복지에 대한 국민적 열망은 폭발적으로 커질 것"이라고 말했다. 민주당은 이날 '증세 없는 3+1(무상의료 · 보육 · 급식, 반값 대학 등록금) 추진' 방침을 재확인했는데, 전 정책위 의장은 본지와의 인터뷰에서 "3+1은 퍼주기가 아니라 성장 동력을 확보하는 길"이라고 했다. 다음은 전 정책위 의장과의 일문일답 요약.

▶ 증세 없이 '3+1'의 재원을 마련하기로 했는데, 가능한가

"재정과 복지 부과 체제, 조세개혁을 통해 가능하다. 우선 재정과 관련해, 전체 예산의 53%가 (법 개정이 필요없는) 재량 지출 예산으로, 예산 배정 순위를 바꾸면 된다. (김대중 정부 때인) 2001년 7 · 20 교육여건 개선 정책을 발표하면서 2년 만에 학급당 학생수를 35명으

로 낮추겠다고 했다. 그랬더니 예산·경제 관련 부처에서 아우성이었다. 지금은 어떤가. '학급당 35명'이 당연시된다."

▶ **16조 4000억 원만 더 투입하면 보편적 복지가 된다고 주장하는데, 과대포장 아니냐**

"'3+1'이 보편적 복지의 전부라고 할 순 없다. 국가가 일부 계층에 베푸는 시혜적 지원을 넘어서 모든 국민을 대상으로 존엄 있는 삶을 영위할 수 있는 장치를 만든다는 점에서 '보편적'이라고 한 것이다. '3+1'은 생애 주기에서 가장 중요한 문제이고, 개선이 시급한 영역이다."

▶ **2012년 총선 및 대선용이라는 지적이 나온다**

"꼭 선거 전략만은 아니다. 그렇다면 굳이 지금 내놓을 이유가 없다. 집권 비전을 제시한 것일 뿐 선거에 발휘할 영향력은 그다음 문제다. 일단 복지를 사회 중심적 담론으로 만드는 데는 성공했다고 본다. 정부·여당이 아무리 포퓰리즘이라고 공격해도 복지 욕구를 누를 순 없을 것이다."

▶ **복지 부과 체제 개혁은 건강보험료 인상이 수반되는데**

"건강보험료 부과 체제는 지난 30년간 그대로다. 직장인들 가운데 배당소득, 금융소득 등이 있는 사람은 건보료를 더 내야 한다. 전체 직장인들 가운데 9.8% 정도다. 또 건물 소유주가 자식의 직장의보에 얹혀 있는 경우도 마찬가지다. 이렇게 하면 4조 2000억 원을 확보할 수 있다."

▶ 노령화로 인한 자연적 복지수요 증가는 고려 않는가. 재정 건전성이
문제가 될 수 있다

"이명박 정부의 감세 정책으로 2007년 21%였던 조세부담률이 2010
년 19.3%로 낮아졌다. 부자 감세 철회를 통해 조세부담률을 2007년
수준(21%)으로 높일 필요가 있다."

▶ 상속세, 양도세, 종합부동산세도 복원 대상이라고 보는가

"상속세, 양도세와는 달리 종부세는 사회적 합의가 필요하다."

▶ 무상보육 대상에 상위 10%까지 포함시킬 필요가 있나

"보편적 복지는 시혜적 개념이 아니라 온 국민에게 돌아가는 시스
템이다. 누진적 과세 체제에 따라 세금을 많이 낸 그들에게 '부자니
까 안 된다' 고 하는 것은 보편적 복지가 아니다."

## 부자를 죄인 취급하는 징벌형 과세로는 공감 못 얻는다

"부유세는 계급적 갈등을 일으킬 수 있기 때문에 보편적 복지 정신과는 맞지 않는다".

전병헌 민주당 정책위 의장은 15일 한국경제신문과의 인터뷰에서 정동영 민주당 최고위원이 제기한 '증세를 통한 복지'를 정면으로 비판했다. 그는 "보편적 복지의 정신은 각박한 사회를 여유와 포용, 배려가 있는 사회로 바꿔 나가자는 것인 만큼 계급적 갈등을 야기하는 부유세를 걷어서 보편적 복지를 실현하겠다는 주장은 어불성설"이라며 "징벌적 성격의 부유세 도입은 보편적 복지를 이뤄 나가는 데 장애가 된다."고 지적했다.

그는 재원과 관련, "예산편성의 우선순위를 조정하고 예산을 효율적으로 사용하도록 하는 등 재정·세제개혁을 통해서도 얼마든지 보편적 복지를 할 수 있다."고 말했다. 민주당은 현재 '증세를 통한 복지 증대'와 '재정·세제개혁을 통한 복지 증대'를 놓고 당내 주요 계파 간 갈등을 빚고 있다.

정세균 전 대표 시절 정책위 의장이 된 그는 "손학규 대표가 정책의 일관성을 위해 계속 맡아 달라고 부탁해 고민 끝에 연임하게 됐다."며 "10년 여당 경험이 있는 민주당으로선 어떤 것이 야당형 정책의 모델인지 정립할 필요가 있다."고 말했다. 민주당의 '3+1 복지 정책'(무상급식, 무상의료, 무상보육, 반값 등록금)이야말로 야당형 정책의 모델이라는 설명이다.

그는 3+1 정책이 야권 내부뿐 아니라 여야 정치권에서 광범위한 논쟁거리가 되고 있는 데 대해 "논란을 일으키지 않는 야당의 정책은 생명력을 잃은 것"이라며 '성공적'이라고 자평했다.

전 의장은 "야당의 정책은 국민들의 검증을 받아야 되기 때문에 국민의 관심을 끌지 못하면 아무리 좋은 정책도 소용없게 된다."며 "여당이든 야당이든 다른 당의 정책을 논평만 하는 데 그치면 비전도 꿈도 없는 '불임정당'이 된다."고 지적했다. 그는 특히 무상의료를 놓고 재원 논쟁이 벌어지고 있는 데 대해 "무상의료는 가장 충격적 정책으로 우리의 정체성을 확실히 보여 줄 수 있기 때문에 처음에 큰 관심을 끌기 위해 내놓은 것"이라고 했다. 전 의장은 박근혜 전 한나라당 대표의 '한국형 복지 정책'에 대해서는 "말은 있는데 실체는 없다."며 "맞춤형이라고 말만 하지 어떻게 맞출 것인지 맞춤의 내용과 비용 등 콘텐츠가 전혀 없다."고 비판했다.

또 유시민 국민참여당 정책연구원장이 민주당의 무상복지를 '선거용 구호'라고 비판한 데 대해 "민주당과의 차별성에 너무 천착해서 그런 잘못된 발언을 한 게 아닌가 싶다."며 "민주당의 복지 정책이 상당 부분 참여 정부 시절의 2030 계획에 기반을 두고 있는데 참여 정부 시절 보건복지부 장관을 지냈던 사람의 발언이라고는 믿기지 않는다."고 거듭 각을 세웠다.

# 11 | 콘텐츠 없이 브랜드만 있는 〈박근혜 복지〉

2010년 12월 '사회보장 기본법' 전부 개정을 위한 공청회에서 한나라당 박근혜 전 대표는 한국형 복지국가 건설에 대해 "현재는 복지 현실이 미흡하다. 국민들의 체감도, 만족도가 낮아지고 있다. 우리 경제에 맞는 복지 시스템을 갖추어야 한다. 복지는 단순히 돈을 나누어 주는 것이 아니라 꿈을 이루어 주고 자아실현을 하도록 이끌어 주는 것이라야 한다. 한국형 복지 모델의 핵심은 선제적·예방적이고, 지속 가능하며 국민에게 실질적 도움이 되는 통합 복지 시스템이다. (중략) 복지 패러다임이 구시대적 소득 보장 중심에서 소득과 사회 서비스가 균형적으로 보장되는 미래 선진형으로 전환되어야 하고, 흩어지고 다원화된 복지 정책들이 효율적으로 새롭게 통합되어야 한다."는 것이라 말했다.

박근혜 전 대표가 주장하는 '한국형 복지국가 모델'을 요약하자면,
• 우리 경제에 비해 낙후된 복지를 양극화, 고령화 시대에 대비하여 획기적으로 강화할 필요성을 인정한다.

- 전 국민에게 평생 단계마다 안전한 삶으로 보장하고 실질적 도움이 되는 수준으로 지원, 소득과 사회 서비스를 모두 맞춤형으로 보장해야 한다.
- 선제적·예방적이고, 지속 가능하며 성장과 복지가 선순환하는 모델이어야 한다. 복지 지출은 부담이 아니라 선제적 투자이고, 선별적 복지냐 보편적 복지냐는 논쟁이 불필요한 사항이다.
- 복잡하고 분절적인 복지 제도를 효과적·효율적으로 통합해야 한다.
- '한국형 생활보장 국가'는 창발적으로 마련하고, 선진국 모형 중 우리가 수용할 수 있는 성공 사례는 없다고 본다. 따라서 우리에게 알맞은, 작거나 큰 복지국가가 아닌 '좋은' 복지국가를 만드는 것이 중요하다.
- '사후적 소득 보장 국가'에서 '예방적 생활 보장 국가'로의 전환을 이루어야 한다.
- 소득 보장에서 '생활 보장'으로의 패러다임 전환(생활 보장=소득 보장+서비스 보장)이 필요하다.

이처럼 박근혜 전 대표의 복지 정책에 대한 구상은 너무 포괄적이고 미사여구들로 잘 꾸며져 있다. 복지 교과서로 사용해도 될 만한 수준에 이르는 단어가 나열되어 있고 너무나 좋은 틀거리로 디자인되어 있다.

그러나 틀거리는 틀만 있을 뿐이고, 그 틀거리의 가치는 논리적이고 명확한 내용들 즉, 알맹이가 담겨져 있어야만 그 가치를 발휘할 수 있다. 하지만 박근혜 전 대표의 '한국형 복지국가 모델'에는 구체적 정책 방안이 담겨져 있지 않다.

생애 주기형이고 생활 보장형이라는 것은 복지의 실제 '무게'가 실려 있지 않은 껍데기일 뿐이다. 박근혜 복지가 민주당이 구체적 재원 마련 방안으로 제시한 것처럼, 어떤 프로그램을 통해 어느 정도의 소득 보장과 사회 서비스를 제공하여 실현될 것인가를 설명하고 제시해 주지 않으면 아무도 그 가치를 판단할 수 없으며 옳고 그름조차 알 수 없다.

박근혜 복지가 논리적 구조는 잘 짜여져 있다고 하더라도, 내용은 얄팍한 수준에 머무르고 있다는 것을 보여 주는 것이다. 박근혜 복지가 구체적인 내용을 보여 주지 않음으로서 박 전 대표는 복지에 대해 많은 말을 했지만, 실상은 아무 말도 안 한 것과 같다.

개별적 복지 정책의 방향이나 내용을 제시하지 않으면서 구체화의 방식을 '사회보장 기본법'의 전부 개정으로 삼은 것은 절묘한 정치적 기회의 포착이라고 볼 수 있다. 사회보장 기본법의 개정이 필요하기는 하지만 구체적인 내용이나 복지 정책의 방향에 대해서 언급이 없이, 복지 개별법도 아닌 기본법 개정을 발의한 것은 다분히 정치적 의도가 있는 것으로 보인다.

첫째는 법 개정안으로는 복지 정책을 구상하고 있다고 밝힐 정도면 되지 구체적 정책을 제시하지 않아도 되고, 재원 마련 대책 또한 내놓을 필요가 없기 때문이다.

둘째는, 복지를 추구하는 정치인으로 이미지를 굳히고, 법 개정을 통해 언급하는 정도이므로 정당이 져야 할 부담과 책임도 피해 갈 수 있었던 것이다. 박근혜 전 대표의 복지 구상이 국민 속으로 다가가려면 사회적 논란이 되든지, 뜨거운 논쟁이 있든지 간에 상관없이 구체적 프로그램과 재원에 대한 방안을 뚜렷이 밝혀야 한다.

박근혜 전 대표는 2009년 박정희 대통령 서거 30주기 추도식에서 "아버지의 궁극적인 꿈은 복지국가 건설이었다."고 말했다. 이번 복지 구상의 원천을 박정희 대통령과 연결시키고 싶은 생각에서 나온 것이 아닌가 싶다.

### "재원 마련 대책에서 말해야 한다"

박정희 대통령이 77년 의료보험을 도입하면서 복지의 개념을 시작했다는 것에 대해 극구 부정할 마음은 없다. 하지만 박 대통령은 철저한 '선성장, 후복지'를 강하게 시행하여 반복지 담론을 우리 사회에 강하게 뿌리박아 놓았다. 박 대통령에게 복지는 소비로, 국민에게 주는 시혜로 인식했기 때문에 그의 복지 개념에는 경제성장이 없었기 때문이다.

결국 박근혜 전 대표가 '한국형 복지국가'를 구현하자면 박 대통령이 남긴 소비 복지의 개념을 부정하고 넘어서야 한다. 아버지의 복지국가로의 꿈을 이루는 것이 아니라 정면 돌파해야 박근혜식 복지 정책이 올바른 것이 된다고 봐야 할 것이다.

### 박근혜 복지는 노무현의 '비전 2030'의 아류작?

모 학자의 주장에 의하면 박근혜의 '한국형 복지국가' 구상은 노무현 전 대통령의 참여 정부가 추진한 '비전 2030'과 동일한 구상이라고 한다. 양극화와 고령화, 구사회 문제와 신사회 문제, 낙후된 복지 수준에 대한 문제 인식, 사회보장과 사회 서비스의 조화, 맞춤형 복지, 선제적 투자로서의 복지 등 '노무현 복지'의 구상과 같은 것이라고 서술하고 있다.

박근혜식의 복지가 노무현 복지와 닮았다거나 복사해서 사용한다고 해서 비난하지는 않는다. 왜냐하면 故 노무현 대통령의 복지 구상은 2030년까지 한국 복지의 수준을 OECD 평균까지 끌어올리겠다는 장기간의 국정 비전을 제시한 것으로 후임 정부가 계승하여 발전시키길 원했던 원대한 정책이었기 때문이다. 따라서 누가 하던 전 정권의 잘된 정책을 계승 발전시켜 모든 국민에게 녹아들 수 있다면 그보다 다행스러운 일은 없을 것이다.

상표는 있지만 상품은 없는 박근혜 전 대표의 '한국형 복지국가'를 폄훼할 마음은 없다. 그나마 박 전 대표가 유일하게 새로운 복지의 개념을 이해하고 있는 것으로 보인다. 완전히 새로운 복지 패러다임을 만들어야 한다는 것을 이해하고 있고, 우리 국민이 복지에 대해 높은 관심을 갖고, 원하고 있다는 점을 알고 있는 것 같다.

앞서 언급했듯이 아쉬운 점이 있다면, 복지 담론에 대한 논의가 원론 수준에 머물뿐 구체적인 대안이나 재원에 대한 분석 등 방안을 내놓지 못하고 있는 것이다.

지금까지처럼 예산 마련해서 가난한 사람에게 나눠 주는 것이 복지라 생각하면 복지국가에 대한 답은 없다. 없던 예산을 끌어 모아서 집어넣고, 또 다음해에 또 끌어 모아서 집어넣는다면 '밑 빠진 독에 물 붓기'일 뿐이다. 복지 예산을 '나눠 주는', 일회성·소모성 예산이라고 생각하면 복지의 확대는 불가능할 것이다. 한나라당은 아직 박정희 대통령이 남긴 '소비 복지'의 유산에서 벗어나지 못하고 있는 것 같다.

하지만 인식을 전환하면 답이 나온다. 박근혜 전 대표의 인식도 많이 바뀐 것 같다. 박정희 대통령의 '소비 복지' 유산을 어느 정도는 벗어나서 껍데기라도 구상은 건전한 방향 설정을 한 것으로 보인다.

정부가 복지 정책을 통해 교육·의료·보육·주거를 지원한다면 (덴마크의 예처럼) 가구당 소득이 늘어나고 소비도 진작이 될 것이며, 당연히 내수 경기가 활성화되어 임금도 높아지고 경제가 선순환되는 구조를 만들게 될 것이다.

국민에게 꼭 필요한 정책은 노무현 대통령의 아류작이든지, MB 정권이 사용도 못하고 버린 것이든지 간에 누가 먼저 다듬고 분석하고 논쟁해도 상관이 없다. 중요한 것은 사용 가능하게 만들어 국가와 국민을 위해 필히 써먹는 것이 가장 우선이기 때문이다.

# 12 | 서울시장이 보는 복지의 수준
## ─복지 사회를 가로막는 어리석음

### 오세훈의 복지 망국론, 사회적 공론화를 가로막다

최근의 복지 논쟁에서 오세훈 서울시장을 빼놓을 수 없다. 그가 여권의 유력한 잠재적 대권 후보여서도 아니고 현실 정치에 미치는 영향력이 지대해서도 아니다. 그렇다고 수도 서울의 수장으로서 갖는 정치사회적 위상 때문도 아니다. 우리 사회가 복지 사회로 가는 길에 의당 있어야 할 합리적인 사회적 논의 자체를 가로막으려는 무분별한 행태 때문이다. 서울시 전체 예산의 0.3%에 불과한 친환경 무상급식 지원 예산을 '망국적 복지 포퓰리즘' 이라니.

한 사회가 성장의 패러다임을 바꾸려 할 때 필수적인 것이 사회적 논의, 사회적 공론화다. 이는 선거를 통해 공유되고 확인된다. 과거 우리 사회는 그런 기회들을 폭력적인 권력의 등장으로 빼앗기거나 안타깝게도 제대로 논의할 주체 가령, 시민사회, 정치 세력의 성숙함이 부족했던 것이 사실이다. 그러나 우리는 어느덧 김대중, 노무현 대통령 시기를 거치며 여야 모두 집권 경험을 지니게 되었고, 시민사회는 그 어느 때보다 성숙했다. 따라서 성장 일변 사회에서 복지 사회로 가는 대전환점에서 사회적 논의는 필수적이다. 그러나 오세훈 시장은 이러한 사회적 논의를 '망국적'이라며 우격다짐으로 가로막으려 한다.

### 정치적 욕심을 못 채우는 정치력의 한계

오세훈 시장의 의도적 시정 파행은 무상급식 의제를 그 자체로 바라보지 않는다. 오히려 자신의 불순한 정치적 의도가 개입되면서 보편적 복지를 반대하는 세력의 대표 자리를 꿰차려는 정치적 욕심의 산물로 보인다. 그러나 누울 자리를 보고 다리를 뻗으라 했던가. 오세훈 시장의 반복지 행태는 결국 본인이 기적처럼 이룬 현재의 자리마저 위협하는 부메랑이 될 것이다.

박근혜가 보수 세력의 전통적 지지가 공고하다고 판단하여 '한국형 복지'를 들고 중도 세력에게 눈길을 돌리자, 오세훈은 거꾸로 중도 합리적인 이미지를 벗어 버리고 보수 세력을 공략하려 한다. 0.8%의 차이로 서울시장 재선에 성공한 오세훈으로서는 중앙 정치인에 비해 떨어지는 취약한 지지 기반과 의제 주도력을 만회하고 싶은 마음도 있었을 것이다.

그에 대한 여권 내 대권 지지도가 높아지는 효과도 있었다. 그러나 이런 현상은 전통적 한나라당 지지자들 내에서의 단순한 분포 변화일 뿐이다. 친이계 지지자들 중에서 마땅한 박근혜 대항마를 찾지 못한 사람들의 순간적인 기대치일 뿐 공고한 지지 결속으로 이어지기 힘들어 보인다. 왜냐하면 오세훈 시장이 서울시 의회와의 명분 없는 대립을 지속할수록 정치적 부담은 더 커질 수밖에 없기 때문이다. 주민투표에 대한 한나라당의 모호한 태도와 드러내 놓고 무상급식을 반대하기 '어려워하는' 한나라당 소속 국회의원들을 보면 답이 나온다.

또한, 무상급식 반대와 같은 네거티브 정책으로는 정치의 주도권을 쥘 수 없다. 그렇다고 반대에 따르는 합리적인 대안도 없다. 그저 기존에 해 오던 선별적 급식을 자신의 임기 동안 소득 하위 30%까지 확대하겠다고 한다. 이를 '점진적 무상급식'으로 포장하는 것은 국민들을 현혹하는 것이다.

## 민주당 '3+1 정책', 오세훈의 실체를 벗기다

오세훈 시장의 논리는 짧은 기간에 많이도 바뀐다. 12월 초엔 무상급식에 대해 그 자체를 반대하지 않지만 학교 현장에서 요구되는 학교시설 개선 등 우선순위의 문제가 있기에 반대한다고 했다. 그러다 보편적 복지에 대한 사회적 논의가 이뤄지자 자신이 무상급식을 반대하는 것은 다른 분야의 무상복지 공세를 막기 위한 최후의 보루였다고 선전했다. 1월에 들어 민주당이 무상급식과 무상의료, 무상보육 등을 정책적 방향으로 제시한 이후에는 '그것 봐라, 내 말이 맞지 않냐'며 보편적 복지 전반에 대한 반대 투사로 나섰다.

일견 민주당의 '3+1 정책'이 오세훈에게 명분을 준 것으로도 보인다. 그는 자신의 블로그에서 '민주당의 무상복지 시리즈는 나쁜 복지'라고 주장한다. 민주당이 증세를 이야기하지 않고 있으며, 중산층을 힘들게 하고, 서민 무시 복지라는 것이다. 그러나 오세훈 시장의 한계는 거기에서 드러난다. 뜬금없는 부가세 증가를 우려하면서 정작 70조 원 규모의 부자 감세에 대해서는 일언반구도 없다. 사회복지 예산을 이야기하면서 과다하게 편성된 토목 건설 예산에 대해서는 입을 다문다. 그의 어처구니없는 주장은 이후 보편적 복지를 두고 활발하게 벌어진 사회적 논의 속에서는 누구도 귀 기울이지 않은 철없는 푸념에 지나지 않았다. 오히려 민주당의 '3+1 정책'은 오세훈으로 하여금 스스로 한계를 드러내게 만들었다. 그의 좋은 이미지가 껍데기 뿐이었음을, 극우적 반복지론자임을 스스로 고백하게 만들었다.

그는 결국 자신의 반(反)복지 입장을 강변하기 위해 일본의 한 정치인이 보낸 편지를 인용하다 여론의 뭇매를 맞는 사건이 벌어졌다. 이른바 오세훈이 자신의 블로그에서 소개한 그의 '오랜 지기'가 〈손석희의 시선집중〉에 출연해 '독도는 일본 땅'이라는 주장을 펼치고, 일본 총리의 '야스쿠니 신사 참배에 대해 주변국이 왈가왈부하지 말라'는 망언을 쏟아 낸 일본 내 극우 정치인 중의 한 사람이었다는 사실이 서울시 의원에 의해서 드러난 것이다. 일본 민주당의 복지 정책을 비난하는 자민당 보수 정치인의 입을 빌어 한국의 민주당 복지 정책을 비난하다 오히려 곤경에 처했다.

### 튀고 싶은 '서울형' 복지, 알 수 없는 '서울형' 복지

지난 참여 정부 시절 서울시장에 당선된 오세훈 서울시장은 중앙정부와의 차별성을 유독 강조해 왔다. 그러기 위해 유독 '서울형'이라는 말을 사업명 앞에 붙이기를 즐겨했다. 그러나 '서울형'으로 이름 붙여진 서울시 사업들을 보면 이름만큼 두드러지는 차별성을 찾기 어렵다는 것이 대체적인 평이다. 특히, '서울형' 복지가 지향하는 바가 무엇인지 그 실체를 알기 어렵다. 서울시민의 복지 수요를 면밀히 측정하고 이를 기반으로 복지 모델을 만들었다기보다는 중앙정부 혹은 다른 지방자치단체와 다르다는 점을 보여 주기 위한 닉네임에 불과할 뿐, 그 개별 사업에 있어서는 차별성이 거의 없다. 왜 '서울형'이라는 닉네임을 붙이는가의 배경 설명은 있는데 정작 '서울형'이 무엇인지에 대해서는 알 길이 없다.

이렇게나마 나름 '서울형' 복지를 추진해 온 오 시장으로서는 복지 담론을 누군가에게 빼앗긴다는 것이 참기 어려운 일일 수도 있다. 자신이 복지 분야에선 나름 입지를 쌓았다고 자부심이 대단했을 텐데 한순간에 '보편적 복지'에 담론의 주도권을 빼앗겼다고 생각했을 수도 있다.

그러나 서울시가 의회에 제출했던 2011년 예산안을 보면 그가 과연 복지 시장인지 의구심이 들 수밖에 없다. 2011년도 복지 예산은 총계 예산 기준 21.4%, 순계 규모 대비 23.2%에 불과했다. 이러한 서울시의 복지 예산 규모는 2010년 특별시 및 광역시의 평균에도 미치지 못한 수준이다. 당시 서울시는 2011년도 사회복지 예산이 2010년 대비 2,492억 원(6%)이 늘었다고 했지만, 대부분 기초노령연금, 장애연금, 노인장기요양, 사회 서비스 사업 등 국고 사업의 운영 확대나 급여 상승으로 인해 이뤄진 자연 증가분에 불과하고 오히려 서울시 자체의 재량 지출은 전년 대비 836억 원이 감소했다. 특히, 사회복지 예산 지출이 높다는 것을 보이기 위해 복지 예산이라고 보기 어려운 1,445억 원의 교육지원 예산을 신규 복지 예산으로 산정하기도 했다.

오세훈 시장은 전임 4년의 임기 동안 서울시 복지 예산이 2배 늘었다고 주장하지만 이 기간 서울시 복지 예산은 99.3% 증가한데 그쳤고 전국 특별·광역시 평균은 109% 증가했다. 이 또한 대부분 국고보조형 매칭 사업이었기에 실제 서울시장의 의지가 반영된 부분은 극히 미비하다 할 것이다.

### '약물' 오남용보다 더 나쁜 '권력' 오남용

오세훈 시장이 복지 정책 방향에 대해 자신의 견해를 피력하는 것은 자유다. 그러나 그 견해에 권력이 개입되면 곤란하다. 정당한 절차와 제도에 의해 확정된 조례와 예산을 자신의 견해와 맞지 않는다고 부정하는 지경에 이른 것이다. 시민의 대표기관이 시의회가 의결한 친환경 무상급식 조례와 예산을 부정하고 있다. 견해의 피력이 권한의 남용으로 이어지면 그 피해는 고스란히 서울시민들이 겪게 된다.

또한, 오세훈 시장은 무상급식을 막기 위해 주민투표까지 추진하고 있다. 주민투표 제도의 도입 취지는 대의민주주의를 근간으로 하는 헌법 정신에 비추어 지방자치에 있어 대의제(의회)를 보완하는 직접민주주의의 요소로 도입되었다. 그러나 오세훈 시장과 일부 보수 성향의 시민단체가 추진하는 주민투표는 대의민주주의를 보완하기는커녕 오히려 부정하고 있다는 점에서 큰 문제가 아닐 수 없다. 제도를 오용하거나 악용하는 것은 약물 오남용에 비할 바가 아니다. 자신의 궁색한 상황을 모면하기 위해 신성한 직접민주주의 제도를 악용하는 나쁜 선례를 남기지 않기를 바란다.

# 제2부

# 전병헌의 비타민 복지
## —정책으로 말하다

## 01 | 6.2지방선거를 통해 표출된 복지 정책의 열망
### —친환경 무상급식 선택, 민주당 보편적 복지의 시발점

2011년 1월 민주당의 보편적 복지 정책에 대한 시민사회의 반응은 가히 폭발적이었다. 1월 10일 서울대 조국 교수는 페이스북을 통해 "오랫동안 진보 정당이 주창해 온 무상의료 정책을 제1야당 민주당이 받았다. 무조건 좋은 일이다."라고 평하고는 "2011년 야권이 3대 무상복지 정책을 대중에게 광범위하게 선전하고 이를 세밀하게 가다듬는 해가 되어야 한다."고 까지 말했다.

정치평론가 고성국 박사 역시 "민주당이 무상의료를 당론으로 채택하는 토론을 했다. 국민들이 엄청난 관심을 갖게 될 것이다. 이제 무상급식보다 훨씬 더 파괴력이 크다."고 평가하면서 "이런 것들(보편적 복지 정책)이 정말로 민주당이 지금 시점에서 국민들한테 보여 줘야 될 모습이다."라고 까지 말했다.

사실상 진보 시민사회단체가 모두 함께하고 있는 '의료민영화저지 및 건강보험보장성강화를 위한 범국민운동본부'에서도 "제1야당이 처음으로 무상의료라는 표현을 사용하여 이를 실현하겠다는 의지를 보였으며, 그동안 시민사회가 주장해 왔던 내용의 상당 부분을 포함하였으며, 우리 사회에 무상의료를 의제화하는데 기여한 점에 대해 우리는 매우 의미 있는 진전이라고 보며 진심으로 환영한다."는 보도 자료를 배포했다.

그동안 민주당의 정책 평가에 대해 인색했었던 진보 지식인·시민 사회의 표현이라고 보기에는 정말 극적인 표현들이다. 정책위 의장 으로서 민주당 보편적 복지 정책을 주도한 나로서는 감동적인 표현이 라는 느낌까지 들 정도였다.

민주당의 복지 정책을 향한 구체적 열망은 6.2지방선거부터 시작된 것이다. 평소 정치 신념으로 '생활 정치'를 주창해 왔던 것처럼 2010 년 민주당 6.2지방선거 공약집의 이름은 '민주당의 생활 정치'였다.

국민 생활에 꼭 필요한 정책, 국민을 사랑하는 정책 그것이야말로 구호에서 그치는 것이 아니라 실천적 복지의 시작이고, 6.2지방선거 에서 채택된 다양한 생활 정책들은 2011년 민주당의 보편적 복지의 시동을 거는 역할을 했다.

그중 대표적인 6.2지방선거의 공약이 바로 '친환경 무상급식'이다. 2011년 민주당 보편적 복지 정책 3+1+2(친환경 무상급식, 실질적 무 상의료, 무상보육+반값 등록금+일자리·주거 복지)의 하나인 '친환 경 무상급식' 정책, 국민은 선택했다. 우리 아이들의 제대로 된 따뜻 한 밥 한 끼로 시작되는 보편적 복지에 대한 선택을 한 것이다.

덧붙여진 '친환경'은 농촌과 도시를 연결하는 상생, 우리 아이들의 건강의 첨병이 되는 무상급식, 의무급식을 우리 국민께서 선택해 준 것이다.

6.2지방선거의 민주당의 친환경 무상급식 공약은 '의무교육 친환 경 무상급식을 실시하겠습니다'라는 제목처럼, 대한민국 '헌법' 제 31조 3항에 규정된 '의무교육'을 구체적이고 추가적으로 실현하는

방안이다.

학교급식은 단순히 먹을거리를 제공하는 차원이 아니라 안전한 식재료, 올바른 식습관, 공동체 구성원들과 함께하는 평등한 식생활, 평생 건강의 기틀을 마련하고 심신 발달과 인격 형성에 도움이 되는 중요한 공교육의 실현 방안이다.

결식아동들은 신장과 체중 면에서는 물론이고 우울증, 자살 충동이 심각한 상황이다. 이명박 정권과 한나라당의 저소득층에 대한 선별적 무료급식은 '밥 얻어먹는 아이'라는 낙인을 찍어 자라나는 아동들에게 차별과 상처를 줄 수 있는 상황을 만들고 있다.

2008년 기준으로 보면 현재 한국 전체 학교 급식의 67%를 학부모가 부담하고 있는 상황으로, 가뜩이나 어려운 서민 가계에도 학교 급식비는 큰 부담이 되고 있다.

- 의무교육 보편적 무상급식으로 헌법과 교육기본법 정신 존중
- 보편적 무상급식을 통한 학생들의 건강권과 인권 보호
- 학생들이 부모의 사회 경제적 지위에 의해 차별받지 않고 인격과 자존심이 존중될 수 있는 교육 환경 조성
- 친환경 무상급식으로 학생 건강, 서민 생활 실질 지원, 농촌 살리기 실현

민주당이 내세운 정책의 목표는 국민들에게 선택을 받았다. 그리고 2011년 민주당은 '실질적 무상의료 방안'을 시작으로 친환경 무상급식이 포함된 보편적 복지 정책 추진을 본격화하는 원년으로 삼게 된 것이다.

민주당은 제1야당이자 집권 경험이 충분한 수권 정당이다. 친환경

무상급식으로 국민의 선택을 받은 만큼, 민주당은 보편적 복지 정책이라는 실천적이고 구체적인 정책으로 국민들에게 화답했다.

수권 정당을 표방한 제1야당 민주당의 복지 정책에 대한 획기적 전환, 진보적 가치 구현을 위한 담대한 도전에 대해 그동안 미온적이었던 진보 시민사회단체가 적극적인 환영을 표한 것이라 생각을 해 본다.

**〈참조자료: 친환경 무상급식 재원과 기대 효과〉**

■ 예산 추계

초중학교 무상급식 추진시 1조 7천억~2조 원 필요(연도별 학생수나 물가상승률에 따른 금액차이 발생)

- 초등학교 무상급식 지원 예산: 1조 원 710억 원

  (3,500천 명×1,700원×180식)

- 중학교 무상급식 지원 예산: 9,450억 원

  (2,100천 명×2,500원×180식)

- 정부의 기 지원액: 3,079억 원

- 친환경 무상급식 추진시: 3,500억 원~5,000억 원 정도 소요

  (학생 1인당 300원~500원 추가)

- 학교 급식지원센터 설치시 소요 예산

- 신규 설치시 약 30억 원, 기존 시설 활용시 약 15억 원 정도

- 초중고 인구가 많은 경우 시군구당 1개씩, 초중고 인구가 적은 지역은 3개 시군구당 1개씩 설치할 경우 2011년~2015년간 1조 6,786억 원 소요

■ 재원 조달 방안

• 중앙정부, 지방자치단체 및 지방교육청이 공동 부담

• 중앙정부의 재원은 부자 감세 철회 통한 세수 증대, 4대강 사업 중단 등 불요불급한 재정의 투자를 줄여서 조달

• 지방자치 단체 및 지방교육청은 부자 감세 철회에 따른 교부금 증액분 및 사업의 우선순위 조정을 통하여 재원을 조달


■ 기대 효과

• 헌법에 보장된 의무교육 무상 실시 실현

• 미래 세대의 주역인 학생들의 교육 차별 해소로 심리적 안정감 도모

• 교사의 행정업무 감소, 담임교사의 비교육적 상황 해소

• 친환경 무상급식으로 학생들 건강 지키기와 농촌 살리기

• 친환경 무상급식 지원을 통한 일자리 창출

# 민주당이 추구하는
## '보편적 복지' 의 비전과 철학의 진실

―민주 정부 10년의 경험으로 '창조형 복지국가' 모델을 만들겠습니다

〈민주당이 추구하는 '보편적 복지' 정책의 비전〉

① 단순한 선거용 홍보 정책이 아니라

→ 국가 운영의 좌표와 방향성을 제시하는 기본 철학으로서 국가의 역할을 대전환하는 것이다.

② 일부 저소득층에 대한 선별적·시혜적 복지를 넘어

→ 국민 모두에게 인간다운 생활 보장을 위해 의료·보육·교육 등 보편적 복지 서비스를 제공하는 것으로 국민의 권리이고 국가의 의무.

③ 20세기 산업사회의 물적 자본 투자를 통한 성장 일변도 패러다임에서 벗어나

→ 21세기형 인적 자본에 대한 투자를 통해 성장과 복지가 선순환하고 자유와 인권이 보장되는 역동적이고 창조적인 민주국가를 건설하기 위한 것이다.

2011년 새해 벽두 한국 정치를 뒤흔든 민주당의 보편적 복지 정책을 차례로 정리해 봤다. 무상 시리즈도 아니고, 3+1 정책도 아니다.

국민을 행복하게 하는 것이 바로 민주당의 보편적 복지 정책의 시작과 끝이라 하겠다.

민주당이 추구하는 보편적 복지는 국가 운영의 좌표와 방향성을 제시하는 국정의 기본 철학으로서 이는 국민의 권리이고 국가의 의무이다. 단순한 선거용 홍보 정책이 아니라 성장과 복지가 선순환하고 자유와 인권이 보장되는 '창조형 복지국가' 건설을 위한 실천적 정책 목표인 것이다.

국민 모두가 인간적 존엄성을 보장받고 인간다운 생활을 영위할 수 있도록 기본 소득 보장은 물론 의료 · 보육 · 교육 · 일자리 · 주거 등 보편적 사회복지 서비스를 제공하는 것은 국민적 요구이고 시대의 흐름으로서 국가 기능과 역할을 대전환해야 할 시점이다.

정부와 한나라당의 '선택적' 복지 정책은 과거 산업사회의 권위주의 국가 체제 하에서 경제성장의 과실 중 쓰고 남은 일부를 저소득 계층에게 시혜적으로 베푸는 생계 보장 성격의 잔여적 · 시혜적 · 차별적 복지 그 이상도 그 이하도 아니다.

민주당의 보편적 복지는 성장 정책이고 일자리 창출 정책으로 경제 선순환의 출발점이란 것에 다시 한 번 힘을 주어 목을 돌우어 본다. 복지를 소비성 비용으로 여기는 '선성장 후복지' 개념의 잔여적 복지로는 단순한 '빈곤층 구제' 수준의 정권의 생색내기 정책에 불과할 뿐이다.

우리는 사회의 양극화는 날로 심각해지는 상황에서 더 이상 잔여적 · 수혜적 · 차별적 복지로는 해결을 기대할 수 없으며, 지속 가능한 성장 동력으로도 이어지지 못한다.

복지를 투자적 지출로 여기는 것이 바로 보편적 복지다. 온 국민을 대상으로 교육 · 보육 · 의료 · 주거 등 인간적 생활을 보장해 줌으로써,

- 국민소득 순환과정에서 '중산 서민 가계의 실질 가처분 소득 증가 → 소비 증가 → 내수 확충 및 투자 촉진, 성장률 제고 → 국가 재정 확충 → 보편적 복지 증대'로 이어지는 선순환을 가져오는 지속 가능한 성장 정책이다.

- 국가가 교육, 보육, 의료, 주거 등 보편적 사회 서비스를 제공하는 과정에서 질 좋은 청년 및 여성 일자리를 대폭 창출할 수 있어, 보편적 복지는 중요한 일자리 정책이기도 하다.

보편적 복지는 한정된 국가 재원을 '과거 20세기 산업사회형 물적 자본 위주 투자'에서 벗어나 '21세기 지식정보사회형 인적·사회적 자본 투자'로 국가투자 전략의 패러다임을 대전환하는 것으로 우리나라는 이미 개발·산업화 시대의 공장·도로·항만 등 '물적 자본 위주의 투자(20세기형 투자)'에서 벗어나, 교육·보육·복지 등 '인적 자본 위주의 투자(21세기형 투자)'가 필요한 시기에 진입했다는 것을 인지해야 한다.

보편적 복지는 인적 자본에 대한 최고의 투자이자 선진국으로 가는 첩경이다.

- 무상보육: 저출산 문제 해결을 통해 성장 잠재력 하락 방지
- 무상급식·반값 등록금: 미래 우리 사회를 책임질 우수 인력의 양성
- 무상의료: 예기치 못한 의료비용으로 인한 '중산층 → 빈곤층 전락'을 방지하는 빈곤 예방 대책이자 건강한 사회 토대 마련

보편적 복지 제도가 제대로 갖추어진 사회가 되어야 경제 주체들의 변화와 혁신, 창의와 도전이 더욱 활성화될 수 있다.

민주당의 보편적 복지는 국가의 촘촘한 복지망을 그늘 삼아 일할 사람들이 일하지 않는 복지병에 시달리는 유럽식 복지가 아니다.

민주당의 보편적 복지는 '민주 정부 10년의 복지 정책'을 계승·발전시키는 것으로서, 한국 사회의 특성에 맞는 '창의적 모델'로 나아갈 것을 분명하게 밝혀 둔다.

국민의 정부·참여 정부 10년 동안 많은 반대에도 불구하고 보편적 복지로의 도약을 위한 제도적 기틀 마련했던 민주 정부 10년의 힘을 계승하는 것.

- 기초생활보장, 기초노령연금, 노인장기요양보험제도 도입 또는 확대
- 초중교 의무교육 도입, 학급당 학생수 35명 이하로 축소, 저소득층 무상보육 실시
- 의료보험조직 통합 및 건강보험 보장성 강화 등

민주당의 보편적 복지는 유럽 국가의 보편적 복지나 영미 국가의 선택적 복지 제도를 그대로 도입하는 것이 아니고 그들의 운영 경험을 거울삼아 시행착오를 줄이고 우리 실정에 맞는 '창조형 복지국가' 모델을 만들어 가는 것이다.

〈참조자료: 민주당의 보편적 복지와 정부 여당의 선택적 복지 비교〉

|  | 정부 여당의 선택적 복지 | 민주당의 보편적 복지 |
|---|---|---|
| 복지에 대한 시각 | 국가의 재량으로 시혜적 복지<br>선성장 후복지 | 국가 의무이고 국민의 권리<br>성장과 복지의 선순환 |
| 대상 및 범위 | 저소득 빈곤층 | 모든 국민 |
|  | 생계를 위한 기본 소득 보장 | 기본 소득 보장 외에 인간다운<br>삶을 위한 의료·교육·보육·<br>주거·일자리 보장 |
| 복지비의 성격 | 소비성 비용으로 보는 잔여적 복지 | 투자적 지출로 보는 생산적 복지 |
| 투자의 중심 | 물적 자본 위주 투자 | 인적·사회적 자본 위주 투자 |

〈참조자료: '3+1 보편적 복지 정책' 소요 재원 조달 방안〉

■ '재정 안정 없이는 복지도 없다'는 기조 하에 재정 건전성을 훼손시키지 않으면서 지속적 시행과 재원 조달이 가능한 범위 내에서 **보편적 복지 정책(3+1)과 재원 규모** 마련

— '13년부터 '17년까지 **5년간 연차적으로 추진하게 되므로** 초년도에는 최소 비용이 소요되며, **최종 5년차에 16.4조 원 소요** (무상급식 1조, 무상보육 4.1조, 무상의료 8.1조, 반값 등록금 3.2조)

• 소요 재원 규모에 대해서는 외부 전문기관의 연구 용역을 거쳐 객관적인 산출 근거를 제시하여 재원 규모에 대한 불필요한 논란을 불식할 것

■ 재원 조달 방안

— 재정 규모와 국민 부담의 급격한 증가를 막고, 재정 건전성이 악화되지 않도록 **국채 발행이나 새로운 세목의 신설과 급격한 세율 인상과 같은 증세** 없이 재원 확보

- 정부 부자 감세 되돌릴 경우 연간 18조(5년간 90조), 비효율적 예산 5% 절감시 연간 15조(*4대강 사업예산 22.2조), 불공평한 건강보험료 부과 기반 개선시 연간 4.2조, 국세 수입에 대한 비과세 감면 비율을 2007년 수준으로 축소시 연간 6.5조 확보 가능

— '재정·복지·조세' 3대 개혁을 통해 비효율적이고 중복적이며 우선 순위가 떨어지는 지출 삭감, 건강보험 부과 체계 합리화, 왜곡된 조세 체계 정상화를 통해 연간 20조 원 내외 조달
— 집권 후 5년간 단계적으로 시행하는 것이므로 새로운 정부에서 제도 개혁을 위한 준비기간 충분

〈참조자료: '재정·복지·조세' 3대 개혁의 기본 취지〉

■ 보편적 복지 재원을 국채 발행이나 새로운 세금 신설을 통해 조달하는 방안은 명쾌한 방법이기는 하나, 이는 급격한 재정지출 규모의 증가를 가져올 뿐만 아니라 재정 건전성 훼손과 조세 부담의 급격한 상승을 초래하는 부작용이 있어 신중한 접근 필요하다.

■ 따라서 세출면에서는 정부 스스로 현행 지출구조 조정을 통해 불요불급한 예산을 줄이는 자구 노력을 선행하는 한편, 세입 면에서는 건강보험 부과 체계와 왜곡된 조세 체계의 정상화를 통해 세입을 확보함으로써 중산 서민들의 부담 증가를 최소화해야 한다.

〈재정 개혁〉 세출 구조, 재정 제도, 재정관리 체계, 재정융자 제도 등 재정 구조 개혁을 통해 소비성·중복성 예산과 시급성이 떨어진

예산을 삭감하여 진정한 '국민 세금 가치의 실현'을 추구하고 과도한 재정 팽창을 억제할 것.

- 산업사회와 개발연대 시대에 중점을 두었던 물적 자본(SOC 등)에 대한 지출 비중을 줄이고, 인적 자본(교육, 의료 등)에 대한 투자지출 비중을 높이는 재정지출 구조 개혁 추진
- 탈법적 4대강 사업 추진으로 무너진 예산 규율을 재정립하고, 예산 사업에 대한 사전·사후 평가와 공기업·지방 재정에 대한 관리를 강화
- 지속적이고 균형 있는 발전이 가능하도록 안보·성장·환경 등 타 국정 분야에 대한 지출과 균형 유지

〈복지 개혁〉 복지 부과 체계를 개선하여 세입을 늘리는 한편 중복 또는 비효율적인 복지 지출은 삭감하여 보편적 복지 재원 마련할 것.

- 현행 9개 부처에서 28개 복지 급여가 지급되는 복지 전달 체계를 혁신해서 중복되고 낭비되는 복지 예산을 절감
- 불공평한 건강보험료 부과기반을 공평하게 확대(4.2조 원 확보)
- 직장 가입자에 대해 근로소득이 아니라 종합소득기준으로 보험료 부과
- 직장 가입자의 피부양자 중 고소득 피부양자는 보험료 부과
 - 진료비 절감, 대학 구조 개혁, 보육시설 감독 강화 등 효율적 지출과 모럴 해저드 방지를 위한 개선 조치 병행
- 건강보험 보장성 강화와 함께 낭비적 의료 지출을 막아 국민 의료비를 크게 절감하는 의료 분야 개혁 추진
- 대학 등록금과 재단 적립금의 적정화 등 대학 재정 운용의 불합리 개선

〈조세 개혁〉 MB 정부의 잘못된 부자 감세 정책 등으로 인해 왜곡된 세제의 정상화와 세정 개혁을 통해 조세부담률을 적정화함으로써 필요한 재정을 확보하고 동시에 재정 건전성도 회복할 것.

- 국가 경쟁력 강화에 걸림돌이 되고 있는 저출산·고령화, 사회 양극화 심화, 안보 불안, 재정 건전성 악화 등의 문제를 해결하고 성장 동력 확보를 위해 조세부담률을 적정 수준으로 회복시키는 것이 매우 절실
- 조세부담율 제고는 부자 감세의 철회와 세입 기반의 확충 그리고 세정 개혁 등 세제와 세정의 정상화를 통해 달성
  - 소득세·법인세 최고 세율 인하 철회, 재산보유과세 강화 등 MB 부자 감세 철회('08년 MB 세제개편안: 5년간 90조 원 감세)
  - 불요불급한 비과세·감면 축소 ('09년 31조로 국세 수입의 15.8%, '07년 22.9조로 12.5%): '07년 수준으로 감면율 축소시 연간 약 6.5조 세입 확보
- 세무행정 과학화를 통한 음성 탈루 소득에 대한 과세 강화 등

〈MB 정부 부자 감세의 실상〉

O MB 정부의 대대적인 감세로 2007년에 21%였던 조세부담률이 2010년 19.3%까지 급격하게 낮아졌음.

O 감세 정책의 결과 재정 건전성이 크게 악화됨.
- MB 정부 4년간 재정 적자는 15.6조('08), 43.2조('09), 30.1조('10), 25조('11)로 4년간 114조에 이름(연평균 28.5조, 참여 정부 5년 평균 0.5조 원)

- MB 정부의 적자 규모 대GDP 비율은 연평균 2.6%, 참여 정부 평균 0.4%
- 국가 채무는 4년 동안에 137조 원 증가

○ 만일 감세 정책을 추진하지 않았다면 세제의 누진적 구조로 현재의 조세 부담률은 21%를 상회했을 것이며, 국가재정 수입이 해마다 평균 20조 원 이상 더 증가했을 것임
- 이 정도로도 민주당 '보편적 복지'의 실천이 가능하고 대규모 재정 적자나 국가 채무 증가를 가져오지 않았을 것임

○ 현재의 재정 건전성 악화, 복지·교육·국방 등의 분야에서의 재원 부족 문제는 MB 정부가 스스로가 자초한 것으로 후세대와 다음 정부에 막대한 부담을 전가한 것임.
  그럼에도 '친서민'과 '국민 70%의 복지'를 내세우는 기만적인 모습을 보이고 있음.

〈참조자료: '보편적 복지' 정책의 향후 추진 방향〉

〈향후 정책 방향〉

■ '보편적 복지' 정책은 앞으로 일자리 복지, 주거 복지 등으로 범위 확대
- '보편적 복지' 정책은 국민 모두가 존엄성을 보장받고 인간다운 생활을 영위할 수 있도록 생계를 위한 기본적인 소득 보장은 물론 의료·보육·교육·주거 등 사회 전반으로 복지 서비스를 확충하는 것

• 일할 수 있는 사람에게 일자리를 제공하는 것이 최고의 복지이며 보육·의료·급식 등 '보편적 복지' 실현 자체가 최고의 일자리 창출 정책
• 청년 일자리, 여성 일자리 창출에 중점을 두고 MB 정부식 비정규직 일자리가 아니라 사회적 기업과 사회복지 서비스 확충을 통해 질 좋은 일자리 창출

■ 부동산 투기를 근절하고 주택 문화를 소유 개념에서 거주 개념으로 바꿔 중산 서민들의 주거 불안 해소
• 공공임대아파트 공급을 선진국 수준으로 높여 전월세난을 근본적으로 해소하고, 중산 서민들의 수요에 맞는 중소형 주택을 충분히 공급하여 무주택 문제 근본적 해결

■ 민주당의 '보편적 복지' 정책은 재정 건전성을 훼손하지 않는 범위 내에서 복지 재정지출을 지속적이면서 점진적으로 늘려 OECD 평균 수준에 이르도록 하여, '국격' 에 걸맞는 복지국가를 만들어 가자는 지향점을 의미

■ 한국의 GDP 대비 사회복지 지출 비중은 7.5%('09년)에 불과하여
• OECD 평균 21.2%의 1/3 수준이며,
• 회원국 중 멕시코(7.4%)를 제외한 최하위권

■ 1인당 GDP 2만 불 도달 시점에 정부 총지출 대비 복지 지출 수준도 OECD 국가 중 우리나라가 최하위권
• 주요 OECD 22개국이 1인당 GDP 2만 불을 달성했을 시기의 정부

총지출 대비 복지 지출 비중은 평균 43.6%인 반면,

• 한국의 경우, 2만 불을 달성했던 2007년 정부 총지출 대비 복지 지출 비중은 26.3%('11년 예산 28%)로 선진국에 비해 현저히 낮음

\* 주요국 1인당 GDP 2만 불시 전체 예산 대비 복지 지출 비중

| 국가 | 2만 불 달성 년도 | 복지 지출 비중 |
|---|---|---|
| 스페인 | 2003 | 55.7% |
| 룩셈부르크 | 1987 | 50.7% |
| 핀란드 | 1988 | 50.4% |
| 일본 | 1987 | 35.7% |
| 미국 | 1988 | 36.4% |
| 이스라엘 | 2006 | 34.7% |
| 22개국 평균 | – | 43.6% |
| 한국 | 2007 | 26.3% |
| | 2011 | 28% |

〈참조자료: '보편적 복지' 관련 오해와 진실〉

1. 무상의료를 실시하면 의료비가 크게 증가하는 것 아닌가?

■ 민주당의 실질적 무상의료 방안 따른 재원 소요액(8.1조 원)은 입원 진료비의 건강보험 부담률을 현행 62.2%에서 90%로 5년간 단계적으로 높이는 것으로 하여 산출한 것이다.

■ 정부 여당은 가격 탄력도 1.5를 적용하여, 건강보험의 보장성을 강화하면 건강보험급여 지출이 현행 33조 원에서 66조 원으로 급증한다고 주장하고 있다.

- 그러나 가격 탄력도 1.5는 50여 년 전 기초적인 의료 이용도 보장되지 않았던 1960년 미국에서 실시된 서베이 결과에 따른 것이어서 가격 변동에 따른 의료 이용량의 변동이 매우 클 수밖에 없다.
- 그 후 미국 RAND연구소가 1971년부터 1982년까지 12년 동안 실시한 HIE(Health Insurance Experiment) 연구 결과에 의하면 의료 이용의 가격 탄력도가 0.22로 정부 여당이 인용한 가격 탄력도의 1/7 수준인 점을 충분히 감안해야 한다.

■ 우리나라는 행위별 수가제로 운영되어 국민의료 이용량이 현재도 세계 최고 수준이다. 따라서 보장성을 강화하더라도 추가적인 의료 이용량 증가는 크지 않을 것으로 예측하는 것이 타당하다.
- 입원 진료에 대해 사실상 무료의료를 시행하고 있는 유럽 국가들의 입원 진료량이 우리의 절반 수준이다.
- 또한 보장성 강화에 따른 불필요한 의료 이용의 확산을 막기 위한 관리 방안을 함께 시행하여 필요한 의료 이용은 보장하고 불필요한 의료 이용은 줄여 나갈 것이다.

## 2. '무상' 용어 사용 적절한가?

■ '무상급식, 무상보육, 무상의료' 중 무상의료는 건강보험의 보장성을 확대하는 것이 주 내용이므로 엄밀한 의미에서 무상이라고 할 수 없으나,
- 보편적 복지에 대한 민주당의 정책 의지와 방향성을 나타내는 것으로써 궁극적으로 실현해 나가야 할 목표로 보는 것이 맞다.

■ '무상'이라는 용어는 시장경제에서 국가가 국민 세금을 재원으

로 하여 국민에게 공공재 또는 공공 서비스를 제공하는 것을 달리 표현한 것으로 해석하면 된다.

- 예를 들면 국가가 국민 세금으로 초·중학교 등록금, 국방, 경찰 서비스 또는 도로·항만 등 SOC 서비스를 사실상 '무상'으로 제공하고 있는 것과 같다.
- 민주당이 새로 도입하고자 하는 학교 급식, 의료, 보육 등에 대해서도 이런 공공재와 같은 차원에서 국민 세금 또는 의무 가입을 전제로 한 사회보험료를 기반으로 '무상' 서비스를 제공하는 것이다.

## 3. '과잉 복지'와 무분별한 '복지 남용'에 대한 우려

- 국가와 제도로부터 존중받아야 될 국민이 복지 서비스를 제공받기 위해서 스스로 가난을 증명하거나, 능력이 부족하다는 것을 증명해야만 복지 서비스를 제공받는 선별적 복지, 시혜적 복지 시대는 지나갔다.
- 고소득 계층이 보편적 복지를 지탱하기 위해 사실상 가장 많은 부담을 지고 있으므로 평등과 인권이 존중되는 분야에서는 소득 수준에 관계없이 모든 국민을 대상으로 보편적 복지 서비스를 제공하는 것이 시장 원리에도 부합하는 것이다.


- 다만 보편적 복지에 따른 복지 남용과 도덕적 해이 그리고 재원 우선 순위에 왜곡이 발생하지 않도록 제도적 장치를 마련하고 있다.
- 무상급식의 대상은 의무교육이 적용되는 초·중등학교에 한정
- 건강보험이 적용되지 않는 의료비(전체의 10%)는 의료비 한도 100만 원이 적용되지 않음

- 의료 쇼핑이 발생하지 않도록 단계적으로 포괄 수가제와 주치의 제도 도입 등

## 4. 민주당 의원들의 문제 제기는 보편적 복지의 문제를 스스로 인정하는 것 아닌가?

■ 보편적 복지는 민주당의 2007년 대선 공약, 18대 총선 공약, 6.2 지방선거 공약, 그리고 지난 10.3 전당대회를 통한 민주당 강령 및 당헌에 규정된 정책으로써 민주당 내 아무런 이견이 없다.

- 지난 1.13 의원총회에서 '3+1' 복지 정책에 대해 여러 의원들이 재원 규모, 재원 조달 방안 등에 대해 완벽성과 통합성을 기하라는 의견 제시가 있었다.

이는 민주적 절차를 중시하는 정당에서 당연히 거쳐야 할 의사결정 과정이고 생산적 논의임에도 이를 일부 언론이 당내 '불협화음'으로 폄훼하고 '선거용', '세금 폭탄', '포퓰리즘'으로 사실상의 왜곡 보도다.

- 재원 마련을 위한 발표 자료는 '보편적 복지 재원 조달 방안 기획단' 내의 민주 정부 10년의 재정 장관들이 모두 함께 합의한 사항이다.

**〈참조자료: 민주당 보편적 복지와 한나라당 시혜적 복지의 차이〉**

① 무상보육

"민주당은 향후 5년간 단계적으로, 어린이집 · 유치원 비용의 100%를, 시설 미이용 아동은 양육지원 수당을 지원함으로써 선별적 보육이 아닌 모든 아동 무상보육(보편적 보육)을 실현한다."

(금액: 월 기준)

| 구분 | | MB 선별적 보육('11년 예산) | 민주당 무상보육 |
|---|---|---|---|
| 시설<br>이용<br>아동 | 대상 | 소득 하위 70%까지<br>(121만 명) | 법정 시설 이용 **모든 아동**<br>(165만 명) |
| | 기준 | 정부지원단가 | **표준보육비용** |
| | 나이별<br>지원금액 | 만0세: 755천 원<br>만1세: 521천 원<br>만2세: 401천 원 | 만0세: 755천 원<br>만1세: 521천 원<br>만2세: 401천 원<br>※현재도 0~2세는 기본보조금 지원 중 |
| | | 만3세: 197천 원<br>만4세: 177천 원<br>만5세: 177천 원 | 만3세: **296천 원**<br>만4세: **283천 원**<br>만5세: **284천 원** |
| 시설<br>미이용<br>아동<br>(양육<br>수당) | 대상 | 만0~2세<br>차상위 계층까지(10만 명) | **만0~5세<br>모든 아동(98만 명)** |
| | 나이별<br>지원금액 | 만0세: 20만 원<br>만1세: 15만 원<br>만2세: 10만 원 | 만0세: 20만 원<br>만1세: 15만 원<br>만2세: 10만 원 |
| | | 만3세: 0원<br>만4세: 0원<br>만5세: 0원 | 만3세: **10만 원**<br>만4세: **10만 원**<br>만5세: **10만 원** |
| 기대<br>효과 | 부모부담 | 민간시설에 다닐 경우 월 10~<br>15만 원 추가 부담하고 있음 | 부모 추가 부담 최소화 |
| | 서비스질 | 표준보육비용보다 낮은 지원<br>으로 질 향상을 기대 어려움 | 질 향상 및 보육교사<br>처우개선 가능 |
| 예산 | | 6조 | 추가 4.1조 원 |

② 대학생 반값 등록금

"민주당은 향후 5년간 단계적으로, 저소득 계층 장학금, 지방 국립대생 장학금, 근로장학금을 대폭 확충하고, 등록금의 추가적인 인상을 억제하며, 현행 ICL 고금리를 대폭 인하하여 실질적인 대학생 반값 등록금을 실현한다."

〈MB 정부와 민주당의 대학생 등록금 정책 비교〉

| 구분 | | MB 등록금 정책 | 민주당 반값 등록금 |
|---|---|---|---|
| 저소득 계층지원 | 기초생활 수급자 | 연 450만 원<br>수혜자: 42천 명 | 등록금 전액(700만 원)<br>수혜자: 126천 명 |
| | 차상위 | 연 220만 원<br>수혜자: 35천 명<br>*금년 2학기부터 폐지 | |
| | 소득1분위 | — | |
| | 소득2~4분위 | 별도 지원 없음 | 등록금 반액(350만 원)<br>수혜자: 523천 명 |
| | 소득5분위 | 별도 지원 없음 | 등록금 30%(210만 원)<br>수혜자: 159천 명 |
| 지방국립대학생 국가 장학금 | | 별도 지원 없음 | 소득4분위까지 전액(700만 원)<br>수혜자: 114천 명 |
| 근로장학생 | | 2.5만 명 지원 | 5만명으로 확대 |
| ICL제도 개선 | 금리 | 5.7% ~ 4.9% | 3%(2~3%p 인하) |
| | 성적제한 | B학점 이상 | C학점 이상 |
| | 군복무기간 이자지원 | 없음 | 무이자 |
| 예산 | | 0.7조 | 추가 3.2조 |

③ 무상의료

> "민주당은 5년간 단계적으로 입원 진료비의 건강보험 부담률을 90%까지 높여(현행 62) 의료비 본인 부담을 10%까지 낮추고, 입원 진료비의 본인 부담 상한액을 100만 원으로 낮추어, '실질적 무상의료'를 실현한다."

### 〈민주당과 MB 정부의 의료 복지 정책 비교〉

| 구분 | MB 정부(현행) | 민주당 무상의료 |
|---|---|---|
| 입원환자 건강보험 보장수준 | 입원 진료비의 62% | 90% |
| 본인 부담금 상한 | 보험료 하위 50%: 200만 원<br>보험료 중위 30%: 300만 원<br>보험료 상위 20%: 400만 원 | 100만 원 |
| 간병급여 | 본인 전액부담 | 본인 부담 20% 목표 |
| 틀니 | 본인 전액부담 | 본인 부담 30% 목표 |

### 〈민주당 건강보험 보장성 강화 내용〉

| [입원] | [외래] | 현행 |
|---|---|---|
| 법정 본인 부담(15.0%) | 법정 본인 부담(24.8%) | 연간 본인 부담 상한금액 |
| 비급여 본인 부담(23.3%) | 비급여 본인 부담(17.4%) | ·하위 50%: 200만 원<br>·중위 30%: 300만 원<br>·상위 20%: 400만 원 |
| 건강보험 부담<br>(61.7%) | 건강보험 부담<br>(57.8%) |  |

| [입원] | [외래] | 향후 |
|---|---|---|
| 법정 본인 부담(5.0%) | 법정 본인 부담(20~25.0%) | 연간 본인 부담 상한금액 |
| 비급여 본인 부담(5.0%) | 비급여 본인 부담(10~15.0%) | ·100만 원 상한 |
| 건강보험 부담<br>(90%) | 건강보험 부담<br>(60.0~70.0%) |  |

돈 없어 치료 못하고 가계 파탄 막자는 것이
'포퓰리즘' 인가

지난 '11. 1. 6 정책 의총을 통해 발표한 '실질적 무상의료 방안' 이 국민적 관심과 반향을 일으키자 한나라당과 정부, 보수 언론이 '포퓰리즘' 이라며 민주당의 '실질적 무상의료 방안' 에 대해 집중포화를 보냈다.

그러나 민주당의 입장은 변함이 없다. 돈이 없어서 치료받지 못하고, 질병 때문에 가계 파탄 나는 것을 막자는 것이 '포퓰리즘' 이라면 언제든 책임 있는 수권 정당으로 '포퓰리즘' 의 공격을 기꺼이 감내하겠다는 것이다.

"향후 5년간 단계적으로 입원 진료비의 건강보험 부담률을 90%까지 획기적으로 높여(현행 61.7%), 의료비 본인 부담을 10%까지 줄이고, 진료비의 본인 부담 상한액을 최대 100만 원으로 낮추어, 실질적 무상의료를 실현한다."는 내용의 '건강보험보장성강화 방안' 을 통한 실질적 무상의료 정책 당론 확정이 우리 사회에 던져 준 충격은 상당한 파급효과를 불러왔다.

조국 교수를 비롯한 진보적 학자들은 '환영' 의사를 밝혔고, 진보 언론 역시 내용과 방향성에서 후한 점수를 줬다. 그러나 한나라당과 일부 언론에서는 비난의 보도가 이어졌다.

'건강보험보장성강화 방안'에 대해 건강한 비판은 언제든 겸허히 수용하고 진지하게 논의할 준비가 되어 있으나 '복지 포퓰리즘'으로 몰고 가는 이념적 비난은 단호히 거부한다.

특히, 수십 조의 기초연금 도입을 지난 10년간 대선에서 약속하고도 이행하지 않는 한나라당이야말로 무책임한 포퓰리즘으로 민주당을 비난할 자격이 없음을 명확하게 밝힌다.

한나라당은 월 36만 원의 기초연금을 정책으로 지급하는 기초연금 도입(총선 공약), 아동 의료비는 입원 진료비뿐 아니라 외래 진료비까지 본인 부담금 면제(이명박 대통령 대선 공약), 중증질환자에 대한 완전 의료비 보장 제도를 추진(이명박 대통령 대선 공약) 등을 공약한 바 있다.

그러나 한나라당과 MB 정부는 집권 이후 4대강 사업 등 전시용 치적사업에 예산을 집중하느라 이들 공약을 전혀 이행하지 않고 있는 상황이다. 공약과는 반대로 MB 집권 이후 건강보험 보장성은 지속적으로 줄어들었고, 그에 따른 국민 의료비는 크게 증가했다.

1997년 48.0% 수준이었던 건강보험 보장성은 2007년 64.6%까지 확대되다가, 2008년 MB 정부 첫해에 역사상 최초로 축소됐다.

**[건강보험 보장성 추이]**

52.4%('02) → 61.3%('04) → 61.8%('05) → 64.3%('06) → 64.6%('07) → **62.2%('08)**

2008년 이후로는 관련 통계조차 공개하지 않고 은폐하고 있는 상황이다. 50%대로 급락했을 것이라는 추정이 일반적 전문가들의 분석이다.

최근 5년 국민 의료비 증가율은 5.1%로 OECD 평균(2.8%)의 2배에 이르는 증가율을 기록하고 있음에도 우리나라의 복지 지출 수준은 OECD 회원국 중 최하위권에 머물고 있다.

한국의 GDP 대비 사회복지 지출 비중은 7.5%로 OECD 회원국(평균 21.2%) 중 멕시코(7.4%)에 이어 최하위 수준이다.

### OECD 회원국 對GDP 사회복지 지출 비중(%)

| OECD 평균 | 스웨덴 | 영국 | 미국 | 일본 | 이탈리아 | 스페인 | 터키 | 한국 |
|---|---|---|---|---|---|---|---|---|
| 21.2 | 29.8 | 22.1 | 16.3 | 19.1 | 26.5 | 21.2 | 13.7 | 7.5 |

※자료: OECD, Social Expenditure database, 2009

'G20' 국격에 걸맞게 최소한 복지 지출을 OECD 평균 수준으로 맞추기 위해서는 현재 수준에서 약 150조 원을 추가 투자해야 한다. (2010년 GDP 전망치 1,100조 원 기준) 복지 예산이 사상 최대라고 '거짓 주장' 하고, MB 정부는 4대강 토목공사에는 22.2조 원 규모의 국민 혈세를 쏟아붓고 있는 것이다.

2011년 복지 예산 증가율은 6.3%로 역대 최저로 2010년(8.9%)에 비해서도 크게 둔화했으며, GDP 대비 복지 예산 지출 비중 28%는 OECD 평균 45%의 절반 수준에 불과함, OECD 평균에 근접하기 위해서는 당장 54조 원의 복지 예산이 더 필요하다.

이러한 문제를 해결하기 위한 민주당의 건강보험 보장성강화 방안을 통한 무상의료 정책을 '복지 포퓰리즘' 으로 매도하지 말고, 국민의 의료비 부담을 줄여 주기 위해 국가가 어떠한 역할을 해야 하는

지, 그에 필요한 재원을 어떻게 마련하고 분담할 것인지 등 건전한 정책 대안을 도출하기 위한 진지한 토론이 이루어지길 바란다.

돈 없어서 병원에 못 가는 사람들이 없도록, 의료비 부담으로 인한 가계 파탄으로부터 국민들을 보호하기 위한 정책 대안을 제시하는 책임 있는 여당으로 거듭나길 기대한다.

〈참고자료〉 건강보험 개혁을 통한 재정 확보 방안

| 방안 | 재정 확보 |
|------|-----------|
| 보험료 부과 기반 확대 | 종합소득으로 부과 기반 확대 2.9조 원 |
| | 피부양자 범위 축소 1.3조 원 |
| 국고지원 확대 | 국고지원 5년간 30% 수준으로 확대 2.7조 원 |
| 국고지원 사후정산제 | '10년 기준 약 0.6조 원 |
| 합계 | 약 7.5조 |

〈참고 2〉 재정 및 사회지출 구조의 OECD 평균 수준으로 전환시

| | 현재 | OECD 전환시 추가 재원 |
|------|------|------------------------|
| 전체 예산 대비 복지 예산 지출 | 86조 4000억 원 | 140조 원(+54조 원 추가 필요) |
| GDP 대비 사회복지 지출 | 7.5% | 21% 수준(+150조 원 추가 필요) |

# 04 | 보편적 복지의 도화선, 실질적 〈무상의료 방안〉

　민주당은 2011년 새해 첫 정책 의총을 개최하여 정책위원회가 마련한 '건강보험보장성강화 방안'을 당론으로 확정했다. 내가 지난 6월 정책위 의장을 맡은 이후 '건강보험보장성강화 추진기획단'을 만들고 꾸준하게 준비해 온 정책이 처음으로 당론을 채택됐고, 6.2지방선거 이후 확산되기 시작한 보편적 복지 논쟁에 불을 지피는 시발점이 되는 발표였다.

　기본 골격은 민주당의 주요 정책으로 향후 5년간 단계적으로 입원진료비의 건강보험 부담률을 90%까지 획기적으로 높여(현행 61.7%), 의료비 본인 부담을 10%까지 줄이고, 진료비의 본인 부담 상한액을 최대 100만 원으로 낮추어, 실질적 무상의료를 실현한다는 것이다.

　그간의 경과를 보면, 민주당 정책위원회는 작년 7월부터 '건강보험보장성강화 추진기획단'(위원장: 주승용 제5정책조정위원장)을 운영하여, 보편적 복지에 대한 지지자는 물론, 반대하는 전문가들도 동수로 참여한 공개 정책토론회를 3회에 걸쳐 개최하여, 민주당의 '건강보험보장성강화 방안'을 마련했다.

민주당의 '건강보험보장성강화 방안'은 ①국민들의 필수 의료 이용을 보장하는 의료보장의 원칙, ②정부 → 의료계 → 국민 순의 재정 부담의 순차적 분담 원칙, ③보장성 강화 수준과 재원 조달 규모를 연동하는 단계적 시행의 원칙, ④민주당의 강령에 명시하고 반드시 이행하는 민주당 책임의 원칙 등 '4대 기본원칙'에 기반을 둔다.

'건강보험보장성강화 방안'의 목표는 향후 5년간 단계적으로 모든 전 국민의 입원 진료비 본인 부담을 10%로 축소(건강보험 부담률 90%로 확대, OECD 국가 평균 수준, 현행 약 60%)하고, 외래 치료비 본인 부담은 30~40%로 줄여(건강보험 부담률 60~70%로 확대)하는 것을 목표로 한다.

이로써 병원비 '본인 부담 상한액'을 100만 원(현행 최고 400만 원)으로 인하하여 실질적 무상의료를 실현하고자 하는 방안이다.

건강보험의 보장성 강화를 위해 필수 의료 중 비급여 의료를 전면 급여화, 서민 부담이 큰 간병·상병 등의 비용의 급여 대상에 포함시키고, 차상위 계층을 의료 급여 대상으로 재전환, 저소득층 보험료 면제 등을 추진하여 의료 사각지대를 해소한다.

진료비 절감을 위해서 지출 구조 합리화 방안을 마련한다. 단계적으로 포괄 수가제(입원)와 주치의 제도(외래)를 도입하고, 중장기적으로 총액 계약제를 도입하는 등 진료비 지불 제도를 개편,

- 지역별 병상 총량제를 도입하고, 부실화된 법인병원 '한시적' 명퇴 제도를 도입하는 등으로 병상 과잉 현상 억제 및 지역간 불균형을 해소한다.
- 주치의 제도 도입을 통해 적정 진료를 확보하고, 지방의 공공의료

기관 설립을 유도하여 공공의료를 강화한다.
- 심사평가원의 기능을 강화하고, 진료 수준과 진료비를 공개하는 등 소비자의 합리적 선택을 보장하고, '건강 마일리지 제도'를 추진할 계획이다.

건강보험에 대한 국민참여 확대를 위해, 현 '건강보험재정운영위원회'의 가입자의 권한을 확대시키고 '민간의료보험법(가칭)'을 제정하여 민간의료보험과 역할을 분담시키는 방안이 포함됐다.

보장성 강화와 소요 재원 추가 조달을 위하여 '비영리 민간병원 지원법', '건강정보 보호법', '민간의료보호법' 등 3건의 제정안 및 국민건강보험법 10건, 의료법 2건, 의료급여법 개정 1건, 공공의료에 관한 법률 개정 2건, 건강검진기본법 개정 1건 등 16건의 개정안을 포함하여 총 19건의 법률 제·개정을 통해 추진할 계획이다.

이상과 같은 '보장성강화 방안'은 지난 '10. 3 전당대회'를 통해 개정하고, 국민과 당원 앞에 제시한 민주당 '강령 24. 공공의료 강화로 실질적 무상의료 현실화'의 정책 대안임을 밝힌 것이다.

앞으로 민주당 정책위원회는, 이미 민주당 소속 단체장들을 중심으로 실시하여 절대적인 지지를 받고 있는 무상급식(무상교육의 일환)과 함께, 무상의료, 무상보육, 대학생 반값 등록금(무상교육의 일환) 등을 우리 사회가 시급히 도입해야 할 보편적 복지의 최우선 실천 과제로 제시해 나갈 것을 천명했다.

또한, 보편적 복지의 도입에 따른 추가적인 재원 규모와 그 조달 방안을 함께 제시함으로써, 정책의 실현 가능성을 담보하고 국민들의 안정적 지지를 확보해 나갈 것을 약속했다.

**〈참조자료: 민주당 '건강보험 보장성 강화 방안' 개요〉**

Ⅰ. 원칙과 목표

1. 보장성 강화 원칙

○ (의료보장의 원칙) 어떤 국민들도 '돈 없어서 병원 못 가'는 경우
  가 생기지 않도록 하고,

 - '병원비, 입원비 때문에 집안 망했다'는 말이 사라지도록 함

 - 국민들이 꼭 필요한 필수 의료 이용을 보장하고, 막대한 의료비
  부담으로 인한 가계 파탄으로부터 국민을 보호

○ (재정 부담의 순차적 분담 원칙) 정부, 의료계 및 보험사가 우선
  적으로 고통을 분담하고

 - 최종적으로 가입자인 국민의 고통 분담은 가입자와의 합의를 통해 요청

○ (단계적 시행의 원칙) 보장성 강화 수준과 재원 조달 규모를 연동
  하면서 단계적으로 시행

○ (민주당 책임의 원칙) 보장성 강화에 대한 민주당의 책임성을 제고
  하기 위해 정강 정책에 목표 명시 ※민주당 강령(2010. 10. 03): 24.
  공공의료 강화로 실질적 무상의료 현실화

2. 보장성 강화 목표

○ 언제까지?: 2015년까지

○ 얼마나?(보장률 제고): 입원 90% (현 61.7%), 외래 60~70% (현 57.8%)

• OECD 평균 수준 달성

○ 누구에게?(보장 인구): 전국민 100% 보장 ─ 사각지대 완전 해소

○ '본인 부담 상한' 대폭 인하 및 실효성 제고: 현재 200만 원을 100
  만 원으로 인하

• 2015년까지 단계적으로 추진

## II. 실천전략

### 1. 보장성 강화

(1) 비급여 전면 급여화

○ 필요성

 - 풍선효과: 비급여 진료비 증가로 보장률 정체/감소

 • 보장률 하락: 64.2%('06년) → 62.2%('08년)

 • 치료/검사 비급여 진료비 급증: '05년 1.6조 → '08년 3.6조

  (연평균 30% 증가, 3년간 2.3배 증가)

 - '본인 부담금 상한제' 미작동: 비급여 진료비 미포함

 - 과중한 의료비 지출 경험가구 증가('07년 2.7%)

○ 추진 방안

 - 검사/수술/재료의 급여화(임의 비급여 포함) 등

 - 치과: 틀니, 치석 제거

 - 한방: 첩약 급여 범위 확대 등


(2) 급여 대상 범위의 확대

○ 확대 대상

 - 간병 서비스 비용 지급

 - 입원 기간 중 소득을 보전해 주는 상병 수당 지급


(3) 의료 사각지대 해소

○ 현황: 보험료 장기 체납자 및 체납 가구 과다

 - 3개월 이상 체납자 및 체납규모: 전체 지역가입자의 약 1/5(20%),

  약 220만 명

 • 6개월 체납 153만 세대(1조 7천억), 3개월 이상 체납 196만 세대

  (1조 7천 5백억)

○추진 방안
 - 건강보험에 포함된 차상위 계층을 의료 급여자로 재전환
 • 24만 명, 국고 지원 1,211억 원, 급여비 6,200억 원 총 7,411억 원
   ('10년 기준)
 - 저소득층 보험료 면제 및 무이자 대출(약 8천억 원 소요)
 • 면제: 절대 빈곤층 — 건강보험 최하위 5%
 • 무이자 대출: 상대 빈곤층 — 건강보험 하위 5~15%의 1/4

## 2. 지출 구조 합리화
(1) 진료비 지불 제도 개편
○거시적 진료비 관리
 - 총액 계약제의 단계적 도입
 • 한방, 치과, 의과 부분별로 단계적 도입
○미시적 진료비 관리
 - 입원 부문: DRG(포괄 수가제)
 - 외래 부문: 주치의 제도(인두제 또는 행위별 수가)

(2) 병상 과잉 억제 및 지역 균형
○지역별 병상 총량제 도입
 - 지역별 병상 수요에 근거한 신규 병상 인허가(병상 과잉 지역의
   신규 병상 억제)
○법인병원 '한시적' 명퇴 제도 도입

(3) '주치의 제도' 도입을 통한 서비스 강화
○새로운 주치의 서비스 요구 증가: 전화 상담 및 가족 상담, 치료계
   획 수립 및 조정, 질병 관리 및 건강 증진 서비스의 급여화(금연,
   운동, 영양지도 상담 등)
○주치의 제도 시범 사업 실시 후 전면 실시

(4) 공공의료 강화

○지방자치단체의 공공의료기관 설립 유도

○ '공공의료' 기능에 대한 평가 강화 및 재정 분리(공공병원 예산을 '공공보건의료 사업 계정'으로 분리)

○비영리 민간병원의 '공공성' 강화: 취약 계층에 대한 진료 등 지역사회에 대한 기여도와 비영리법인에 대한 세제 혜택 연계

(5) 심사평가원 심사와 평가의 기능 강화

○입원/수술 및 입원 기간의 적절성에 대한 거시적 심사 강화 (기존 심사의 한계: 심사 조정률 0.77%(2,716억 원)에 불과

○요양 급여 적절성 평가 영역 및 지표의 대폭 확대

(6) 소비자의 합리적 선택 보장

○정보 공개 확대

 - 병원 수준과 진료비 공개

 - 환자의 진료기록에 접근권 보장: 소비자 평생 전자건강기록

○소비자의 합리적 선택에 대한 보상

 - 수준 높고 경제적인 의료기관 선택 시 본인 부담금 인하

 - 의료기관을 이용하지 않는 건강한 30~40대 직장인 등에게 건강 검진 쿠폰을 지급하는 '건강 마일리지 제도' 실시

## 3. 국민 참여 확대

(1) 가입자의 권한 확대

○필요성

 - 국민건강보험에 대한 국민적 지지 기반 확보 필요

 - 보장성 강화 정책의 성공을 위해서는 국민적 동의를 얻는 것이 매우 중요

○추진 방안: '가입자위원회' 설치
 - 현 '건강보험재정운영위원회' 의 '가입자 권한' 확대
 - 실질적 국민 참여를 보장
 - 보험료 결정 권한 등 실질적 권한 부여


(2) 민간의료보험과의 역할 분담
○필요성
 - 실손형 민간보험 확대로 인해 국민건강보험과 민간의료 보험의
   합리적 역할 분담 필요
 - 민간의보 가입 소비자 피해 사례(상품의 비표준화와 소비자의 정
   보 부족) 증가
○추진 방안: '민간의료보험법(가칭)' 제정
 - 국민건강보험과 민간의료보험이 합리적으로 역할을 분담할 수
   있는 법적 근거
 - 국민건강보험의 보장성 확대와 민간의료보험의 연계로 가입자
   들의 부담 경감


## 4. 재원 조달 방안
(1) 보험료 부과기반 정비/확대
○필요성
 - '불공평한 보험료 부과' 라는 국민의식 팽배
 - 직장과 지역 가입자 간 부과방식의 불합리로 고소득자 또는 부유
   층이 상대적으로 부담이 감소
○추진 방안: 보험료 부과기반 확대를 통한 공평한 보험료 부과
 - 보험료 부과대상 소득 범위 확대(연금소득, 금융소득, 종합소득 등)

(2) 정부 지원금 확대 및 사후 정산제 도입

○ 필요성

 - 정부 지원금 4조 2천억 원 미납(최근 8년 합계)

 - 총 건강보험료 수입의 20% 정부 지원 의무 불이행

 (지원률: '07년 17.3%, '08년 16.7%, '09년 18.5%)

○ 추진 방안: 정부 지원금 확대 및 사후 정산제 도입

 - 사후 정산제 도입: 국민건강보험법의 취지에 부합하도록, 정부
   지원금 지원 의무를 효과적으로 이행하도록, 건보료 수입의 20%
   를 우선 지급하고 사후 정산하도록 함

 - 정부 지원금 확대: 노인 의료비 증가에 대응하기 위해 예상 보험
   료 수입 기준 20%를 향후 5년 동안 30% 수준까지 확대

 • 노인 의료비 현황: 노인 진료비 12조 3,458억 원('09년), 전체 의료
   비의 31.4%


(3) 건강보험 재정 부담의 합리화

○ 정부, 부자, 건강보험 재정지출의 수혜자 등이 우적으로 추가 소
  요 재정 부담

○ 국민들이 현재 부담하는 민간의료보험료를 건강보험의 부담으로
  전환할 수 있도록 하는 제도적 장치 마련

○ 선행적인 개선 조치 이후 부족한 재정에 한해 중장기적으로 보험
  료 조정

 - 단, 국민적 동의를 기반으로 '가입자위원회(가칭)' 의 결정에 근
   거하여 추진


Ⅲ. 추진 방안

○ 국민건강보험법 개정 10건, 의료급여법 개정 1건, 의료법 개정 2

건, 공공의료에 관한 법률 개정 2건, 비영리 민간병원 지원법 제정 1건, 건강정보 보호법 제정 1건, 건강검진기본법 개정 1건, 민영의료보험법 제정 1건 등 제정안 3건

〈개정안 16건 등 총 19건의 법률 제·개정 추진〉

| 법률명 | 제·개정 내용 |
|---|---|
| 국민건강보험법 개정 | 비급여 실태조사 근거 마련, 요양 급여 적정성 평가 영역 및 지표추진 확대 |
| | 간병, 틀니/차석 제거, 첩약 등 급여 확대 |
| | 본인 부담금 상한제 조정 |
| | 의료 사각지대 해소 대책, 차상위 계층 의료 급여 재전환 |
| | 진료 수준별 수가 차등화 및 총액계약제 단계적 도입 방안 |
| | 건강 마일리지 제도 |
| | '건강보험재정운영위원회'의 '가입자 권한'을 확대하여 실질적 국민 참여 보장 |
| | 보험료 부과대상 소득 범위 확대 및 정비 |
| | 간병 서비스 급여화 방안 추진 및 상병 수당 지급 |
| | 건강보험의 정부 지원금 사후정산제 도입 |
| 의료법 개정 | 지역별 병상 총량제 |
| | 주치의 제도 시범 사업 |
| 의료급여법 개정 | 차상위 계층 의료 급여 재전환 |
| 공공의료에 관한 법률 개정 | 공공의료 기능 평가 강화 및 재정 분리 |
| | 비영리 민간병원 공공성 강화 |
| 비영리 민간병원 지원법 제정 | 비영리 민간병원의 공공성 강화를 위한 지원 근거 마련 |
| 건강정보 보호법 제정 | 의료 소비자 진료 정보 보호 및 알권리 보장 |
| 건강검진 기본법 개정 | 건강 마일리지 제도 도입 |
| 민간의료보험법 제정 | 국민건강보험과 민간의료보험의 합리적 역할 분담 |

## IV. 재정 확보 방안 및 지출 추계

### 〈재정 확보 방안〉

| 방안 | 재정 확보 |
|---|---|
| 보험료 부과 기반 확대[1] | 종합소득으로 부과 기반 확대 2.9조 원 |
| | 피부양자 범위 축소 1.3조 원 |
| 국고 지원 확대 | 국고 지원 5년간 30% 수준으로 확대 2.7조 원 |
| 국고 지원 사후 정산제 | '10년 기준 약 0.6조 원 |
| **합계** | **약 7.5조** |

1)국민건강보험공단, 건강보험 부과 체계 단순화 및 일원화 방안 2010.

### 〈보장성 강화에 따른 지출 증가 추계〉

| 방안 | 소요 확보 |
|---|---|
| 비급여 급여화<br>입원 진료비 보장률 90% | 최대: 3.9조(90% 보장) |
| 본인 부담금 상한 100만 원 | 약 0.7조 원 |
| 간병 급여 | 약 1.2조 |
| 틀니 | 약 0.4조 |
| 치석 제거 | 약 1.1조 |
| 의료 사각지대 해소 | 약 0.8조 |
| **합계** | **약 8.1조** |

# 80%의 지자체가 선택한 친환경 무상급식

## —보편적 복지, 민주당이 하면 확실히 다릅니다

민주당의 보편적 복지 정책의 방향 '창조형 복지국가' 모델 발표가 있은 다음 날, 1월 31일 국회 의원회관 대회의실에는 6.2지방선거에서 국민의 선택을 받은 진보 진영 유명 인사들이 모두 모였다.

손학규 대표, 박지원 원내대표 등 민주당 지도부는 물론이고, 안희정 충남도지사, 곽노현 서울시교육감, 김상곤 경기도교육감, 허광태 서울시의회 의장 등이 주인공인 무대였다.

6.2지방선거에서 야권 정책 연대의 핵심 '친환경 무상급식 실천 보고대회'가 열린 것이다. 2011년 3월 학교 개학에 맞춰 전국 229개 시군구 중에서 181곳 79%가 무상급식을 실시하는 것으로 조사됐다.

국민의 위대한 선택이 정책적으로 빛을 발휘하는 순간이다. 물론 100% 친환경 무상급식 전면 실시는 아니다. 민주당이 고전한 대전·울산·대구·강원에서는 무상급식을 실시하는 지자체가 완전히 없거나 거의 없는 상태다.

그럼에도 80%의 전국 지자체가 무상급식을 출발하는 것은 대단히 고무적인 현상이며, 6.2지방선거에서 국민의 선택을 받은 민주당이 수권 정당으로의 모습을 그대로 발현한 것이라 할 수 있다.

손학규 대표를 비롯한 보고대회에 함께한 야권의 동지들은 모두 환희와 확신에 차 있었다. 보편적 복지가 가야 할 길이 국민과 함께하는 탄탄대로로 보이기 시작한 것이다.

그도 그럴 것이 민주당이 압도적인 지지를 받은 충청북도, 충청남도, 광주광역시, 전라북도 초등학교에서는 초등학교 무상급식이 전면적으로 시행되는 것으로 나타났다. 이것이 바로 정치의 힘이 아닌가 하는 생각도 해 본다.

민주당은 민주 정부 10년의 경험을 가진 수권 정당이자, 국민의 선택을 실천해 나가는 실천 정당의 면모를 계속 견고히 해 갈 것이다.

민주당이 집권하면 '보편적 복지' 실천 가능하다는 것을 국민께 입증해 나갈 것이다. 친환경 무상급식 80% 실천은 그 시금석이 될 것이라 믿어 의심치 않는다.

경쟁의 논리, 시장의 논리 속에서 생존 경쟁에 떠밀린 국민, 국민들은 지쳤다. 따뜻한 밥 한 끼, 언제든 아픈 것을 참지 않고 돈 걱정 없이 치료할 수 있는 의료 시스템, 누구나 마음껏 아이를 낳아 기를 수 있는 사회, 돈 걱정 없이 교육 본연에 전념할 수 있는 대학… 국민이 민주당을 선택해 주면 실현 가능하는 국민의 신뢰와 믿음에 한 발자국 더 나아갈 것이다.

보편적 복지 민주당이 하면 다르다. 민주당이 하면 확실히 실천할 수 있다. 그것이 친환경 무상급식 80% 실천이 보여 준 힘이자, 민주당 보편적 복지 정책이 언론에 이슈가 되고, 힘을 받는 근원이기도 하다.

〈참조자료: 전국 229개 시군구별 무상급식 추진 현황〉

| 시도명 | 유 | | | | 초 | | | | 중 | | | | 고 | | | |
|---|---|---|---|---|---|---|---|---|---|---|---|---|---|---|---|---|
| | 부분<br>(개) | 전면<br>(개) | 합계 | 비율<br>(%) | 부분<br>(개) | 전면<br>(개) | 합계 | 비율<br>(%) | 부분<br>(개) | 전면<br>(개) | 합계 | 비율<br>(%) | 부분<br>(개) | 전면<br>(개) | 합계 | 비율<br>(%) |
| 서울(25) | 0 | 0 | 0 | 0 | 25 | 0 | 25 | 100 | 0 | 0 | 0 | 0 | 0 | 0 | 0 | 0 |
| 부산(16) | 0 | 0 | 0 | 0 | 16 | 0 | 16 | 100 | 0 | 0 | 0 | 0 | 0 | 0 | 0 | 0 |
| 대구(8) | 0 | 0 | 0 | 0 | 0 | 1 | 1 | 12.5 | 0 | 0 | 0 | 0 | 0 | 0 | 0 | 0 |
| 인천(10) | 0 | 1 | 1 | 10.0 | 7 | 3 | 10 | 100 | 0 | 1 | 1 | 10.0 | 0 | 1 | 1 | 10.0 |
| 광주(5) | 0 | 0 | 0 | 0 | 0 | 5 | 5 | 100 | 0 | 0 | 0 | 0 | 0 | 0 | 0 | 0 |
| 대전(5) | 0 | 0 | 0 | 0 | 0 | 0 | 0 | 0 | 0 | 0 | 0 | 0 | 0 | 0 | 0 | 0 |
| 울산(5) | 0 | 0 | 0 | 0 | 0 | 0 | 0 | 0 | 0 | 0 | 0 | 0 | 0 | 0 | 0 | 0 |
| 경기(31) | 0 | 0 | 0 | 0 | 7 | 24 | 31 | 100 | 2 | 0 | 2 | 6.5 | 0 | 0 | 0 | 0 |
| 강원(18) | 0 | 1 | 1 | 5.6 | 1 | 2 | 3 | 16.7 | 0 | 1 | 1 | 5.6 | 0 | 1 | 1 | 5.6 |
| 충북(12) | 0 | 9 | 9 | 75.0 | 0 | 12 | 12 | 100 | 0 | 12 | 12 | 100 | 0 | 0 | 0 | 0 |
| 충남(16) | 16 | 0 | 16 | 100 | 0 | 16 | 16 | 100 | 0 | 0 | 0 | 0 | 0 | 0 | 0 | 0 |
| 전북(14) | 14 | 0 | 14 | 100 | 0 | 14 | 14 | 100 | 6 | 8 | 14 | 100 | 6 | 8 | 14 | 100 |
| 전남(22) | 22 | 0 | 22 | 100 | 22 | 0 | 22 | 100 | 22 | 0 | 22 | 100 | 0 | 0 | 0 | 0 |
| 경북(23) | 23 | 0 | 23 | 100 | 4 | 3 | 7 | 30.4 | 4 | 1 | 5 | 21.7 | 0 | 0 | 0 | 0 |
| 경남(18) | 18 | 0 | 18 | 100 | 8 | 10 | 18 | 100 | 8 | 10 | 18 | 100 | 0 | 10 | 10 | 55.6 |
| 제주(1) | 0 | 1 | 1 | 100 | 1 | 0 | 1 | 100 | 1 | 0 | 1 | 100 | 0 | 0 | 0 | 0 |
| 합계(229) | 93 | 12 | 105 | 45.9 | 91 | 90 | 181 | 79.0 | 43 | 33 | 76 | 33.2 | 6 | 20 | 26 | 11.4 |

# 06 | 보편적 복지 재원 마련, 불가능한 일이 아니다

누누이 강조하는 말이지만, 한나라당의 선택적·시혜적 복지 재정은 일시적 소모성 경비에 불과할지도 모르겠지만 민주당의 보편적 복지 정책은 곧 성장 정책이고 일자리 정책이다.

한나라당의 대기업, 부자 중심의 정책은 더 이상 내수 성장에 기여하지 못하는 반면 교육과 복지에 대한 투자는 중산층과 서민, 국민 대다수의 가계 지출을 줄여서 가처분 소득을 증가시키고, 이는 가계의 실질소득을 증가시켜 소비 촉진으로 내수를 진작시키고 투자와 생산으로 이어지는 경제의 선순환 구조의 출발이자 윤활유가 된다.

민주당의 보편적 복지 정책을 포퓰리즘이라고 매도하는 한나라당은 과연 책임 있는 집권당의 자격이 있는지 다시 한 번 묻고 싶다.

한나라당은 자신들이 총선과 대선을 통해 공약한 정책들이 단순 포퓰리즘 차원에서 제기했던 것인지 아니면 국민 사기 차원에서 제안했던 것인지 답해야 한다.

병원비가 없어서 치료를 포기하고 병 때문에 가계가 파산하는 것만은 막아 보자는 정책을 포퓰리즘이라 한다면 우리는 그러한 포퓰리즘은 기꺼이 감내할 것이다.

저출산 재앙을 걱정하면서 저출산을 해결할 과감한 정책을 포퓰리즘이라 한다면, 그런 포퓰리즘은 당연히 시행해서 국가적 재앙을 조기에 막아 내야 한다.

- 대학 등록금에 국민 대다수가 시달리면서도 파격적 공약을 해 놓고는 집권 여당이 발뺌하고 있다면 당연히 책임 있는 제1야당이 감당해야 한다.
- 정강 정책에 부합하는 민주당, 국민의 꿈을 담아내는 민주당으로 2012년 반드시 국민의 뜻을 책임지는 민주당이 될 것!

이를 위해, 민주당은 지난 1월 6일 정책 의총을 개최하여, 민주당의 보편적 복지 정책으로 '무상의료' 실현을 당론으로 채택한데 이어,

1월 13일 두 번째 정책 의총을 개최하여 민주당의 보편적 복지 정책으로 '무상보육' 과 '대학생 반값 등록금' 정책을 실현할 것을 당론으로 채택했다.

또한, 정책위원회는 '무상급식' 을 포함하여 위와 같은 보편적 복지 정책을 실현하기 위한 소요 재원 규모를 약 16조 4천억 원으로 추계하고, 이를 실현하기 위하여 충분한 20조 원 안팎의 재원 조달 방안을 제시했으며, 향후 더욱 세부적이고 상세한 조달 방안을 마련하기로 했다.

민주당 정책위가 마련한 구체적인 '무상보육' 과 '대학생 반값 등록금' 정책의 내용과 소요 재원 추계 및 조달 방안은 아래 추가적인 설명을 통해 자세한 내용을 볼 수 있다.

## 〈참고자료—무상보육, 반값 등록금 정책과 비용 추계〉

### 1. 저출산 극복, 모든 아동 무상보육 실현
○결론

"민주당은 향후 5년간 단계적으로, 어린이집·유치원 이용 비용의 100%를, 시설 미이용 아동은 양육지원 수당을 지원함으로써 선별적 보육이 아닌 모든 아동 무상보육(보편적 보육)을 실현한다."

○민주당 '무상보육' 방안
〈지원 대상 및 지원 금액 확대〉
• 향후 5년간 단계적으로, 만 5세 이하 어린이집·유치원 이용 아동에 대하여는 비용 전액 지원
  각각 '영유아보육법' 및 '유아교육법'에 근거한 어린이집과 유치원을 대상으로 함
  - 지원 금액을 정부지원 단가 기준에서 표준 보육비용 기준으로 확대,
  - 지원 대상도 소득 하위 70%에서 아동 전체로 확대
• 향후 5년간 단계적으로, 시설 미이용 아동 양육지원 수당도 만 2세 이하·차상위까지만 지원되던 것을 만 5세 이하 아동 모두에게 지원

〈추가 재정 소요 추계〉
○추가 재정 소요: 4조 1,000억

〈MB 보육 정책과 민주당 무상보육 비교〉

| 구분 | MB 선별적 보육 | 민주당 무상보육 |
|------|---------------|----------------|
| 기본 철학 | 잔여적 복지 | 보편적 복지 |
| 지원 대상 및 지원 금액 | 70% 지원? 실상은 49%만 지원 정부지원 단가(5세, 17만 7천) | 모든 아동 지원 표준보육비용(5세, 28만 4천 원) |
| 시설 미이용 아동 양육수당 | 만 0~2세, 차상위 계층까지 | 만 0~5세, 전체 아동 |
| 보육 서비스 개선 효과 | 표준보육비용보다 낮은 보육료 지원으로 서비스의 질 향상을 기대할 수 없음 | 표준보육비용을 지원하여 서비스 질 향상 및 보육교사 처우개선 가능 |
| 출산율 기대 효과 | 저소득층만 지원하여 출산율 제고 효과 미흡 | 저출산 핵심 계층인 중산층 맞벌이 가구를 지원, 출산율 제고 가능 |

2. 대학생 반값 등록금 실현

○ 결론

"민주당은 향후 5년간 단계적으로, 저소득 계층 장학금, 지방 국립대생 장학금, 근로장학금을 대폭 확충하고, 등록금의 추가적인 인상을 억제하며, 현행 ICL 고금리를 대폭 인하하여 실질적인 대학생 반값 등록금을 실현한다."

○ 민주당의 '대학생 반값 등록금' 대책

1) 국가 장학금 대폭 확대

① 저소득 계층 장학금 지원

• 기초생활수급자~소득 1분위(연소득 1,238만 원까지): 등록금 전액 장학금 지원

• 소득 2~4분위(연소득 3,270만 원까지): 등록금 반액 장학금 지원

• 소득 5분위(연소득 3,816만 원까지): 등록금 30% 장학금 지원

② 지방 국립대생 장학금 지원

- 지방 국립대생(약 284,400명) 소득 4분위(연소득 3,270만 원까지)까지 전액 장학금 지원
③ 근로장학금 지원
- '10년도 근로장학금 지원을 받는 2.5만 명을 향후 두 배인 5만 명으로 확대


2) ICL 제도 보완
① ICL 대출 금리 인하
- ICL 대출 금리를 타부처 학자금 대출 금리 수준인 3%대로 인하
② ICL 제도의 차별적 학점 제한 조건(B학점 이상)을 완화(C학점 이상)
③ 군복무자의 ICL 제도 이용자 이자 면제


3) 등록금 상한제 도입 및 고등교육 재정지원
- 등록금 인상을 현행 물가상승률 1.5배 이내에서 인상할 수 있는 것을 물가상승률 이내로 제한
- 등록금 인하 또는 억제를 위한 고등교육 재정지원


＊추가적인 재정 소요 추계
- (소요 예산): 3조 1,000억 원
① 국가 장학금 대폭 확대(약 2조 8,500억 원)
② ICL 보완(5년간 연평균 약 3,000억 원)
③ 등록금 상한제 도입

## 〈참고1〉 MB 정부와 민주당의 대학생 등록금 정책 비교

| 구분 | | MB 등록금 정책 | 민주당 반값 등록금 |
|---|---|---|---|
| 저소득 계층지원 | 기초생활 수급자 | 연 450만 원<br>수혜자: 4.2만 명 | 등록금 전액(700만 원)<br>수혜자: 12.6만 명 |
| | 차상위 | 연 220만 원<br>수혜자: 3.5만 명<br>*금년 2학기부터 폐지 | |
| | 소득1분위 | ― | |
| | 소득2~4분위 | 별도 지원 없음 | 등록금 반액(350만 원)<br>수혜자: 52.3만 명 |
| | 소득5분위 | 별도 지원 없음 | 등록금 30%(210만 원)<br>수혜자: 15.9만 명 |
| 지방 국립대학생 국가 장학금 | | 별도 지원 없음 | 소득4분위까지 전액(700만 원)<br>수혜자: 11.4만 명 |
| 근로장학생 | | 2.5만 명 지원 | 5만 명으로 확대 |
| ICL제도 개선 | 금리 | 5.7% ~ 4.9% | 3%(2~3%p 인하) |
| | 성적제한 | B학점 이상 | C학점 이상 |
| | 군복무기간 이자지원 | 없음 | 무이자 |
| 등록금 상한제 | | 물가상승률의 1.5배 | 물가상승률 |

## 3. 보편적 복지 실현을 위한 재원 확보 방안

### 1) 보편적 복지 소요 비용

○ 보편적 복지 정책 추진과 함께, 건강보험 및 의료공급 체계의 개혁, 공보육 시설 및 교사 처우 개선, 고등교육 개혁 등을 동시에 추

진함으로써 복지에 추가되는 비용을 최소화하는 노력을 병행함

○ 이러한 비용절감 노력의 전제하에 예산을 추계하여

  - 무상의료: 8.1조 원, 무상보육: 4.1조 원, 무상급식: 1.0조 원, 반값
  등록금: 3.2조 원 등 약 16조 4천억 원 내외가 소요될 것으로 전망


## 2) 재원 확보 방안

○ 기본 방향

  - 부자 감세 철회, 재원 배분 우선순위 조정 등으로 한정된 재원을
  '보편적 복지' 실현에 우선 투자

○ 재정 확보 방안

  - 한나라당의 대표적인 실책으로 재정 악화에 크게 기여하고 있는
  부자 감세 전면 철회

  - 한나라당 집권 이후 왜곡이 심화된 재정 구조를 개혁하고, 불투
  명하게 밀실 날치기 처리로 급증한 낭비성 예산을 대폭 삭감

  - 당초 도입 취지와는 달리 대기업에게 혜택이 집중되고 있는 불요
  불급한 비과세·감면을 축소 등으로 보편적 복지를 위한 일반회
  계 재원 확보

○ 건강보험 개혁을 통해 무상의료 위한 자체 재원 확보

  - 불합리하게 설계되어 있는 건강보험 징수 체계를 합리적으로 개
  선하여 건강보험 재원으로 확보

  - 추가적인 세목 신설이나 세율 인상 없이, 보편적 복지 실현을 위
  해 충분한 규모인 20조 원 안팎의 재원 확보 가능

※ 'G20 국격에 걸맞는', OECD 평균 수준에 도달하기 위한 복지 지출 규모

| | OECD 평균 | 한국 | OECD 평균에 도달하기 위한 추가 재원 규모(2010년 기준) |
|---|---|---|---|
| GDP 대비 사회복지 지출 비중 | 21.2% | 7.4% | 150조 원 추가 지출 필요 |
| 전체 예산 대비 복지 예산 비중 | 45.0% | 28.0% | 51조 원 추가 예산편성 필요 |

## 〈참고1〉 '보편적 복지' 관련 한나라당 공약 및 정책 사례

〈복지 및 의료 공약〉

○ A값의 20%(36만 원)를 보험료 납부에 관계없이 전 가입자에게 세금으로 정액으로 지급하는 기초연금제 도입(2004년 한나라당 총선 공약, 기초연금제 도입 법안 '04. 12 윤건영 의원 대표 발의)

○ '기초연금 도입, 노인들에게 교통수당 계속 지급'(MB 대선 공약집 113쪽)

○ '필수예방접종비용(민간병의원 접종비 포함)을 국가 부담'(MB 대선 공약집 100쪽)

○ '만 5세 이하 아동 의료비는 입원 진료비뿐 아니라 외래 진료비까지 본인 부담금 면제'(MB 대선 공약집 100쪽)

○ '중증질환자에 대한 완전 의료비 보장제도를 추진'(MB 대선 공약집 97쪽)

〈보육 공약〉

○ 대선 공약

- 2012년까지 0~5세 모든 아동 무상보육·교육 실시('09: 하위

60% → '10: 하위 70% → '11: 하위 80% → '12: 100%)

- 아동 양육수당 지급: 보육시설 미이용 영유아에 대해 시설 이용에 준하는 비용 지원

○ 아이사랑 플랜(09~12)

- 2012년까지 보육시설 이용 아동 80%까지 전액 지원, 2011년까지 만 5세 모든 아동 무상보육

- 2012년까지 보육시설 미이용 아동 80%까지 지원

○ 6.2지방선거 공약

- 2012년까지 소득 하위 70%까지 무상보육


〈정부 · 여당의 대학생 등록금 공약 사례〉

- 김형오 원내대표(07. 6. 5), '반값 등록금 등은 표결을 통해서라도 처리'
- 07. 10. 10. 이명박 대통령 후보 선대위 '등록금 절반 인하 위원회' 설치
- MB(08. 9. 0), '나는 반값 등록금 공약 내세웠던 적 없다.'
- 이주호 차관(09. 4. 22), '반값 등록금은 액수의 반값이 아니라 심리적인 부담을 반으로 줄여 주겠다는 것'
- MB(09. 7. 30), '이제 대학 등록금 걱정 안 해도 된다. 사실이다.'

# 07 시대를 역행하는 보건복지부의 의료비 정책

―아픈 것도 서러운데, 큰 병원은 가지 말고 돈도 더 내라니…

1월 12일 보건복지부 건강보험정책심의위원회 제도개선소위에서는 대학병원 등 상급 종합병원의 외래 처방 약값 가운데 환자 부담 비율을 현행 30%에서 60%로 2배로 인상하는 것을 합의했다.

앞으로 대형 병원을 가는 당뇨환자들은 전체 약제비 16만 5,610원 중 본인이 부담하는 약값 평균 4만 9,680원이 9만 9,370원으로 두 배 인상된다는 것이다.

이는 시대를 역행하는 보건복지부의 만행이 아닐 수 없다. 민주당이 내놓은 실질적 무상의료 방안을 포퓰리즘이라고 비난하더니, 정말로 국민들의 의료비를 늘어나게 하는 어처구니없는 정책을 내놓은 것이다.

민주당은 이에 대해 강력히 반대 의사를 밝혔다. 환자가 부담하는 대형 병원 외래 처방 약값 2배 인상에 강력히 반대하며 즉각적인 철회를 요구했다.

정부와 한나라당은 환자들의 의료비 부담을 덜면서 의료의 질도 향상될 수 있는 민주당의 실질적 무상의료 정책을 포퓰리즘이라고 비난할 것이 아니라 당연히 수용해야만 한다.

1차 의료 활성화를 위해 대형 병원 약제비의 본인 부담 2배 인상 방안은 이미 실패한 정책을 반복하겠다는 것이고, 환자들의 의료비 부담만 높일 뿐 대형 병원의 환자 집중을 해소되지 않을 것이 불 보듯 훤한 일이다.

2009년 7월 보건복지부는 종합전문요양기관 외래 본인 부담률을 진찰료를 제외한 요양 급여 비용의 50%에서 60%로 높였으나, 대형 병원의 환자 집중은 감소되지 않았던 전례도 있다.

보건복지부는 환자들이 가깝고 저렴한 동네에 있는 의원을 두고, 의료비가 저렴해서 대형 병원까지 간다고 보는지부터 이해해야 할 것이다.

환자들이 멀고, 불편하고, 비싼 대형 병원을 갈 때 교통비나 숙박비 등 수많은 추가 비용을 감수하면서까지 대형 병원을 선호하는 것은 의원에서 제공하는 의료 서비스에 만족하지 못하는 것이다. 이를 본질적으로 해결하기 위해 주치의 제도 도입이 필요하다.

특히 요양기관 종별가산률 적용으로 더 많은 의료비를 지불함에도 불구하고 대형 병원을 가는 환자들에게 징벌적 비용 부담을 지우고, 의료 전달 체계의 왜곡에 대한 책임을 환자들에게 떠넘기는 행위이다.

환자들의 주머니를 털어서 사상 최대의 건강보험 적자를 메우려는 낮은 수에 불과하다. 이것은 초기 방역에 실패하여 구제역의 전국적 확산으로 인해 축산농가의 천문학적 피해와 고통을 외면한 채, 구제역 확산의 책임을 축산농가로 떠넘기고 있는 현 정부의 황당한 대응에 다름 아닌 행위인 것이다.

대형 병원 경증 외래 환자들의 본인 비용을 외래 80%, 약값의 60%를 추가로 부담하게 하겠다고 하면서, 이 재원으로 건강보험 보장성을 위해 어떻게 사용하겠다는 계획은 없다. 말로는 1차 의료 활성화를 주장하면서 실제로는 최대 적자의 건강보험 적자를 메우겠다는 발상에 불과하다.

대형 병원 경중 외래 환자들의 본인 부담 약값의 60%를 추가로 지불하라는 것은 특히 야간 환자들에게 돈 없으면 아파도 병원에 오지 말라는 것인가?

밤에 아프면 갈 수 있는 곳이 대형 병원 응급실뿐인데, 응급 환자가 아니라는 이유로 응급실 관리료 3만 원을 더 내고, 비급여로 진료를 받아야 하는데, 여기에 추가로 약값의 60%를 더 내라니 '돈 없으면 죽으란 말인가? 아픈 것도 서러운데 큰 병원도 가지 말라니' 대형 병원 응급실 외에 야간에 이용할 수 있는 의원이 전무한 형편에서 환자들에게만 비용 부담을 떠넘기는 것은 야만적인 정책이라 할 수 있는 것이다.

보건복지부는 사상 최대의 건강보험 적자를 대형 병원 외래 환자들의 주머니를 털어서 메우려는 약값 본인 부담 60% 인상 정책을 즉각 철회할 것을 촉구하며, 국민들의 의료비 부담을 완화하고 1차 의료의 활성화를 위해 주치의 제도 도입 등 제도 개선에 우선 나설 것을 요구한다.

보건복지부가 대형 병원을 이용하는 경중 외래 환자들의 약값 60% 본인 부담금 인상을 추진한다면, 대형 병원의 경중환자를 줄이는데 기여하지는 못할 것이다. 오히려 저소득층과 노인, 장애인 등 취약 계층의 의료 접근성을 박탈하고, 의료 취약지의 주민들에게 과중한 비용부담을 높여 의료 이용의 양극화를 초래할 것은 불 보듯 뻔한 일이다.

우리는 물론이고, 시대가 요구하는 것은 '더 낮은 부담으로 더 높은 의료 서비스를 받는 것'이다. 시대를 역행하는 MB 의료 정책에는 한숨을 내쉴 수밖에 없다.

## 08

**'무상보육'은 소모적 비용이 아니라
미래를 위한 투자**

 

민주당이 무상의료 · 무상보육 · 반값 등록금이 계속해서 세간의 이슈를 이끌고 있고, 국민적 여망을 담아 가자 한나라당과 보수 언론들은 허위사실까지 유포하며 민주당의 보편적 복지 시리즈에 '흠집 내기' 총공세에 나섰다.

그러나 민주당 보편적 복지 정책 중 '무상보육'에 대해 논하기에 앞서 분명히 짚고 넘어가야 할 사실이 있다.

한나라당이 '망국적 포퓰리즘', '빚덩이 폭탄'이라고 원색적인 비난을 퍼붓는 그 '무상보육'은 이명박 대통령의 대선 핵심 공약이었다. 그리고 여당의 공격을 뒷받침하고 있는 진수희 보건복지부장관은 무상보육 공약을 주도적으로 입안한 장본인이다.

더불어 민주당의 복지 시리즈에 대해 '정신나간 짓'이라고 막말하고 있는 이회창 자유선진당 대표도 지난 대선에서 무상보육을 공약으로 내걸었다.

물론 우리 민주당도 무상보육을 공약했었다.

한나라당은 민주당 정책을 비난하기에 앞서 지난 대선에서 '2012년까지 모든 아동 무상보육' 하겠다고 공약해 놓고, 그 공약을 지키지 않고, 거짓말한 것에 대해 사과해야 하는 것이 우선 아닌가?

자신의 공약을 손바닥 뒤집듯 뒤집고, 민주당의 무상보육에 대해 '망국적 포퓰리즘'이니, '세금 폭탄'이니 공격하는 것은 참 뻔뻔하고, 후안무치한 행동이다.

또한 민주당의 무상보육 예산이 잘못 추계됐다고, 보수 언론들이 보도하고 있다. 이는 사실이 아니다.

세상에 어느 나라가 모든 아이들을 0세부터 5세까지 한 명도 빠짐없이 시설에 맡겨서 보육시키는가? 현재의 시설 이용률을 감안하여 보육료 지원 및 시설 미이용 아동 양육수당 예산에 대한 민주당의 추계는 충분했다는 것을 분명히 밝힌다.

무상보육의 필요성은 인정하지만, 그 재정 부담 때문에 미래 세대에 엄청난 빚을 물려줄 거라는 주장도 옳지 않다.

우리나라 출산율이 1.15다. 2명이 결혼해서 1명씩 낳고 있다는 것으로 해석 가능한 수준이다. 출산율이 떨어지는 절대적 이유 중 하나가 과도한 양육비 부담, 교육비 부담 때문에 출산을 기피하는 것이다.

이런 추세대로 간다면 2016년부터 유소년 인구가 노인 인구보다 적어지는 인구 역전 현상이 발생하고, 2050년에는 노인 인구 비율이 38.2%로 지구상에서 가장 늙은 국가가 예상된다. 더욱이 2050년에는 생산 가능 인구 1.4명 당 노인 1명을 부양해야 하는 상황도 예측되고 있다. 그때 가면 진정으로 소득의 절반을 세금으로 내야 할지도 모른다.

민주당의 무상보육은 이런 미래에 발생할 문제에 대한 선제적 투자다. 선제적이고 과감한 투자로 출산율을 높여서 노동 인력을 늘리는 것이 미래 세대의 부담을 늘리는 것인가? 아니면 아무 대책도 없이 손

놓고 있다가 과도한 부양 부담을 안겨 주는 것이 미래 세대에 부담을 늘려 주는 것인가?

18대 대선에서 과연 한나라당은 민주당이 발표한 수준의 무상보육 공약을 내놓지 않을 것인지 그것이 궁금하다.

6.2지방선거에서도 마찬가지였다. 한나라당은 무상급식에 반대하면서도, 무상급식을 공약으로 내거는 아이러니한 모습을 보였다. 이제라도 자신들의 공약을 돌아보기를 권유해 본다.

# 제3부

# 분단의 상처와
# 아버지의 복숭아

그리운 고향, 충남 삽다리

2003년 가을, 나는 오랜만에 가족들과 충남 예산을 찾았다. 그 당시 아들녀석은 중학교 3학년, 딸아이는 고등학교 3학년이 되었다. 한국 사회에서 고3 자녀를 둔 가족은 모두가 수험생이다. 아무래도 시험이 끝날 때까지 온 가족이 함께 나들이를 나선다는 게 쉽지 않을 듯 싶었다.

나는 아이들에게 텅 빈 가을 들녘을 보여 주고 싶었다. 텅 빈 들녘에서 찾아야 할 것이 있었다. 아이들은 설악산이나 내장산으로 단풍 구경을 가고 싶어했지만, 고맙게도 내 뜻을 따라 주었다.

주말이라 고속도로는 많이 밀렸다. 그러나 그 막히는 길이 전혀 짜증스럽지 않았다. 내 마음은 이미 시골길을 걷고 있었으며, 그 길에서 나는 한없이 평화스러울 수 있었다.

시골 마을에 도착했을 때, 대부분의 농가들이 추수를 마친 뒤였다. 가을 햇살이 포근히 내려앉아 쉬고 있는 논에는 짚단 몇 개만이 군데군데 자리를 잡고 있었다. 나는 차에서 내렸다. 내가 논에 들어가 한참 동안 나오지 않자 녀석들이 들어와 내 옆으로 다가왔다.

"아빠, 뭘 그렇게 열심히 주우세요?"

"어, 이게 말이다. 외할아버지, 그러니까 너희들 외증조부께서 내게 남겨 주신 거란다."

어느새 키가 훌쩍 커 버린 아들녀석이 그게 무슨 말이냐고 내게 눈빛으로 물어왔다.

나는 충남 홍성 구항에서 태어났다. 그리고 외가는 충남 예산 삽교에 있었다. 어려서 서울로 이사와 동작구 밤골에서 유년을 보냈지만, 방학 때면 항상 친가와 외가가 있는 충남으로 내려가 보름씩 머물다 오곤 했다. 당시 외가는 마을 사람들이 '농장집'이라고 부를 만큼 크고 깨끗했다.

미루나무가 마치 울타리처럼 집 앞에 늘어서 있었고, 그 안쪽으로 수박과 참외밭이 펼쳐져 있었다. 밭 한가운데는 원두막이 오롯이 서서 작물들이 커 가는 것을 지켜보고 있었다.

여름방학 때는 사촌들과 함께 밭에서 수박과 참외를 따 먹었다. 밤에는 모깃불을 피워 놓고 외할머니 무릎을 베고 누워 별똥별이 떨어지길 기다렸다. 별똥별이 떨어질 때마다 나는 소원을 빌었고, 외할머니의 부채질과 옛날이야기는 끝나지 않았다.

겨울엔, 따뜻한 아랫목에 모여앉아 화로에 가래떡과 살조개(꼬막)를 구워 먹었다. 사촌들과 밤이 새도록 도란도란 이야기를 나누고 있을 때면 외할머니는 밤참으로 물고구마와 동치미를 내오셨다. 물고구마는 외가에서만 맛볼 수 있는 것이었는데 물이 엄청 많았고, 밤고구마보다 달았다. 호박김치도 별미였다. 어렸을 때는 입이 짧다는 소리를 들을 정도로 입맛이 까다로웠으나, 시골에 가면 호박김치만 가지고도 밥 한 공기를 뚝딱 먹어치웠다.

외할머니는 두부도 직접 만들어 주셨다. 손이 얼마나 크셨던지 한 번 만들면 몇 날 며칠을 두고 두부만 먹어도 남을 정도였다. 외할아버지는 그런 외할머니가 도통 마음에 들지 않으셨던 모양이었다. 외할아버지는 인색하리만큼 알뜰하셨다. 그 때문에 장이 서는 날에는 어김없이 두 분이 티격태격 다투셨다.

외가는 장터와 도로 하나 사이로 무척 가까웠다. 나는 장날의 북적거림이 좋았다. 마땅히 살 물건이 있는 것도 아닌데 파장이 될 때까지 장터를 돌아다녔다. 장터를 돌다가 허기가 지면 꿀 묻힌 가래떡과 갱엿을 즐겨 사 먹었다. 여러 종류의 어리굴젓을 맛보는 것도 큰 즐거움이었다. 외할머니는 내 손을 잡고 장터를 돌아다니시다가 내가 맛본 어리굴젓 중 가장 맛있어 하는 걸 골라 사 주셨다.

장이 서는 날에는 거지들도 많아졌다. 그리고 그 거지들은 으레 외갓집으로 몰려들었다. 외할머니는 그들에게 부침개와 김치와 남은 밥을 아낌없이 차려 주셨다. 그런 외할머니의 행동이 외할아버지는 늘 마땅치 않으셨고, 장이 파하고도 두 분 사이의 냉랭한 분위기는 쉽게 녹지 않았다. 옆에서 가만히 지켜보던 나는 외할아버지의 인색함보다는 외할머니의 넉넉함이 좋았고, 외할아버지의 인색함은 좀스럽게까지 보였다.


그렇게 유년이 지나가고 고등학교 2학년 때였다. 나는 외할아버지의 생신을 맞아 가족과 함께 외가에 내려갔다. 가을걷이가 끝난 들녘은 텅 비어 있었다. 점심 식사를 마치고 나서 외할아버지는 논에서 할 일이 남아 있으시다며 자전거를 타고 나가셨다. 이미 추수가 끝난 터라 할 일이 남아 있을 리 없었다. 삽교천 근처에 있는 논까지 가려면 자전거를 타고 30분은 나가야 했다. 나는 무슨 일이 있으시다는 것인지 궁금하기도 했고, 딱히 할 일도 없었던 터라 소화도 시킬 겸 외할 아버지를 따라나섰다.

논에 도착한 외할아버지는 가을 햇살이 내려앉은 논바닥을 아주 천천히 거닐며 나락을 줍기 시작하셨다. 외할아버지는 마을에서 가장 큰 부자였다. 벼 한 알이 아쉬운 살림이 아니었거니와 한 줌도 안 되는 볍씨가 돈이 될 리 없었다. 외할아버지가 주우신 것은 나락이 아니라 당신이 흘리신 땀방울이었으며, 삶에 대란 사랑이었다. 나중에야 나는 외할머니의 후한 인심과 외할아버지의 인색함이 다르지 않다는 것도 알았다. 외할아버지는 외할머니와는 다른 방식으로 재산을 이웃과 나누고 계셨으며, 아껴야 더 나눌 수 있었다.

그 후 나는 어디 가서 밥을 먹더라도 밥풀 한 톨 떨어뜨리지 않도록 조심하게 되었다. 나락을 주우시던 외할아버지의 뒷모습은 내 삶에 적지 않은 영향을 미쳤다.

"애들아, 외할아버지는 바로 이곳에서 떨어진 쌀알을 정성껏 주우셨단다. 외할아버지가 내게 보여 주신 것은 단지 쌀 한 톨의 소중함이 아니었지…… 삶의 어느 한순간도, 시간이든, 감정이든, 만남이든 어느 하나 사소하게 넘기거나 헛되이 해서는 안 된다는 걸 말없이 보여 주신 거란다."

나는 아이들의 어깨를 어루만지며 말했다. 아이들은 고개를 끄떡이 더니 이내 떨어진 볍씨를 줍기 시작했다.

나를 그토록 아껴 주시던 외할머니는 82세에 돌아가셨다. 장례식 때 많은 사람들이 문상을 왔는데 그중에는 거지들도 꽤 많았다. 음식을 얻어먹으러 온 것이 아니었다. 그들은 외할머니 영전에 엎드린 채 눈물을 펑펑 쏟아 내며 대성통곡하였다. 그리고 적지 않은 돈을 모아

부조까지 했다. 하늘이 참 맑은 날이었다.

외할머니가 돌아가시고 나서 2년 후에 외할아버지가 돌아가셨다. 그렇게 꼿꼿하시던 분이셨는데, 장례식 때에도 눈물 한번 보이지 않던 분이셨는데, 장례가 끝나고 나서 외할아버지는 한순간에 무너지셨다. 기가 푹 꺾이셔서 매일 외할머니 생각에 등을 돌리고 홀로 앉아 눈물만 지으시다가 어느 날 갑자기 외할머니 곁으로 떠나시고 말았다.

가을 햇살이 눈이 부셨다. 아이들과 함께 시골길을 거닐며 한나절을 보낸 후 서울로 차머리를 돌렸다. 내가 어렸을 적, 방학 끝 무렵에 장항선을 타고 서울로 올라올 때처럼 주체할 수 없는 허전함이 가슴 한쪽으로 저미어 왔다. 기차역까지 배웅을 나오시던 외할머니와 외할아버지. 플랫폼에 서서 손을 흔들며 애써 서운함을 감추시던 두 분의 주름진 얼굴과 한동안 입에서 떨어지지 않던 충청도 사투리가 지금도 생생하기만 하다.

# 02 | 분단의 상처와 아버지의 복숭아

아버지는 철도 공무원이셨다. 사람들은 아버지를 두고 법 없이도 살 사람이라 했고, 외할머니는 부처님 가운데 토막이라고 말씀하시곤 했다. 어머니가 일이 있으셔서 집에 늦게 들어오실 때면 아버지가 직접 밥을 지어 주셨다. 아버지의 김치찌개는 어머니가 끓여 주시는 찌개보다 더 맛있었다. 자식 사랑이 극진하셨던 아버지는 내가 고등학생이 되었을 때도 밥을 같이 먹으면서 궁둥이를 두들겨 주셨고, 중학교 3학년인 여동생을 당신의 무릎에 앉혀 놓고 뽀뽀를 할 정도로 귀여워하셨다. 집에 전화를 놓았을 때는 하루에도 몇 번씩 전화를 걸어 자식들의 안부를 묻곤 하셨다.

아버지는 술을 무척 좋아하셨다. 그런데 내가 고등학교 3학년이 되던 해에 갑자기 술을 끊으셨다. 그리고 일 년이 지난 어느 날 아침 아버지가 양치질을 하시다가 목이 이상하다고 하셨다. 가족들은 대수롭지 않게 여겼다. 아버지 역시 목을 삐끗한 것 같다며 그대로 출근을 하셨다. 그냥 평소와 마찬가지로 퇴근하고 돌아오신 아버지는 일찍

잠자리에 드셨다. 목을 잘 가누지 못하시는 건 여전하셨다.

그 새벽에 어머니가 나를 급히 깨웠다. 아버지의 한쪽 다리에 큰 고통이 온 것이다. 아버지는 그 고통을 참고 계셨지만 입에서는 신음 소리가 새어나오고 있었다. 알 수 없는 공포가 엄습해 왔다. 새벽 내내 아버지의 다리를 주무르다가 아침에 명동 성모병원으로 달려갔다. 엑스레이를 찍어 보니 목 디스크도 아니었고 단순한 근육 경련도 아니었다. 병원에서는 즉시 입원하라고 했다. 조직검사를 받아야 한다는 것이었다. 암일 수도 있다는 얘기였다.

당시 나는 대학 1학년이었고, 병원 밖으로는 흰 눈이 소복이 쌓여 가던 12월이었다. 수술을 해야 했다. 치료를 위한 수술이 아니라 조직검사를 위한 수술이었는데 전신마취를 할 정도로 큰 수술이었다. 아버지는 완강하게 수술을 거부하셨다. 나름대로 무슨 생각이 있으셨던 듯하다. 나는 아버지를 설득했고 아버지는 수술대에 오르셨다.

수술 후 검사 결과가 나오기까지 열흘이 걸렸다. 가족들에게 그 열흘은 십 년처럼 길었으며 피를 말리고 애간장을 녹이는 기간이었다. 아버지의 상태는 하루가 다르게 나빠지고 있었다. 부정적인 생각이 머리에서 떠나지 않았다. 열흘이 지난 뒤 결국 암으로 판명이 났다. 그것도 말기였다. 수술치료도 불가능한 상태였다. 사형 선고와 다를 바 없었다. 당시 아버지는 49세의 젊은 나이였다.

사형 선고였으나 그대로 포기할 수 없었던 가족들은 아버지를 경희의료원으로 옮기기로 했다. 수술이 불가능했기 때문에 방사선 치료를 받기 위해서였다. 문제는 진료기록이었다. 당시 대부분의 병원에서는 진료기록 일체를 외부로 유출시키지 않았다. 경희의료원으로 옮기면 아버지는 똑같은 검사를 다시 받아야 했다. 나는 담당 의사와 독대했다. 불합리한 제도에 항의했고, 환자 가족의 경제적 어려움과 환자의 고통을 호소했다. 과장은 진료기록을 꼭 돌려 달라는 당부와 함께 수십 장의 엑스레이 필름을 내주었다.

병원 밖 명동 거리는 크리스마스 분위기로 들떠 있었다. 캐럴이 병실 유리창으로 들려왔다. 청춘 남녀들이 서로의 어깨를 감싸며 눈길을 거닐고 있을 때 나는 아버지의 병상에 앉아 끝을 알 수 없는 슬픔 속으로 침잠해 가고 있었다.

경희의료원으로 옮긴 지 한 달이 지난 어느 날 아침, 회진을 하던 의사가 아버지에게 정리하는 게 좋겠다고 말했다. 아버지가 나를 불러 놓고 말씀하셨다.

"우리 집에 벼락이 떨어졌구나. 홍성에 있는 선산까지 가지 말고 용인 공원묘지에 묻어라. 너희들이 오기에 홍성은 너무 멀다. 난 너희들을 자주 보고 싶구나."

억장이 무너져 내렸다. 눈물이 솟구쳤으나 아버지가 말씀을 끝내실 때까지 혀를 깨물며 참고 있었다. 병실 문을 열고 나와 울음을 쏟아 냈다. 울고 또 울었으나 눈물은 멈추지 않았다. 앰뷸런스를 타고 집으로 올 때의 심정이란 이루 말할 수 없었다. 그래서 나는 중환자를 둔 가족들의 아픔을 뼛속 깊이 이해한다. 다큐멘터리 프로그램인 '병원 24시'를 볼 때도 그 상황이 피부에 와 닿는다.

아버지는 그해 10월에 돌아가셨다. 병원에서는 이삼 일 버티기 힘들다고 했으나 집으로 모시고 나서 8개월을 더 사시다가 가셨다. 어머니와 할머니는 좋다는 약이란 약은 다 찾아다니셨다. 그 와중에 나는 대학 신문사 기자로 바쁘게 활동하고 있었고, 아침저녁으로 아르바이트를 했다. 어느 날 아버지가 나를 불렀다.

"나는 네가 보고 싶은데…… 너는 뭐가 그리 바쁜 것이냐?"

라고 물으셨다. 드릴 말씀이 없었다.

며칠 후, 나는 춘천 가는 기차에 올랐다. 춘천 어디에 암을 고치는 신비한 약수가 있다는 얘기를 들었다. 난생 처음 타는 경춘선 열차였다. 그날은 일요일이었고 단풍이 물들기 시작하는 가을이었다. 기차 안은 젊은 남녀로 가득 차 있었다. 삼삼오오 모여 앉아 통기타를 치고 게임을 즐기고 있었다. 그들의 경쾌한 웃음소리와 덜컹거리는 기차 소리가 뒤섞이고 그 속에 내 한숨 소리가 묻혔다.

기차에서 내려 다시 버스를 타고 들어가 약수를 떠가지고 집으로 돌아왔다. 출렁이는 약수만큼 가슴이 찢어지는 듯했다. 약수에는 철분이 많았다. 아버지는 맛이 없다며 드시지 않았다. 나는 이 약수가 정말 특효약이라고 우겼다. 아버지가 웃으며 말씀하셨다.

"내가 오늘은 버티기 힘들 것 같구나. 그래도 네가 떠 온 약수이니 어디 한번 먹어 보자."

약수를 드시던 아버지는 평소보다 많이 좋아진 모습이셨다. 병을 앓고 있는 사람처럼 느껴지지 않을 정도였다. 그러나 당신의 말씀처럼 그 다음 날 눈을 감으셨다.

그 후 아버지는 내가 몸이 좋지 않을 때면 늘 현몽하셨다. 꿈속에서 아버지는 나를 꼭 끌어안아 주셨다. 평소의 느낌 그대로였다. 그렇게 꿈을 꾸고 나면 몸이 아주 개운해지면서 몸살기가 거짓말처럼 사라지곤 했다.

할머니는 아버지가 그런 몹쓸 병에 걸린 게 모두 전쟁 때문이라고 말씀하셨다. 6·25가 터졌을 당시 아버지는 성균관대 법대를 다니고 계셨다. 전쟁이 터져 홍성으로 피난을 와 있었는데, 그곳에서도 빨치산은 극성이었다. 인민군이 철수할 무렵 빨치산들은 마을 젊은이들을 한 곳에 모두 모았다. 그리고 죽창으로 난도질을 해 댔다. 아버지는 죽창에 찔려 얼굴이 찢어지고 몽둥이로 온몸을 두들겨 맞은 뒤 큰 구덩이에 버려졌다.

아버지는 외아들이셨다. 밖에 나간 아들이 돌아오지 않자 할머니는 아버지를 찾아 나섰다. 그리고 시체 더미 속에서 아버지를 발견하셨다. 이미 숨이 끊어진 듯 보였다. 집으로 데리고 와 똥물을 먹이고 홍성 도립병원으로 옮겼다. 의사들조차 깨어나기 힘들다고 했으나 아버지는 기적처럼 꼭 한 달 만에 깨어나셨다.

아버지가 암으로 돌아가시기 전, 용하다는 한의사가 아버지를 진맥했다. 한의사는 오래전에 심하게 얻어맞은 적이 있을 것이고 그때 어혈을 제대로 풀지 못해서 생긴 병이라고 말했다. 아버지는 홍성 도립병원에서 기적처럼 일어나셨으나 끝내 그 후유증을 극복하지는 못하신 것이다. 분단의 후유증이 이렇게까지 아픔으로 남으리라고 누가 상상이나 했겠는가.

나는 복숭아 한 봉지를 샀다. 내가 어렸을 때, 늦은 밤 귀가하시던 아버지의 손에는 늘 봉지가 들려 있었고 그 안에는 주로 복숭아가 들어 있었다. 복숭아를 볼 때마다 나는 아버지의 체온을 느낀다. 한 손에 복숭아를 들고 한 손으로 내 궁둥이를 두드리시던 아버지의 손길. 나는 지금 한 손에 복숭아를 들고 내 아버지와 똑같이 아들녀석의 궁둥이를 두드린다. 문을 열어 주는 큰 딸의 볼에 입을 맞춘다. 내 아버지가 그리하셨던 것처럼.

# 03 | 어머니와의 약속

며칠 전, 내가 맡고 있는 〈열린정책포럼〉 홈페이지 제작팀에서 재미있는 그림을 가지고 왔다. 내 얼굴을 캐리커처한 말하자면 한 컷의 만화였다. 그 그림을 보자 불현듯 어릴 적 기억이 떠올라 웃음이 나왔다.

나는 같은 또래에 비해 한글을 일찍 깨쳤다. 지금이야 다들 조기교육으로 한글은 물론 영어까지 읽고 쓰기도 하지만 내가 초등학생이었던 1960년대만 해도 입학 전에 한글을 읽는 아이들은 흔치 않았다. 나는 누구에게 특별히 글을 배운 건 아니었다.

서울 동작구 밤골에 살 때 먼 친척뻘인 미자 누나가 집안일을 돌봐주고 있었다. 그때 미자 누나는 야학에 다녔는데, 집에 돌아와서도 늦게까지 공부를 했다. 나는 누나가 글을 배우는 것을 어깨 너머로 보면서 한글을 배웠다.

내가 글을 조금 읽는 걸 아신 아버님이 "그놈 참 기특도 하다." 하시며 어느 날 『의사 까불이』라는 만화책을 사다 주셨다. 의사가 된 천재 소년이 까불거리면서 좌충우돌하는 내용이었다. 까불이는 병도 잘

고칠뿐더러 언제나 명랑한 모습으로 기지와 재치를 발휘해 여러 문제를 해결해 나갔다. 지금 생각해 보면 난관을 극복하는 방식을 그때 배운 것 같다. 나는 그 만화책의 겉표지가 너덜너덜해질 정도로 읽고 또 읽으면서 한글을 확실히 익혔다. 그리고 그 당시 대단한 인기를 누렸던 『동물 전쟁』을 시작으로 초등학교 입학 전부터 여러 만화를 보게 되었다.

그렇게 만화에 탐닉하다가 중학교 1학년이 되던 해 겨울, 어머니와 한 가지 약속을 했다. 고교입시 공부를 해야 했으므로 다시는 만화를 보지 않겠다는…… 그리고 나는 약속대로 만화에는 손을 대지 않았다.

겨울이 가고 봄이 왔다. 4월 말경이었다. 학업을 마치고 집에 오는 길에 하늘이 꾸물꾸물하더니 갑자기 비가 쏟아지기 시작했다. 빗방울이 굵었다. 나는 가방을 머리에 이고 비를 피해 달리다가 도저히 안 되겠다 싶어 처마 밑으로 들어섰는데 그곳이 하필이면 만화가게였다. 유리문에 부쳐져 있는 만화책 표지가 자꾸만 눈길을 끌었고, 비는 쉽게 그칠 것 같지 않았다. 나는 몇 번을 망설이다가 비가 그칠 때까지만 안에서 기다리자는 생각으로 만화가게 문을 열고 들어갔다.

만화가게 안에서는 따끈한 어묵과 너무 맵지 않은 떡볶이를 팔았다. 나의 손은 어느새 떡볶이를 받아들고, 한 손으로는 만화책을 넘기고 있었다. 시간이 얼마나 지났을까. 밖을 보니 비는 어느새 그쳐 있었다. 나는 황급히 일어나 집으로 달려왔다.

문을 열어 주시던 어머니가 걱정스러운 얼굴로 어디 갔다가 이제야 들어오냐고 물으셨다. 나는 거짓말을 했다. 비가 와서 친구 우산을 빌려 쓰고 친구 집에 갔다가 왔노라고. 어머니는 알았다시며 더는 묻지 않으셨다.

그날 어머니는 감기에 걸리셨다. 비가 오자 우산을 들고 학교까지

오셨다가 나를 만나지 못하자, 내가 늘 다니는 길목에서 오랫동안 서성이셨던 모양이다. 우산으로 막아 내지 못한 빗방울이 어머니의 몸을 적시고 있을 때, 나는 만화가게에서 떡볶이와 따끈한 어묵을 먹으며 만화책을 보고 있었던 것이다. 그 사실이 내내 내 마음을 억누르고 있었다.

며칠이 지나서 어버이날 기념 백일장이 열렸다. 나는 백일장에 나가 얼마 전에 있었던 일을 글로 썼다. 어머니와의 약속을 지키지 못한 죄스러움과 다시는 같은 잘못을 되풀이하지 않겠노라, 어머니께 용서를 빌었다. 그리고 그 글로 우수상을 받았다.

나는 내가 쓴 글과 상장과 상품을 들고 와서 어머니께 드렸다. 그리고 그날 있었던 사실을 솔직히 말씀드렸다. 어머니는 웃으시며,

"네가 뉘우쳤으니 그것으로 되었다."

어머니는 내가 거짓말을 했다는 걸 처음부터 알고 계셨던 것이다. 그 후 다시는 만화를 보지 않았다.


만화는 나에게 한글을 가르쳐 주었고, 어머니의 깊은 사랑을 깨닫게 해 주었다. 그리고 수십 년의 세월을 훌쩍 뛰어넘어 지금 내 앞에 내 얼굴이 만화로 그려져 나를 바라보고 있는 것이다. 나는 만화로 그려진 나에게 손을 내밀어 악수라도 청하고 싶어졌다.

# 04 | 나의 첫 사랑, 노란 파카를 입은 여학생

서울에 첫눈이 내렸다. 첫눈 치고는 꽤 많은 양이었다. 길거리로 몰려나온 아이들이 꼬마 눈사람을 만들고 패를 갈라 눈싸움을 벌이고 있었다. 문득 첫사랑의 기억이 떠올랐다. 외투 주머니에 손을 넣은 채 핸드폰을 만지작거렸다. 그녀에게 전화를 할까 말까 망설였다. 그녀에게 처음 말을 걸었을 때도 이렇게 눈이 내렸었다.

내가 첫사랑의 여인을 만난 건 1979년이었다. 그 당시 나는 늙으신 친할머니와 1년 전 홀로 되신 어머니를 모시고 방배동 무지개아파트에 살고 있었다. 여동생이 한 집에 있었고, 두 살 아래인 남동생은 군대에 있었다. 장남인 내가 실질적인 가장이었다. 그때가 대학 3학년 때였다.

9월 초쯤 되었을 것이다. 해병대에 입대한 동생이 첫 휴가를 나왔다. 나는 동생을 역에서 만나 함께 버스를 타고 집으로 가고 있었다. 버스 안은 한산했다. 나는 동생의 군 생활 이야기를 흥미진진하게 듣고 있었다. 아직 군대에 가지 않은 나로서는 동생의 모든 이야기들이 그저 신기할 뿐이었다.

한참 동생의 이야기에 푹 빠져 있는데 어느 정류장에선가 한 여학생이 버스에 올랐다. 여학생은 노란색 파카를 입고 있었다. 그 여학생을 보는 순간 동생의 이야기가 더 이상 귀에 들어오지 않았다. 나의 신경은 온통 여학생에게 쏠려 있었다.

나는 대학 내내 미팅이라는 것을 거의 하지 않았다. 피할 수 없는 자리에 몇 번 나가기는 했지만 나갈 때마다 영 신통치 않았다. 재만 안 걸렸으면 좋겠다고 생각한 사람하고만 꼭 파트너가 되었다. 물론 상대방도 나와 같은 생각을 했었는지는 모른다. 내가 미팅에 나가지 않은 건 ―아니 못 나갔다는 표현이 옳을 것이다― 미팅에 재미를 느끼지 못한 탓도 있지만 그보다는 시간이 없었다. 아침저녁으로 아르바이트를 해야 했고, 또 학교 신문사 기자였으므로 강의에 들어갈 시간조차 없었다. 하여, 여자 친구라는 단어는 내 사고와 생활에 끼어들 틈이 없었다.

그런데 노란 파카를 입은 여학생을 보는 순간 어떤 강렬한 느낌이 전해져 왔다. 옆에 동생이 없었더라면 당장에라도 다가가 말을 붙였을 것이다. 형 체면에 동생 앞에서 수작을 부릴 수는 없는 노릇이었다. 나는 아쉬워만 하고 있었다. 그런데 버스가 집 앞 정류장에 멈춰서서 내가 내리려고 했을 때 뜻밖에도 여학생이 그곳에서 먼저 내리는 것이 아닌가. 나는 버스에서 내려 계속 되는 동생의 군대 이야기를 건성으로 들으며 여학생을 따라갔다. 따라간 것이 아니라 우리 집으로 향하고 있었는데 방향이 같았다.

조금 앞서 가던 그 여학생은 바로 우리 아파트 입구로 들어서더니 엘리베이터 앞에 멈춰 섰다. 우리는 같은 엘리베이터를 탔다. 숨을 쉴 수가 없었고 현기증마저 일 지경이었다. 나는 4층 버튼을 눌렀고, 여학생은 7층 버튼을 눌렀다. 두 개 동이 한 엘리베이터를 쓰고 있었으므로 어느 동인지는 확신할 수 없었다. 곁눈으로 힐끗 보니 여학생은 두꺼운 책 한 권을 팔짱에 끼고 있었는데 건국대학교 출판부에서 나온 생화학 책이었다. 건국대학교 생화학이라는 단어가 뇌리에 박혔다.

나는 속으로 쾌재를 부르며 다음에 다시 만나면 꼭 말을 붙여야겠다고 생각했다. 그 후 나는 집을 오가면서 항상 7층 베란다를 바라보았다. 혹시 빨래 건조대에 노란 파카가 걸려 있지 않을까, 그러면 그 여학생이 몇 동 몇 호에 사는지 알 수 있을 텐데…… 그러나 며칠이 지나도 노란 파카는 베란다에 나오지 않았다.

나는 좀 더 적극적인 방법을 찾기로 했다. 단짝 친구, 정순평에게 도움을 청했다. 우리는 어설픈 작전을 짜서 강의도 빼먹은 채, 아침 일찍 건국대학교를 찾아갔다. 우연을 가장한 필연을 만들자는 게 우리의 계획이었다. 먼저 구내서점에 들렀다. 생화학 책이 어느 학과에서 교재로 쓰이는지 탐문했다. 그리고 그 학과 건물 앞에 가서 무작정 서성이기 시작했다. 분명히 여학생은 노란 파카를 입고 이 앞으로 나올 것이고, 나는 그녀에게 다가가 '저기 혹시 방배동 무지개아파트 살지 않나요? 저도 거기 사는데요. 정말 대단한 인연이네요.' 어쩌고 하면서 자연스럽게 접근할 생각이었다.

그러나 오전이 지나고 점심이 지날 때까지 여학생은 나타나지 않았다. 그날 따라 가을바람은 참으로 차가웠다. 친구녀석은 옆에서 배고프다며 계속 투덜거렸다. 끝내 여학생은 나타나지 않았고, 우리는 결국 저녁이 돼서야 참담한 얼굴로 철수해야 했다.

그녀에 대한 기억이 조금씩 지워져 갈쯤 10·26 사태가 일어났다. 학교에는 휴교령이 내려졌다. 나는 심란한 마음으로 집에 있었다. 어느 날 잠시 밖에 나갔다가 집으로 돌아오는 길이었다. 아파트 복도에서 한 아주머니가 아이와 놀고 있었다. 돌이 갓 지난 아이였다. 내가 아이에게 눈웃음을 짓고 현관문을 여는데, 아이가 우리 집 안으로 쑥 들어갔다. 아이의 엄마는 깜짝 놀라 어서 나오라고 소리쳤다. 나는 괜찮다고, 그냥 봐두라고 했다. 원채 아이를 좋아하는 터라 문제될 게 없었다.

아이는 우리 옆집에 사는 최혁이라는 아이였다. 그 후 나는 혁이와 자주 놀았다. 아줌마는 좋아했다. 애를 잘 봐주는데 싫어할 까닭이 없었다. 혁이도 나를 잘 따랐다. 그런데 어느 날 나는 여느 때와 마찬가지로 혁이를 데리고 놀이터에서 놀고 있었다. 그런데 그때 마침 노란 파카를 입은 여학생이 놀이터 앞을 지나가는 것이 아닌가. 정말 눈앞이 노래질 지경이었다. 처음 봤을 때는 동생이 옆에 있더니, 이번엔 돌이 갓 지난 꼬마녀석이 내 발목을 잡고 있었다. 아이를 내팽개치고 여학생에게 달려갈 수는 없는 노릇이었다.

그때 나는 생각했다. 한번만 더 우연히 만나게 된다면 우리는 결혼할 운명일 것이라고……

세상은 여전히 어수선했고, 어수선한 세상과는 상관없이 계절은 어김없이 바뀌 나갔다. 12월 23일이었다. 그날 나는 마지막 리포트를 제출하기 위해 그 전날 밤을 꼬박 새고 아침을 맞았다. 그 밤에 폭설이 내렸다. 온 세상을 눈으로 덮어 버리고 말겠다는 기세로 밤새 퍼붓던 눈이 아침이 되자 거짓말처럼 그쳤다. 창밖을 보니 구름 사이로 해가 반짝 나왔다.

나는 가방을 챙겨 집을 나왔다. 그런데 아파트 현관에 이르렀을 때 희한하게도 다시 눈이 쏟아지기 시작했다. 그냥 맞고 갈까도 생각했으나 그러기에는 눈이 너무 많이 내렸다. '에이, 일이 학년도 아니고, 눈 맞아 봐야 몸만 축축하지 뭐.' 하는 생각을 하며 다시 집으로 올라가 우산을 가지고 나왔다. 마침 엘리베이터가 위층으로 올라가고 있으므로 나는 계단으로 걸어 내려왔다. 아파트 현관에 이르렀을 때, 엘리베이터 문이 열리고 그 안에서 노란 파카를 입은 여학생이 쑥 나오고 있었다.

순간적으로 숨이 멎으면서 가슴이 철렁했다. 심장이 콩당콩당 뛰기 시작했다. 어떻게 하지? 그 짧은 시간 동안 수없이 많은 생각이 스치고 지나갔다. 정류장까지 모르는 척하고 가다가 여학생이 타는 버스를 타고 무조건 끝까지 따라가서 기회를 엿보아야겠다고 결정했다. 내가 우산을 쓰고 가려는데 여학생이 선뜻 나서지 못하고 멈칫거렸다. 우산이 없었던 것이다.

나는 엉겁결에 우산을 같이 쓰지 않겠냐고 말했다. 여학생은 그러마 했고, 버스 정류장까지 걸어가면서 자연스럽게 이야기를 주고받았다. 나는 먼저 몇 동 몇 호에 사는지부터 확인했다. 여학생은 옆동에 살았다. 같은 버스를 타고 가다가 버스를 내리기 전, 저녁 식사를 같이하지 않겠냐고 제안했다. 여학생은 좋다고 말했다. 나는 전화번호를 묻지 않았다. 그 대신 몇 날 몇 시에 인터폰을 할 테니 본인이 받으라고 했다. 같은 아파트에 산다는 연대감을 주기 위해서였다.

그렇게 해서 우리는 자연스럽게 만나게 되었다. 나중에 알고 보니 그녀는 건국대학교가 아니라 한양대학교에 다니고 있었다. 사실을 알고 나서 그녀와 나는 오랫동안 웃었다. 만남은 이루어졌으나 우리는 자주 만나지 못했다. 내 학교생활은 여전히 바빴으며 아르바이트 또한 계속 해야 했다. 우리는 기껏해야 한 달에 한두 번 만나는 정도였다.

한 해가 다시 가고 나는 학사 장교로 군에 입대하게 되었다. 입대를 하여 그녀에게 자주 편지를 했다. 어느 날 낯선 편지를 먼저 받아 본 그녀의 부모님이 누구냐고 추궁했다. 나에 대해 대충 얘기를 들은 그녀의 부모님은 당장 헤어지라며 노발대발했다. 내가 홀어머니에 장남인데다 그것도 모자라 홀 할머니까지 모시고 산다는 것이 반대의 이유였다. 더 이상 볼 것도 없다는 얘기였다.

그녀가 부모님의 심한 반대로 스트레스를 받고 있을 때 나는 광주 보병학교에서 고된 훈련을 받고 있었으며, 1주일에 한 번 나가는 외박에도 그녀를 만날 시간이 없었다. 몇 다리 건너 알고 지내던 사람이 선친의 퇴직금을 가로챈 것이다. 나는 외박이 허용되는 주말마다 그 사람을 만나서 협박도 하고 설득도 하고 사정을 이야기하기도 했지만 일은 쉽게 풀리지 않았다. 6개월 내내 나는 주말마다 그 사람을 쫓아다녀야만 했다.

어느 날 외박을 나왔을 때 그녀를 잠깐 만났다. 그녀는 짜증을 냈다. 집에서는 반대가 심하다는 얘기를 했고, 자신도 버티기가 힘들다고 했다. 당시 나는 패기만만했다. 나는 그녀에게 말했다.

"네가 나에 대한 확신이 그렇게 약하다면 일찌감치 헤어지는 것이 낫겠다. 네 편한 대로 해라."

그렇게 그녀와 정리를 하고 나는 광주로 내려왔다. 그때는 내가 장남이라는 것과 홀어머니를 모시는 것이 단점이 될 수는 없다고 생각했다. 그 때문에 결혼 상대로 부적절하다는 말을 받아들일 수 없었다. 나에 대한 믿음이 약한 사람이라면 하루라도 빨리 헤어지는 것이 낫다고 판단했다. 나는 오만할 정도로 자신감에 넘쳤으며 열정으로 가득 찬 때였다. 절교 선언을 하고 부대로 복귀하면서 마음은 몹시 쓰라리기는 했지만 비참하다는 식의 생각은 하지 않았다.

그 일이 있은 뒤 1주일이 지난 토요일 오전에 중대장이 불렀다. 내무검사를 받지 않아도 좋으니 지금 당장 외출 준비를 해서 면회실로 가라는 거였다. 무슨 일인가 싶어 면회실로 가 보니 그녀가 와 있었다. 그녀는 커다란 상자 두 개를 가지고 왔다. 상자 안에는 과자와 케이크, 사탕 등이 가득 들어 있었다.

"엄마가 갖다 주라고 하셨어."

그녀는 눈물을 흘렸다. 나는 상자를 내무반에 보낸 뒤 그녀와 함께 서울로 올라왔다. 올라오는 차 안에서 그녀는 울면서 내게 말했다. 어떻게 그렇게 쉽게 헤어지자고 말할 수 있느냐고. 나에 대한 사랑이 그 정도밖에 안 되느냐고. 나는 대답했다. "사랑은 믿음으로 지켜 가는 것이다. 믿음이 약한 사랑은 쉽게 깨질 수밖에 없다. 더 큰 상처가 되기 전에 헤어지는 것이 낫다고 생각했다."라고. 그녀는 부모님이 우리의 만남을 승낙하셨다고 말했다.

그녀의 부모님이 마음을 돌리게 된 결정적인 계기는 내가 자주 돌보아 주었던 혁이 때문이었다. 그녀가 나와 헤어지고 나서 며칠 동안 울고불고 난리를 치자, 옆집에 살던 그녀의 이모가 어떤 사람인지 알아나 보자며 진화에 나섰다. 이모는 아래층 아주머니와 친했고 그 아주머니는 혁이 어머니와 친한 사이였다. 그녀의 이모는 내가 우리 동에서 평판이 아주 좋은 청년이라는 걸 알게 되었고, 그녀의 어머니는 그 말에 마음을 돌리셨다. 그리고 제대 후 우리는 약혼을 했고, 지금은 나의 가장 사랑스러운 아내가 되어 있다.

내가 군대에 있을 때, 아내는 졸업을 했다. 그리고 내가 정치를 하려는 것을 알고 내조를 위해 다시 대학에 들어갔다. 편입 시험을 봐서 고려대 사범대와 덕성여대 약대에 붙었다. 아내가 어디에 갔으면 좋겠냐고 물었다. 나는 고대를 좋아했고 교사직을 좋아했으므로 고려대 사범대를 권했다. 아내는 내 뜻에 따랐다.

결혼하고 나서야 알게 되었는데, 아내는 내 강남초등학교 2년 후배였다. 두 살 아래인 남동생 앨범을 펼쳐보니 정말 아내의 사진이 있었다. 아내는 전라도 광주에서 태어나 광주서석초등학교 4학년 때 서울의 강남초등학교로 전학했으니 초등학교 시절에는 만날 기회가 없었다. 아내는 상도여중을 나왔고, 나는 영등포중학교를 나왔다. 우리는 앨범을 들여다보며 정말 동작구와 깊은 인연이 있다 싶어 한참 웃었다.

우리의 만남은 쏟아지는 눈 속에서 이루어졌다. 하늘이 맺어 준 인연이라고 생각한다. 그때처럼 서울 하늘에 첫눈이 내리고 있다. 나는 오랜만에 첫사랑의 여인과 단 둘이 있고 싶었다. 아내에게 전화를 했다. 예전에 우리가 처음 만났던 그곳, 방배동 무지개아파트 앞 버스 정류장으로 나오라고…….

# 05 | 눈 속에서 피어난 우정

아내와 오붓하게 외식을 하고 첫눈을 맞으며 돌아오는 길이었다. 집 앞 공터에서 나는 장난 삼아 눈을 뭉쳐 던졌다. 아내도 질세라 나에게 눈을 던졌다. 몇 차례 눈덩이를 주고받았는데, 내가 던진 눈덩이가 그만 아내의 얼굴에 정통으로 맞았다. 아내는 화가 난 표정으로 내게 사정없이 눈을 뭉쳐 던지기 시작했다. 내가 여섯 살 때 동네 아이들과 눈싸움을 하다가 그 싸움이 엄마들의 싸움으로까지 번진 일이 떠올랐다.

서울시 동작구 밤골에서 살던 때였다. 눈이 참으로 많이 내리던 어느 겨울날, 나는 동네 친구들과 함께 커다란 눈사람을 만들었다. 눈덩이를 굴려 내려가다가 아랫동네 아이들과 부딪혔다. 윗동네에 살던 나는 아랫동네 아이들과 누구의 눈사람이 더 크니, 누가 더 잘 만들었느니 하며 옥신각신하다가 눈싸움을 시작했다. 진지를 구축하고 한쪽에선 눈을 뭉치고 그중 팔 힘이 좋은 녀석들이 주로 공격을 했다. 상대편이 던진 눈을 주워서 다시 던지기도 했다.

그러다가 한쪽에서 진짜 싸움이 벌어졌다. 감정이 격해진 아이들이 서로 엉켜 눈 위를 뒹굴었다. 반칙을 했다는 것이었다. 누군가 우리 진영으로 몰래 넘어와 미리 뭉쳐 놓은 눈탄알을 훔쳐간 모양이었다. 나는 싸움을 말리려 그쪽으로 달려갔으나 아이들의 격한 감정은 수그러들지 않았다. 눈사람의 크기를 두고 시작한 싸움은 눈싸움에서 패싸움까지 번졌다가, 대장끼리 일대 일로 맞붙어 최종 승패를 가르는 것으로 진행되었다.

우리 동네에서는 내가 대장이었다. 아랫동네에서는 이석주란 녀석이 나왔다. 이석주는 나보다 덩치가 훨씬 컸다. 두 주먹을 불끈 쥔 나와 이석주가 마주 섰다. 어린아이들의 주먹싸움이라는 게, 기술이나 힘으로 하는 것이 아니어서 덩치가 조금이라도 큰 사람이 이기기 마련이다. 나는 나보다 키가 큰 녀석 앞에서 조금 위축이 되는 게 사실이었다. 그렇다고 그냥 물러설 수는 없는 일이었다. 나는 이빨을 악물고 덤벼들었다. 주먹과 발길질이 여러 차례 오고가고 눈밭 위를 뒹굴고 또 뒹굴었으나 싸움은 쉽게 끝나지 않았다. 한참 후에 녀석의 한쪽 코에서 코피가 난 후에야 내가 이긴 것으로 판정승이 났다.

윗동네와 아랫동네의 싸움은 그것으로 끝이 나는 것처럼 보였다. 그러나 우리의 눈싸움은 엄마들의 싸움으로 다시 번졌다. 이석주 어머니와 내 어머니가 다시 만나셨다. 심하게 말다툼을 하시는가 싶었는데, 두 분은 어느새 웃고 계셨다.

그 후 두 분은 친해지셨고, 석주 어머니의 권유로 나는 성결구락부(지금의 상도 성결교회 유치원)에 들어갔다. 그곳에는 이미 석주가 다니고 있었다. 우리는 아주 친해져서 석영이란 친구와 함께 삼총사가 되었다. 우리는 '어깨동무 개동무 미나리 밭에 앉았다' 라는 노래를 부르며 늘 같이 다녔다. 공부를 잘하는 사람에게 주는 별도 우리가 가장 많이 받았다.

그렇게 봄은 가고 가을이 왔다. 그 가을에는 나는 신장염에 걸려서 매일 병원에 다녀야 했다. 더 이상 구락부에 나갈 수 없었다. 구락부에 나가는 마지막 날, 나는 작별 인사를 하기 위해 어머니의 손을 잡고 구락부에 갔다. 평소보다 늦은 시각이었다. 아이들은 음악에 맞추어 국민보건체조를 하고 있었다. 눈물이 나왔다. 그때는 왜 내 눈에서 눈물이 나는지 알 수 없었다. 친구들도 때 묻은 소매로 눈가를 훔치고 있었다. 그 시절에 나는 처음으로 우정이라는 것이 무엇인지 알았다. 그때를 생각하면 지금도 가슴이 짠해 온다.

그 후 나는 석주와 석영을 강남초등학교에서 다시 만나기는 했으나 한번도 같은 반이 되지 못했다. 그런 탓에 우리는 유치원 시절에 가졌던 우정을 다시 나눌 기회는 갖지 못했다. 그러나 내 마음에 처음으로 새겨진 우정은 전혀 색이 바라지 않은 채 지금도 선명하게 남아 있다.

# 06 | 이상국 건설을 위한 꿈

나는 가끔 생각한다. 만일 내가 정치의 꿈을 키우지 않았다면 지금쯤 무엇을 하고 있을까 하고. 아마도 신경정신과 의사가 되었거나 초등학교 선생님이 되었을 것이다.

나는 아이들을 무척 좋아한다. 아이들과 함께 평생을 보낼 수 있다는 것은 분명 보람되고 즐거운 일이다. 학교의 중요성은 두말할 필요도 없다. 특히 초등학교는 정신적, 육체적으로 자아가 눈뜨기 시작하는 때이며 평생을 지키고 가야 할 꿈을 키워 나가는 시기이기도 하다. 그러기에 교사의 역할은 너무나도 중요하다. 중요한 만큼 나는 그 일에 매력을 느낀다.

내가 정치의 꿈을 키운 시기도 초등학교 5학년 때였다. 그 전까지는 꿈이 많이 바뀌었다. 장군, 화가, 레슬링 선수, 의사 등 숱하게 변했다. 그러던 어느 반공 도덕 시간이었다. 나는 그때까지 빨갱이들은 정말 얼굴이 빨간 줄로만 알았으며, 그 사실을 심각하게 의심하지 않았다. 그런데 책을 읽다가 돼지 형상의 괴뢰군이 채찍을 휘두르는 장면

정치가의 꿈을 처음 가졌던 초등학교 5학년 때
인천 자유공원으로 소풍을 갔다.
맥아더 장군이 마치 급우인 듯 사진에 찍혔다.

을 보면서 문득 이런 생각이 들었다.

'북한 주민들은 정말 평생 동안 매만 맞으면서 허리 한번 못 펴고 일만 하다가 아오지 탄광에서 죽어 가는 것일까?

당시 내가 꾸는 악몽 중에서 가장 무서운 꿈은 전쟁이 일어나는 꿈이었다. 소련군, 중공군, 괴뢰군이 쳐들어와서 제2의 6·25가 일어나고 피난을 가다가 부모님을 잃어버리는 꿈, 공산주의에 대한 두려움은 대단히 컸다. "공산당이 싫어요."라고 외치다가 입이 찢긴 이승복 사건은 그런 두려움을 가중시키기에 충분했다.

정말 이해할 수 없는 일이었다. 공산주의는 나쁜 나라고 민주주의는 좋은 나라인데, 어째서 나쁜 나라가 더 강한가. 민주주의의 최강대국은 미국이었고, 미국과 대적할 만한 공산주의 국가는 하나가 아니라 소련과 중국 둘이었다. 두 나라는 미국 이상으로 강했다. 생각은 꼬리를 물었다.

북한 주민은 어떻게 그런 체제 하에서 살아갈 수 있을까. 평생 핍박받으면서 짐승처럼 살아갈 수 있을까. 왜 봉기가 일어나지 않을까. 과거 역사를 봐도 왕이 정치를 잘못하면 민중 봉기가 일어나는데, 북한 주민들은 왜 가만히 있는가.

당시 내가 살던 상도동에도 빈부의 차는 눈에 띄게 심했다. 산 위에는 다 쓰러져 가는 판잣집이 즐비했고, 바로 그 아래에는 커다란 일본식 가옥들과 화려한 이층집이 들어서 있었다. 거지들도 많았고, 전쟁 고아들을 수용하는 남북 고아원(지금의 대림아파트 자리)도 있었다. 강남초등학교에 다니는 고아원 출신 아이들은 걸핏하면 도둑 누명을 쓰고 손가락질을 받아야만 했다.

북한 주민들이 들고 일어나지 않는 것은 단순히 잘 살고 못 사는 문제만은 아닐 것이라고, 나는 생각했다. 공산주의도 나름대로 주민들을 단결시키고, 설득시키는 명분이 있을 것이며, 그 체제를 유지시키는 장점이 있을 것이라고 생각했다.

반공교육은 언제나 우리에게 극도의 공포심을 심어 주었다. 전쟁이 터지면 둘 중 하나는 완전히 망해야 했고 우리가 약하고 불리했다. 우리는 공산주의의 총칼에 짓밟혀야만 했다. 꼭 그래야만 하는 것인지 나는 심각하게 의심하기 시작했다.

모두가 다 같이 잘 살면 안 되는 것인가. 분명 공산주의도 장점이 있을진대, 민주주의의 장점과 결합한 새로운 제3의 주의를 만들 수는 없는 것인가.

그때 나는 결심했다. 모두가 평화롭게 살 수 있는 새로운 체제를 내가 연구해서 만들고 말겠다는. 그런 체제를 실현시켜 세계 평화를 이루고 말겠다는. 그러려면 정치를 해야 한다고 생각했다. 확고부동한 나의 꿈이 생긴 것이다. 그 후 나는 단 한번도 꿈을 바꾸지 않았다.

그때부터 꼼꼼히 신문을 읽기 시작했고, 가장 먼저 정치면을 보았다. 중학생 때도 희망란에는 늘 정치가 하나만을 써서 냈다. 고등학교 3학년 때도 친구와 함께 정치 토론을 하기 좋아했다. 휘문고에 가려면 95번 버스를 타야 했다. 신림동에서 화계사까지 운행하는 한남운수였다. 고등학교 단짝이었던 홍순영(지금 삼성경제연구소 전무로 있는)과 단과학원을 빼먹고 정치 토론을 벌이기도 했다. 주요 논쟁거리로 삼았던 주제는 이철승 씨 노선과 김영삼 씨 노선이라든가 유신 체제에 관한 것이었다.

아버지는 성균관대학교 법대를 나오셨다. 아버지는 말씀하셨다.

"정치를 하고 싶다면 법대에 가서 변호사가 되어라. 그리고 정치에 입문해라. 그것이 가장 빠른 길이다."

그러나 내 생각은 달랐다. 당시 정치계에서는 고대 정외과 출신들이 큰 활약을 하고 있었다. 정치를 하려면 법대가 아니라 정치외교학과에 가야 한다고 생각했다. 나는 주관이 뚜렷했다. 아버지께는 죄송하지만 나는 뜻을 굽히지 않았다. 그리고 내가 원하는 대로 고려대학교 정치외교학과에 입학했다.

　정치를 하려면 경제가 중요하다는 것도 알았다. 옥스퍼드대학처럼 철학, 정치, 경제를 합친 PPE(Philosophy, Politics, Economy)학과가 있다면 꼭 가고 싶었으나 우리나라에는 없었다. 하여 경제학을 복수전공했다.

　그리고 나는 한 걸음 한 걸음 내 어린 시절의 꿈을 이루기 위해 앞으로 나아가고 있다.

# 07 | 문화(면) 혁명(?)의 기수에서
제1야당 기관지 편집국장으로

고려대학교 정치외교학과를 합격해 놓고 입학식까지는 시간이 있었다. 나는 그 기간 동안 고려대학교 70년사를 통독했다. 그 책을 읽으면서 고려대학교의 정통성을 잇는 세 가지의 큰 줄기가 있다는 것을 알았다. 〈고대신문〉, 〈아남민국 모의국회〉, 〈고대문화〉가 그것이다.

고대신문은 '행동하지 않는 양심은 악의 편이다' 라는 사설을 실어 4·18을 유발했고, 그것은 4·19의 계기가 되었다. 아남민국 모의국회는 전국 대학교 대표들이 참여하여 진지한 토론을 벌이고 사회적 관심을 끌어내는 중요한 행사였다. 교지인 고대문화 역시 고대정신의 맥을 이어가는 언론 매체였다.

나는 입학을 앞두고 고대신문 기자와 아남민국 모의국회 의장을 했으면 좋겠다는 희망을 품었다. 그리고 1학기 때 신문사 기자 시험에 응시해 치열한 경쟁을 뚫고 합격할 수 있었다.

당시는 유신 체제였다. 고대신문은 과거의 전통에서 조금 벗어나 있었다. 선배들이 가지고 있는 문제의식은 과거에 비해 약해 보였을 뿐더러 신문을 한번 내려면 중앙정보부, 교육부, 보안사령부, 성북경찰서, 학생과의 검열을 모두 거쳐야 했다. 하고 싶은 말이 있어도 제대로 할 수 없는 상황이었다. 우리 동기들은 그러한 현실 상황에서 항의했다.

'고대신문은 현실을 올바르게 보여 주어야 한다. 신문을 정상적으로 발간할 수 없다면 그것은 현실이다.'

나는 강경론자였다.

'우리가 해야 할 말을 우리는 신문에 실었고 그 때문에 배포 중지가 되었다면 기사를 삭제하는 것이 아니라 배포 중지되었음을 그대로 알려야 한다. 그것이 바로 이 시대에 가장 소중한 메시지다.'

나는 그렇게 주장하였으나 받아들여지지 않았다.

나는 논술부 기자로 있었다. 내가 늘 저항적인 주제를 선정했으므로 학교에서는 큰 골칫거리였다. 결국 나는 문화부 기자로 자리를 옮겨야만 했다. 당시 문화면은 문제될 거리가 없었다. 학우들의 콩트나 수필을 투고 받아서 잘 쓴 작품을 선별하여 게재하는 것이 전부였기 때문이다.

나는 문화부로 자리를 옮기고 나서 문화면을 전면적으로 바꿔나갔다. 우선 기획 기사를 넣었다. 서클문화, 대학 주변의 문화, 쾌락 중심적인 사회 문화, 월간지와 주간지의 문화 시각 등을 비판했다. 문화에 대한 주제를 다루었기에 검열을 피할 수 있었다.

나는 지면을 통해 학생회를 부활시킬 것을 주장했다. 현실적으로 불가능하다면 학회별로 서클을 만들어 등록을 하고 서클연합체를 통해 대학의 행동을 결집해 나가자고 주장했다. 책 소개란에는 주로 이념 서적에 대한 서평을 실었다. 흥사단 아카데미 강좌를 연재했다. 방학 때 반드시 읽어야 할 철학서와 저항시를 집중적으로 소개했다.

내가 기획한 기사들은 학내뿐만 아니라 중앙일간지에도 영향을 미치기 시작했다. 대학별로 그 대학이 가지고 있는 문화와 주변 음식점, 서점 등을 기획 기사로 내보낸 적이 있었다. 일간지에서는 대서특필을 했고, 한동안 그 형식이 유행하기도 하였다. 또 각 일간지들은 'TV 칼럼' 등의 매스컴 비평 기사를 쓰고 있었는데 그 필자들이 대부분 신문방송학과 교수들이었다. 나는 그 부분을 꼬집었다.

'독자들이 원하는 것은 학술적 지식이나 전문적 지식이 아니다. 시청자 입장에서 바라보고 이야기하는 것을 원한다. 틀에 박힌 논문식의 기사가 아니라 피부에 와 닿는 살아 있는 기사를 써라. 왜 문화부 기자가 문화 기사를 쓰지 않는가.'

나의 주장은 일간지에 영향을 미쳤고 고대신문을 찍고 있던 조선일보가 가장 먼저 필자를 문화부 기자로 교체했다.

언로가 차단된 시대에서 나는 문화라는 주제로 시대에 항거했다. 계엄 상황이 아닌데도 불구하고 정의와 자유라는 단어를 함부로 입에 담을 수 없는 시대였다. 그나마 당시 신민당 당보였던 '민주전선'이 이제 목소리를 내고 있었다. 당연히 민주전선의 인기는 최고를 구가할 수밖에 없었다. 나 역시 모금함에 돈을 내가며 민주전선을 탐독했다. 그리고 민주전선 편집국장을 해 보고 싶다는 생각을 했다. 내 주장을 마음껏 펼칠 수 있는…….

대학 때 아버님이 돌아가셨다. 나는 대학을 졸업 후 집안 생활비와 동생의 학비를 버는 한편 미국 유학 준비를 하고 있었다. 유학비가 어느 정도 마련되었을 즈음, 나는 유학을 가기 전에 정치권에서 실습을 하자고 마음먹었다. 대선 열기가 한참 달아오르고 있을 때였다. 노태우 후보가 유력했으며, 김대중 후보와 김영삼 후보는 결별을 선언한 상태였다. 양 김이 결별한 상태에서 결과는 불을 보듯 뻔했다. 그러나

평민당 편집국장 시절
최연소·최장기 편집국장으로
가히 혁명에 가까운 변화를 시도했다.

결과를 떠나 내가 선택해야 할 캠프가 어디인가를 결정해야 했다. 나는 주저 없이 평민당을 택했다. 김대중 후보가 지금까지 걸어온 길과 투쟁성, 대의와 명분이 뚜렷했고, 나의 이상과 일치했기 때문이었다.

대선이 끝나고 나서 당시 홍보위원장을 맡고 있던 조세형 위원장이 나를 불렀다. 평민당에서 편집국장 직을 맡지 않겠냐는 것이었다. 유학 준비가 차질 없이 진행되고 있었고, 일곱 군데 대학으로부터 9월 학기 입학 통지서까지 받아 놓은 상태였다. 고민이 아닐 수 없었다. 유학을 포기하는 건 쉽지 않았고, 야당 기관지 편집국장은 내가 대학 시절부터 꿈꾸어 오던 일이었다. 주변에서는 지금 편집국장으로 간다면 10년은 앞당기는 일이니 망설이지 말고 열심히 해 보라고 했다.

나는 제의를 받아들였고 제1야당 기관지 편집국장이 되었다. 그런데 당직자들의 반발이 심해 전체 발령이 3, 4일 늦어지는 사태가 발생했다. 내 나이가 너무 어리다는 이유였다. 1988년 4월, 당시 내 나이는 29살이었다.

그 후 나는 평민당, 신민당, 민주당을 거치는 동안 최연소, 최장기 편집국장으로 줄곧 일을 하게 되었다. 그 기간 동안 김대중 총재가 주재하는 회의에 빠짐없이 배석하며 정치를 배우고 김대중이라는 인물을 보다 깊이 알게 되었다.

# 08 | 웃음 때문에 치른 곤혹

방송 진행자들이 가끔씩 터져 나오는 웃음을 참지 못해 곤욕을 치르는 것을 볼 때가 있다. 나 역시 웃음이 나오면 참지 못한다. 그 때문에 곤혹을 치른 적이 한두 번이 아니었다.

고등학교 때도 아주 호되게 혼난 적이 있었다. 교련시간이었다. 교련 선생님은 월남전 참전용사였는데, 인상도 험악한데다 성격도 아주 괄괄했다. 그런 탓에 별명이 미친개였다. 무슨 일 때문이었는지 교련 선생님이 대단히 화가 나셨다. 급우들은 고개를 푹 숙인 채 마음을 졸이며 선생님의 훈계를 듣고 있어야 했다. 언제 몽둥이가 날아올지 모르는 상황이었다. 그런데 선생님의 화내는 모습이 너무 우스웠다. 마치 만화에 나오는 우스꽝스러운 악당의 모습이 오버랩되었다. 나는 결국 웃음을 참지 못하고 웃고 말았다. 선생님에게 혼이 난 건 말할 것도 없고 단체 기합을 받았다. 그 일로 오랫동안 급우들에게 원성을 들어야만 했다.

대학 때도 비슷한 일이 있었다. 나는 많은 기대를 가지고 대학신문사에 들어갔다. 그러나 독재 정치에 의해 국내의 모든 언로는 차단되어 있었고, 대학신문이라고 해서 예외는 아니었다. 대학 언론이 이래서는 도저히 말이 안 됐다. 나는 동기생들과 모종의 계획을 꾸몄다. '고대신문 자유선언'이라는 선언문을 만들어 발표하자는 것이었다. 대학 1학년생이었던 우리는 그런 일이 죄가 된다는 걸 알지 못했다.

우리는 선언문을 작성하여 복사집에 맡겼다. 다음 날 편집회의 때, 대학신문이 보다 자유로워야 한다는 내용의 선언문을 발표하고 전국 대학에도 보낼 계획이었다. 복사집에 유인물을 맡기면서 우리는 스스로 대견하고 뿌듯해했다.

다음 날 이른 아침에 전화가 왔다. 선배의 목소리가 다급하게 들려왔다. 큰일났으니 지금 당장 신문사로 달려오라는 말만 남기고 전화는 끊어졌다. 서둘러 학교로 갔다. 신문사 문을 열고 들어서니 지도교수인 신인철 교수님과 선배들, 동료들이 모두 모여 있었다. 표정들이 모두 딱딱하게 굳어 있었다. 심각한 사태가 일어난 것이다.

전날 우리가 맡긴 선언문을 보고 복사집 아저씨가 경찰에 신고한 것이었다. 성북경찰서에서 나왔다. 긴급조치 위반이었다. 동기 아홉 명 모두가 구속될 게 분명했다. 눈앞이 깜깜했다. 학교에 들어오자 마자 퇴학이라니. 지도교수님도 무사할 리 없었다.

학교에서는 우리를 구하기 위해 백방으로 뛰어다녔다. 결국 우리가 신입생이라는 것과 특별한 저의가 없다는 것이 정상참작되어 근신 처분으로 일단락이 났다. 고대신문이라는 울타리가 우리를 보호했던 것이다. 지도교수님과 학과장님이 각서를 쓰고 나서야 우리는 겨우 풀려날 수 있었다. 일이 마무리되고 나서 우리는 마지막으로 학생처로 불려가 최종 훈계를 받아야 했다.

학생처장의 긴 훈계가 시작되었다. 그런데 한참을 듣고 있자니 도무지 말이 안 되는 얘기였다. 말의 앞뒤가 하나도 맞지 않았다. 사실 우리가 잘못한 게 없는데 잘못했다고 말하려니 논리가 안 맞는 건 당연한 일이었다. 나는 그 터무니없는 말이 우스웠고 화를 내는 학생처장의 얼굴이 우스웠다. 웃음이 나왔다. 웃어서는 안 될 상황이었지만 웃음을 참을 수 없었다. 급기야 쿡하고 웃음이 터져나왔다. 화가 난 학생처장은 부들부들 떨면서 내게 꿀밤을 때렸다. 그래도 웃음이 나왔다. 학생처장은 불같이 화를 내면서 모두 퇴학 처리하겠다고 으름장을 놓았다. 물론 사태가 거기서 원점으로 돌아가지는 않았지만 아찔한 순간이었다.

그 후 나는 대학을 남들보다 1년을 더 다녔다. 전공이 정치외교학과 경제학 두 개이었으므로 학점을 이수하기 위해서는 5년이라는 시간도 빠듯했다. 학점관리도 철저히 했다. 일반적으로 대학신문 기자는 학점이 좋지 않았다. 그러나 나는 늘 '기자 학생'이 아니라 '학생 기자'라고 스스로를 다짐시켰다. 학생 신분으로서 학점은 기본이었다. 학생으로서 학점 관리를 소홀히 하는 것은 자신에 대한 기만이라고 생각했다. 나는 신문사 기자가 받는 근로장학금 대신에 성적으로 교우회 장학금을 받았다. 졸업을 할 때는 과톱을 하기도 했다.

입학할 때 가졌던 희망은 모두 이루어졌다. 고대신문사에서 값진 시간을 보냈고, 아남민국 국회의장을 했고, 고대문화상을 받았다. 장학금으로 학비를 냈고, 아르바이트를 해서 생활비와 용돈을 썼다. 나는 대학 5년을 누구보다 바쁘고, 보람되게 보냈다. 그 시절을 가끔 떠올리면서 나는 혼자 웃곤 한다.

## 09

**고대 기숙사의 신화가 된 다국적군과의 싸움**

내가 대학 1학년 때는 열정과 웃음 때문에 퇴학당할 뻔했었고, 4학년 때는 사소한 싸움이 국제 문제로까지 번져 졸업을 못할 뻔했다. 그일은 20년이 훨씬 지난 지금도 고대 기숙사에서 신화처럼 전해 내려오고 있다.

고려대학교에 기숙사가 처음 생긴 건 1980년 2학기 때였다. 나는 기숙사에 들어가지는 않았지만 친하게 지내는 친구들이 기숙사에 있었다. 기숙사가 생긴 그해 10월 1일이었다.

중간고사를 앞두고 단짝 친구 정순평에게 노트를 빌려 주기 위해 기숙사에 갔다. 그곳에서 김대호(매일경제 워싱턴 특파원을 지낸)와 방정대를 만나 함께 저녁을 먹고 술 한 잔을 했다. 나는 예나 지금이나 술을 전혀 하지 못한다. 친구들은 시간 가는 줄 모르고 막걸리를 마셨고, 나는 흥겨움만으로도 충분히 취할 수 있었다. 한참 이야기 꽃을 피우다 보니 어느새 11시 30분이 넘어가고 있었다. 통금이 있을 때였다. 12시에 기숙사 문은 닫힌다. 우리는 서둘러 나왔다. 시간이 늦었으므로 나는 친구 방에서 자고 가기로 했다. 산 중턱에 있는 기숙사로 올라가면서 내가 친구들에게 말했다.

"너희들, 듀크라는 미국인 아냐?"

듀크는 영어회화 강사였다. 그는 학생들 사이에서 평판이 좋지 않았다. 기숙사 1층에 외국인 강사들의 숙소가 마련되어 있었는데, 듀크 역시 그곳에 묵고 있었다.

어느 날인가 심야에 남북 축구경기가 있었다. 기숙사 학생들은 함성을 지르면서 축구경기를 봤다. 그런데 그 듀크가 사감실로 가서 학생들이 밤새 소리치는 바람에 잠을 못 잤다며 책상을 걷어차고 욕설을 퍼부으며 행패를 부린 일이 있었다.

또 한 번은 기숙사 스피커에서 흘러나오는 음악이 시끄럽다며 돌을 던져 깨기도 했다. 매일 밤마다 기숙사 규정을 위반하고 한국 여자를 데리고 와서 잤다. 더욱이 여자들을 매일 바꾼다는 소문도 있었다. 친구들 역시 듀크의 만행을 익히 들어 알고 있었다. 나는 친구들을 다그쳤다.

"야, 너희들은 같은 기숙사에 있으면서 그런 오만방자한 미국인을 가만두는 거냐? 오늘 우리가 녀석의 버릇을 확실히 고쳐 주자."

친구들은 동의했다. 당시 학생들 사이에서는 반미 감정이 커지고 있었다. 광주 항쟁을 거치면서 글라이틴 미 대사는 한국 사람들이 들쥐 근성이 있다고 폄하하는 발언을 했으며, 레이건은 대통령으로 당선되자 마자 학살 정부의 수뇌인 전두환 씨를 미국으로 초청해, 그것도 세계 국가원수 중 가장 먼저 백악관으로 불러 학살 정부를 공식적으로 인정했다.

술에 취한 친구들은 쉽게 흥분했다.

"맞아. 여기가 어디라고 미국놈이 건방지게 우리나라에 와서 행패야. 우리가 아주 따끔한 맛을 보여 주자."

정순평은 운동을 해서 몸이 아주 단단했다. 당시 그는 학원자율화 운동을 이끌고 있었다. 김대호는 고대신문 편집장이었고, 나는 전국 대학교 모의국회 의장이었다. 그리고 부산 출신의 호탕한 사나이 방정대가 있었다.

우리가 기숙사에 도착했을 때, 시간은 이미 12시가 넘어 있었고, 현관문은 굳게 닫혀 있었다. 내 생각은 이랬다. 기숙사 뒤로 돌아가 화장실 문으로 들어간다. 그리고 듀크 방을 찾아가서 노크를 한다. 분명 여자와 함께 있을 것이다. 우리는 듀크를 방에 꿇려 앉혀 놓고, 뺨을 찰싹찰싹 때려가면서 만행을 꾸짖은 후 다시는 그 같은 일을 되풀이하지 않겠다는 다짐을 받고 나온다.

그런데 내 계획을 설명하기도 전에 성질 급한 부산 사나이 방정대가 현관 앞에 떡 버티고 서서, "듀크, 컴 히어!"라고 소리치는 것이 아닌가. 그의 우렁찬 목소리는 고요한 밤하늘에 쩌렁쩌렁 울려 퍼졌다.

창문 하나가 열리더니 영국인 강사 브라운 리가 얼굴을 내밀었다. 그러고는 우리를 향해 우리말로, "가!"라고 말했다. 방정대는 그가 듀크인 줄 알았던 모양이다.

"야, 이 ×새끼야. 당장 나와!"

브라운 리는 방정대의 욕설에 화가 나서 러닝 바람으로 뛰쳐나왔다. 어찌나 흥분했던지 문고리도 제대로 열지 못했다. 그는 덩치가 대단히 컸다. 김대호와 방정대가 그에게 달려들었다. 뒤이어 프랑스인 강사가 문밖으로 나왔다. 그는 왜소한 체격이었는데 싸움 잘하게 생긴 정순평을 피해 나에게 달려들었다. 그리고 문제의 듀크가 맨몸에 청바지만 입고 나왔다. 그는 정순평과 붙었다. 현관문에는 겉옷만 겨우 걸친 여자가 뒤따라 나와 지켜보고 있었다. 듀크의 일일 애인이었다.

프랑스인 강사는 우리가 자기들을 급습하러 온 줄 알았던 모양이다. 그는 대단히 긴장해 있었다. 나는 프랑스인 강사에게 말했다. 나는 당신과 싸울 생각이 없으며, 우리는 단지 듀크와 얘기하러 온 것뿐이라고. 그 말에 프랑스인 강사가 조금 긴장을 풀었다.

한편에서는 요란한 소리가 들렸다. 운동으로 단련된 정순평은 자신보다 훨씬 큰 몸집을 가진 듀크와 일대 혼전을 벌이고 있었다. 둘은 격하게 치고받으며 돌밭을 데굴데굴 구르면서 싸웠다. 어떻게 말릴 수 있는 상황이 아니었다. 그때 러시아 교수가 나왔다. 그는 나이가 많은 점잖은 신사였다. 이제 우리와 외국인이 4대 4가 된 것이다. 기숙사 창문은 모두 열려 있었고, 창문마다 학생들이 얼굴을 내밀고 있었다.

그 상황에서 김대호와 나는 감정이 북받쳐 소리쳤다.

"양키, 고 홈!"

그러자, 뜻밖의 일이 일어났다. 창을 열고 내다보던 학생들이 일제히 주먹을 불끈 쥐고 '양키 고 홈'을 외치기 시작했다. 새벽 1시였다. 우리들의 목소리는 어둠을 밀어내며 산조차 무너뜨릴 기세로 울려 퍼졌다. 광주 학살 정부에게 힘을 실어 준 당시의 미국 정부에 대한 원망이 반미 감정으로 표출된 순간이었다.

깜짝 놀란 외국인들이 싸움을 멈추고 주춤주춤 뒤로 물러났다. 그 뒤 요란한 사이렌이 울리면서 경찰이 왔다. 듀크는 병원으로 실려 가고 우리는 현장에서 체포되어 경찰서로 끌려 나갔다.

경찰서로 가면서 경찰이 무슨 일이냐고 물었다. 우리는 단지 외국인 강사가 너무 포악해서 조용히 타이르려 했을 뿐이라고. 어떻게 일이 잘못 꼬여서 싸움을 하게 되었다고 말했다. 그런데 경찰 아저씨의 반응이 의외였다.

고대 기숙사의 신화를 만든 듀크 4인방.
왼쪽부터 방정대, 필자, 김대호, 정순평.

"엽전들이 외국인과 싸웠어? 대단한데. 그런데 왜 잡혔어? 도망가지."

하면서 우리 편을 들어주었다. 우리는 성북경찰서로 연행되었다. 경찰서 안에는 이제 곧 삼청교육대로 끌려갈 처지에 놓인 사람들이 철창 안에 갇혀 있었다. 우리도 그들과 함께 철창 안으로 들어갔다. 당시 정보기관에서는 나와 김대호, 정순평을 노리고 있었다. 그들이 보기에 우리는 골치 아픈 놈들이었다. 그러나 딱히 잡아들일 건수가 없었다. 그런데 일이 터지고 만 것이다. 우리는 당일 사건을 조사받기 전에 정보과에서 먼저 조사를 받았다.

나는 대학 4년 내내 경계선을 넘지 않기 위해 노력했다. 나는 늘 줄타기를 하면서 대학 생활을 하고 있다고 생각해 왔다. 그런데 급기야 이제 선을 넘고 만 것이다. 그것도 아주 어처구니없게 말이다. 우리의 문제는 단순한 폭력사건으로 끝나지 않았다. 자국민의 보호가 철저한 미국에서는 이 문제를 국제적인 문제로 끌고 나가려 했다.

고인이 되신 조동필 교수님과 당시 정외과 학과장이었던 한승조 교수님이 보증을 서고 우리는 일단 풀려났다. 하루가 지나고 개천절이었던 10월 3일, 노신영 외무부 장관이 글라이틴 미국 대사를 만났다. 두 사람의 만남은 대단히 이례적인 일이었다. 신문기자가 무슨 일 때문에 만났느냐고 물었다. 노신영 외무부 장관은 "꼭 정치적 문제로 만난 건 아니다. 비정치적 문제로 만날 수 있다."라고 답변했다. 바로 우리 문제를 논의하기 위해 만났던 것이다.

상황은 보는 시각에 따라 얼마든지 커질 수 있었다. 외국인들과 혈투를 벌이고, 양키 고 홈을 외쳤으며, 그 주체는 학생운동의 핵심 간부들이었다. 한미 양측은 고요했다. 우리를 구속시킬 사유는 충분했으나, 그렇게 되면 문제가 더 커질 수가 있었다. 반미 투쟁의 기폭제가 될 수 있었다. 결국 우리의 사건은 단순사건으로 처리하기로 결론이 내려졌다.

듀크는 뒤통수를 14바늘이나 꿰맸다. 김상협 총장은 병원에 직접 전화를 걸어 1주일 내로 진단서를 끊으라고 지시했다. 처벌을 최소화하기 위해서였다. 그리고 듀크는 학교에서 쫓겨났다. 조사하는 과정에서 듀크의 비리가 모두 드러난 것이다. 브라운 리도 덩달아 비리가 드러났다. 영어회화를 가르치면서 여학생들에게 치욕적인 언사를 일삼았던 것이다. 브라운 리도 강사직을 그만두어야 했다. 프랑스인 강사도 그만두었다. 그는 죄가 없었으나 무서워서 못 다니겠다며 사표를 제출했다. 조사 과정에서 새로운 사실도 밝혀졌다. 듀크가 고려대학교에 오기 전에 연세대학에서 강의를 하고 있었는데, 강의 시간에 학생을 때려 쫓겨난 적이 있다는 것이었다. 우리가 경찰서를 나올 때 경찰은 잡혀 온 불량배들에게 이렇게 말했다.

"힘없고 불쌍한 동네 사람 때리지 말고 좀 크게 놀아. 이 학생들 좀 봐라. 미국, 영국, 프랑스, 러시아, 강대국하고만 싸워서 이겼잖아. 본 좀 받으란 말이야!"

이 사건은 지금도, 억눌렸던 반미 감정을 분출시켜 못된 미국인을 혼내 준 사건으로 고대 기숙사에서 신화처럼 전해 내려오고 있다.

# 10 | 12년의 침묵을 깨고 아남민국 모의국회를 열다

 

고려대의 정통성을 이루는 한 축은 아남민국 모의국회였다. 내 희망은 아남민국 모의국회를 계승하는 일이었다. 전국 대학생들이 한자리에 모여 시국 현안을 진지하게 논의하고 학생들의 순수한 시각을 사회에 전달하고자 했다.

그러나 때는 박통 말기였고 유신 체제의 탄압은 극에 달했다. 어떤 형태의 학생연합집회도 허용되지 않았다. 서클 단위 이상의 집회를 가지려면 학생과의 허가를 받아야 하는데, 허가가 나오지 않았다. 전국 단위의 대학생 연합 모의국회를 연다는 건 상상도 할 수 없는 일이었다. 그러나 나는 포기하지 않았다.

내가 대학 3학년 때 10·26 사태가 일어났고 교문은 닫혔다. 얼마 후 학교 문이 다시 열렸을 때, 정치외교학과 학회장을 맡고 있었던 나는 내년에 전국대학 연합모의국회를 열자고 정식으로 발의했다. 날짜는 5월 5일이 좋았다. 개교기념일이었기 때문에 집회 허가를 얻기가 어느 때보다 수월했다. 당시 학과장이었던 한승조 교수님과 상의했다. 한승조 교수님은 흔쾌히 승낙했다.

시작은 매우 순조로웠다. 예산을 짜 보니 당시 돈으로 이백만 원이 필요했다. 정외과 선배들에게 조금씩 지원을 받기로 하고 가장 먼저 정세영 현대자동차 사장을 찾아갔다. 정세영 사장은 선뜻 이백만 원을 내주면서 다른데 갈 필요 없이 이 돈을 가지고 멋있게 해 보라고 격려했다. 그 덕에 우리는 많은 시간을 벌 수 있었다. 행사 진행비를 마련하고 나서 나는 전국 대학을 일일이 돌아다녔다. 28개 대학으로부터 대표자를 보내겠다는 확답을 받았다. 각 대학에서는 곧바로 참석자 명단을 보내왔다.

겨울방학이 끝나고 개학이 되면서 본격적인 준비에 들어갔다. 모의국회 논의 주제는 헌법 개정으로 정했다. 유신 헌법이 저격당한 상황에서 개헌 문제는 단연 국가의 최고 화두였다. 각 대학들은 학생 대표를 구성하고 자체 세미나를 여는 등 활발히 움직였다. 우리 역시 발표할 내용을 준비하느라 여념이 없었다.

그즈음 한편에서는 학원자율화 추진이 가속화되고 있었다. 각 대학에서는 재단의 비리를 성토했고, 학생 데모는 그칠 줄 몰랐다. 고려대에서는 재단 비리에 대한 항의가 크게 나오지는 않았다. 80년의 봄은 어수선했고, 전두환의 등장은 예견되고 있었다. 폭풍 전야의 불안한 안정이 5월 5일까지 갈 수 있을지 의심스러웠다.

나는 모의국회 일정을 4월 2일로 앞당겼다. 새 학기를 맞으면서 학과장이 이호재 교수님으로 바뀌었다. 모의국회 일정 변경을 이호재 교수님과 상의했다. 교수님은 시대가 어수선하니 고대 자체 행사로 축소하라고 했다. 전국 단위의 행사는 내년으로 미루는 것이 좋겠다는 거였다. 내 생각은 달랐다. 조만간 군부가 치고 나올 것이다. 그리고 우리는 꽤 오랫동안 봄을 맞지 못할 것이다. 나는 교수님께 말했다.

"교수님, 교수님은 저희가 내년에도 이 행사를 할 수 있으리라 생각하십니까?"

교수님은 선뜻 답하지 못하셨다. 나는 집요하게 교수님을 설득했다. '내년에는 학내 행사조차 불가능할 것이다. 이번이 기회입니다. 68년에 끊어졌던 아남민국 모의국회를 12년 만에 부활시킬 수 있는 절호의 기회'라고. 교수님은 결국 내 뜻을 받아들였다.

드디어 모의국회가 열렸다. 3김을 부를까도 생각했지만 너무 정치적이라는 의견이 많았으므로 그 계획은 철회했다. 헌법 개정이라는 주제는 시기적절했다. 나는 이번 행사를 이렇게 정의했다.

'우리 사회의 최대 현안인 개헌 문제를 아카데미즘적 시각에서 학생들의 의견을 체계적으로 정리하여 질서정연하게 사회에 제시해 주는 행사다.'

행사는 대성공이었다. 모의국회가 열린 고려대 강당은 발 디딜 틈 없이 사람들로 꽉 찼고, 미처 강당 안으로 들어오지 못한 사람들은 창틀에 걸터앉아 행사진행을 끝까지 지켜보았다. 방송사들은 그 행사를 9시 뉴스 톱기사로 다루었다. 군부의 정치적 중립 방안과 선거 방안 등 참신하고 명쾌한 논의가 이루어졌다고 보도했다. ABC, AFKN, NHK 등의 외신들도 주요 뉴스로 다루었다. 동아방송은 매시간 현장감 있는 보도를 내보냈다.

행사가 끝나고 김상협 총장님(16대 국무총리를 지낸)이 나를 불렀다. 총장님은 "다른 학교들이 재단의 비리로 목소리를 드높이고 있을 때 고려대는 진정한 학생 정신을 보여 주었다. 구호만으로 그치는 공허한 목소리가 아니라 데모와 같은 대립이 아닌, 민주적 토론의 장을 통해서 다양한 주장을 끌어내고 통합하면서 과거 고려대의 전통을 계

유신 체제가 무너진 후 12년 만에 열린 아남민국 모의국회.
필자는 국회의장역을 맡아
당시 사회적 최대 현안이었던 개헌 문제를 다뤘다.

승했다."고 고려대의 본모습을 보여 주고 학교의 명예를 드높였다며 칭찬을 아끼지 않았다.

　나는 격려금을 받아들고 총장실을 나왔다. 그리고 후배들과 함께 그 어느 때보다 푸짐하고, 행복한 저녁을 먹을 수 있었다.

# 11 | 술 취한 무장공비

나는 술을 전혀 마시지 못한다. 할아버지는 술 인심이 좋으셨고, 아버지는 말술을 드셨다. 아버지는 자주 술에 취하셔서 통금시간을 아슬아슬하게 넘겨 들어오시곤 했다. 나는 그런 아버지가 늘 불안해 보였다.

물론 그런 기억 때문에 내가 술을 마시지 못하는 건 아니다. 술이건 담배건 일단 내 몸에서 받아들이지 못한다. 몇 번인가 담배를 피워 보기는 했지만 몸이 피곤해서 견딜 수가 없었다. 술도 마셔 봤지만 지독한 고통만 남았을 뿐이다. 남들 표현대로 기분이 좋아지는 것이 아니라 불쾌해지고, 몸이 풀리는 것이 아니라 구석구석이 아프다.

내가 처음 술을 마신 건 대학 신입생 환영회 때였다. 고려대 신입생 환영회는 전통적인 관습이 하나 있었다. 모든 신입생들이 우동 그릇에 막걸리를 하나 가득 부어 단숨에 들이마셔야 하는 일이었다. 그때 나는 내가 술을 마시지 못한다는 것을 몰랐으므로 별 생각 없이 막걸리 한 사발을 벌컥벌컥 마셨다. 어지러웠다. 나는 화장실에 간다는 핑계로 밖으로 나왔다가 잔디밭에 쓰러졌다. 꽤 오랜 시간이 지나 좀 괜

찮아졌나 싶어 일어서는데 그만 속엣것을 모두 쏟아내고 말았다. 극심한 고통이었다. 그 후로 몇 번 더 술을 마셔 보았지만 고통만 심해질 뿐이었다.

그래서 나는 일반 사람들이 가지고 있는 술과 담배에 대한 보편적인 정서를 이해하지 못한다. 그 때문에 평생 지울 수 없는 상처를 남길 뻔한 일이 있었다.

초임 소대장 시절이었다. 우리 부대는 여름을 맞아 산정호수 인근 야산으로 훈련을 나갔다. 훈련이라기보다는 휴양에 가까웠다. 산중에 텐트를 치고 며칠 조용히 쉬다가 오는 거였다. 모든 사병들이 일 년 동안 기다려 온 일종의 소풍과도 같은 훈련이었다.

야영지에 도착했을 때 비가 쏟아지기 시작했다. 그 첫날 나는 당직사관을 섰다. 큰비가 내리고 있었으므로 각 텐트별로 배수로만 점검하면 될 뿐 문제될 건 없었다. 그렇게 밤이 지나고 아침이 되었다. 날은 맑게 개어 있었다. 좋은 아침이었다.

나는 기분 좋게 아침 점호를 했다. 그런데 병사 세 명이 보이지 않았다. 늦잠을 자는가 싶어 텐트 안을 찾아보았지만 아무도 없었다. 중대장에게 보고했다. 8시쯤 되었을 때 중대장이 나를 불렀다. 얼굴이 붉으락푸르락해서는 즉각 철수하라는 명령을 내렸다. 중대장은 당직사관이 병사들 관리 하나 제대로 못한다며 소리쳤다. 그런데 사라진 병사들을 찾지도 못했는데 그냥 철수하라니, 나는 도무지 이해가 되지 않았지만 토를 달 수 없었다. 나는 그 이유를 부대에 돌아와서야 알았다. 부대로 돌아와 보니 사라진 세 명의 병사가 그곳에 있었다.

그들은 간밤에 쏟아지는 비를 맞아가면서 야영지를 벗어나 민가로 내려갔다. 술집에서 막걸리를 거나하게 마시고 야영지로 돌아오다가

길을 잃었다. 술은 취했고, 비는 내리고, 어둠 속에서 길은 쉽게 보이지 않았다. 병사들은 밤새 비를 맞으며 헤매고 다녔다. 새벽이 되었을 때, 그들은 약초꾼의 눈에 띄었다. 전투복 차림에 얼굴은 초췌했고, 온몸은 진흙투성이였다. 약초꾼들은 그들을 무장공비라고 생각해 경찰에 신고했다. 인근 부대 '5분 대기조'가 출동했다. '5분 대기조'는 실탄으로 무장한다. 길 잃은 병사들은 어느 야산에서 생포되었다. 포승줄에 손발이 묶인 채 모 부대로 압송되었다. 그곳에서 취조를 받고 오해가 풀려 우리 부대로 이송된 것이다.

개망신이 아닐 수 없었다. 중대장은 그 소식을 듣고 철수 명령을 내린 거였다. 자초지종을 듣고 나서 나는 모골이 송연해졌다. 만일 길 잃은 병사들이 당황해서 과민한 행동을 했다거나 긴장한 5분 대기조 병사가 방아쇠를 당기기라도 했다면, 그래서 사살이라도 발생했다면 어찌될 뻔했는가.

그때 나는 내가 술을 마셨더라면 이런 일을 미연에 방지할 수 있지 않았을까 생각했다. 나는 술을 좋아하는 병사들의 심정을 이해하지 못했다. 비가 오는데 설마 밖에 나가겠느냐는 내 생각은 틀렸다. 비가 오면 더 술 생각이 난다는 사실을 나는 몰랐다. 집 밖에 나오면 술 생각이 더 간절하다는 걸 나는 미처 깨닫지 못했다. 만일 내가 술을 좋아했다면, 술을 좋아하는 병사들과 내 텐트에서 술을 마셨을지도 모른다.

그 후 나는 술에 대한 욕구를 최대한 이해하려고 노력한다. 그런데도 나는 자주 잊는다. 술자리에서 옆 사람의 빈 술잔을 따라 주는 일을 잊고, 술이 떨어졌음에도 더 주문하는 일을 종종 잊곤 한다. 나도 한번쯤은 코가 삐뚤어지도록 술을 마시고 싶어질 때도 있다. 그럴 수만 있다면……

# 12 | 팬티 속에 감춰진 군 입대 부정사건

어느 날 TV에서 박카스 광고를 보았다. 시력이 나쁜 젊은 친구가 병무청 신체검사장에서 시력 측정판을 외워서 엉뚱한 대답을 해 놓고는 '꼭 가고 싶습니다!' 라고 소리치는 내용이었다. 나는 웃음이 나왔다. 내가 군 입대를 앞두고 신체검사를 받던 일이 떠올랐다.

대학 졸업을 앞두고 나는 군대 문제를 어떤 방식으로든 처리해야 했다. 그때 마침 학사장교 제도가 처음 생겼다. 고민 끝에 나는 학사장교를 택했다. 군사독재에 대한 거부감이 심했던 나는 군사문화에 대해 현실적으로 부딪혀서 이해하고 올바른 판단을 하고 싶었다. 일반병으로 가는 것보다 장교로 가는 것이 군사문화를 이해하는데 좀 더 도움이 되리라고 판단했다.

장교 시험을 보았고 부관 병과를 지원해 합격했다. 그런데 문제가 생겼다. 최종 신체검사에서 합격을 해야 하는데 몸무게 제한이 53㎏이었다. 그때 내 몸무게는 48㎏이었다. 면제 대상인 45㎏보다 3㎏이 많았다. 그리고 장교로 가기 위해서는 5㎏이 모자랐다. 나는 다시 고민에 빠졌다. 3kg을 빼서 면제를 받을 것인가, 5kg을 찌워서 장교로 갈 것인가. 남은 시간은 2주였고 찌우는 것보다 빼는 게 쉬울 듯했다. 고민의 시간은 길지 않았다. 나는 장교 입대를 선택했다. 그리고 그날부터 초콜릿과 아이스크림을 닥치는 대로 먹었다. 자기 전에는 꼭 라면을 끓여 먹었다. 그러나 몸무게는 전혀 늘지 않았다. 체중 미달로 떨어질 위기였다.

신체검사 하루 전날 나는 청계천에 가서 조그만 납덩이를 한 봉지 사왔다. 그리고 어머니에게 특수 팬티를 만들어 달라고 부탁했다. 5kg 분량의 납을 팬티에 꿰매 단 것이다. 특수 팬티가 어렵게 제작되었는데 팬티를 입었더니 무게를 못 이겨 쑥 벗겨지고 말았다. 난감한 일이었다. 그래서 이번엔 몸에다 직접 납을 달았다. 주렁주렁 매달긴 했지만 5kg를 넘지 못했다.

걱정스러운 마음으로 아침을 맞았다. 나는 있는 납을 모두 호주머니에 챙겨 넣고 신체검사장으로 갔다. 여러 검사를 마치고 이제 체중을 달아야 하는 운명의 시간이 다가왔다. 나는 몸무게를 조금이라도 더 늘릴 생각으로 수돗가에 가서 배가 터지도록 물을 마셔 댔다. 긴장되는 순간이었다. 그런데 이게 웬일인가 몸무게를 재는데 옷을 입고 재는 것이 아닌가. 초겨울이었던 탓에 외투만 벗고 몸무게를 달고 있었다. 나는 쾌재를 부르며 납덩이를 바지 주머니에 넣고 저울에 올랐다. 체중계는 53.4kg을 가리키고 있었다. 아슬아슬했다. 그런데 가만히 보니 몸무게를 달고 있는 사람은 얼마 전 위생병으로 군에 입대한 고교 동창이 아닌가. 나는 반갑게 인사를 하고 그의 귀에 속삭였다.

"야, 55kg으로 써라."

그렇게 해서 나는 무사히 입대할 수 있었다.

장교로 입대한 후 나를 가장 괴롭힌 건 정신교육 시간이었다. 사병

광주보병학교 시절.
장교 임관을 앞두고 유격행군을 실시했다.
허벅지 위로 차오르는 강 건너에 무엇이 기다리고 있는지
당시에는 짐작도 할 수 없었다.

들을 모아 놓고 내가 정신교육을 시켜야 했는데, 그 정신교육이라는 것이 기실 전두환 정권을 찬양하는 일이었다. 당시 전두환 대통령이 아프리카 5개국 순방에 나서면 그 정당성과 위대함을 설명해야 했다.

난감한 일이었다. 그렇다고 해서 군인의 신분으로 현 정부를 비판하거나 비난할 수도 없는 일이었다. 말 한마디 잘못했다가 쥐도 새도 모르게 어딘가로 끌려가는 일이 흔했던 때였다. 나는 하달된 교육자료를 쭉 읽어 주는 방법을 택했다. '~라고 한다더라', '~라고 쓰여 있네' 하는 식으로 교안에 적힌 내용을 전달만 해 주었다. 내 생각을 주장하거나 설명하지는 않았다.

그 대신 나는 국민의 의무와 선거에 대한 내 생각을 이야기하곤 했다. 나는 투표에 대한 중요성을 강조했다. 선거에 참여하라는 말이 죄가 될 리는 없었다. 나는 사병들에게 역설했다. "자기 의사를 적극적으로 드러내야 한다. 그래야 뭔가를 바꿔도 바꿀 수 있다. 여러분이 투표하지 않으면 불의가 유리하다. 정치를 혐오만 하는 국민은 혐오스러운 정치를 가질 수밖에 없다. 혐오스러운 정치는 정치인만의 문제가 아니다. 국민에게도 책임은 있다. 왜 방기했는가, 왜 도둑놈이 정치인이 되게끔 놔두었는가, 만일 모두가 도둑놈이라고 생각한다면 그중에서 가장 덜 나쁜 놈을 찍어라. 정치 자체를 없앨 수 없다면, 최악이 최선이 되는 일만큼은 막아야 하지 않는가." 사병들은 내 주장에 곧잘 박수를 보내곤 했었다.

박카스 광고에 나오는 청년이 군대에 가게 되었는지 못 갔는지 나는 모른다. 그러나 그 청년은 자기 의사를 적극적으로 드러냈다. 그것만으로도 그 청년은 얼마나 아름다운가.

# 13 | 유격훈련에 항거(?)하다

　창밖을 보니 날씨가 꾸물거렸다. 흉추가 뻐근하게 아파왔다. 군에서 다친 상처가 아직도 저리다.

　20여 년 전 삼복더위가 맹위를 떨치고 있을 때였다. 우리 부대는 100km 행군으로 유격장에 도착했다. 내 발바닥은 군장의 무게에 눌려 물집으로 짓물렀으며, 무릎 관절 이상으로 절뚝거리는 상태가 되었다. 행군을 하는 동안 병사들은 논물을 그대로 떠 마셨다. 나는 농약이 걱정되었으므로 논물을 먹지 말라고 했으나 병사들은 듣지 않았다. 신기하게도 논물을 그대로 마시고 탈을 일으킨 병사는 한 명도 없었다.

　유격장은 금학산에 있었다. 금학산에는 나이가 오십이 넘은 특무상사가 유격대장으로 있었다. 유격대장은 커다란 지팡이를 들고 다녔는데, 기골이 장대하고 성미가 불같아서 금학산 호랑이로 통했다. 금학산 호랑이는 모두에게 두려움의 대상이었다.

　유격장에 도착한 우리 부대는 계급장을 뗀 유격복으로 갈아입고 훈런에 들어갔다. 나는 무릎 관절의 무리로 절룩거렸다. 군의관은 내게 훈련을 만류했다. 후송 조치를 할 수 있으니 훈련을 받지 말라고 거듭 말했다. 그러나 그럴 수는 없는 일이었다. 소대장이라는 사람이 유격장에 도착하자 마자 후송될 수는 없었다. 신임이었으므로 소대원들의 군기를 잡아야 하는 문제도 있었다. 나는 다리를 절며 훈련장을 돌았다.

그런데 유격훈련 교관인 중사는 소대원들에게 훈련은 안 시키고 계속해서 얼차려만 주었다. 물론 장교인 내가 소대원들과 함께 얼차려를 받는 건 아니었다. 나는 옆에 서서 소대원들이 기합 받는 모습을 지켜만 보고 있었다. 기합을 주고 있는 중사는 잔혹했으며 마치 사디스트처럼 그걸 즐기고 있는 듯했다. 8월의 태양은 뜨거웠다. 몇몇 부대에서 훈련 도중 몇 명의 병사가 일사병으로 쓰러져 숨진 사례가 발생한 때였다.

유격장에서 얼차려를 주는 것은 일제 군대의 잔재다. 유격장이 두려운 것은 넘어야 할 장애물 때문이 아니라 극심한 얼차려 때문이다. 광주보병학교 시절, 나는 유격 훈련을 받다가 고인 물에 빠져서 눈병에 걸려 심하게 고생을 했다. 훈련 도중 불가피하게 흙탕물에 빠지는 일은 많다. 그러나 고의로 세균이 우글거리는 더러운 물에 빠뜨리는 것은 분명 가학이다. 군대에서 행해지는 가학은 비단 이 뿐만이 아니다. 황금박쥐 군장으로 모기파티를 벌이는 일, 즉 팬티만 입고 팔다리를 벌린 부동자세로 모기에게 뜯기게 하는 식의 가학적 행태는 분명 일제의 잔재다.

유격장에서 얼차려는 필요하다. 어느 정도의 긴장과 정신무장이 되어야 험난한 코스를 무사히 통과할 수 있다. 그러나 시종일관 얼차려만 받다가 힘이 빠져서 오히려 코스를 타러 가는 일이 위험해진다면 그건 분명 잘못이다.

　교관은 단 한 번도 코스를 태우지 않은 채 세 번째 코스까지 얼차려로만 이동했다. 얼차려만 받다가 오전 시간이 끝났다. 점심 식사 후 2시에 다시 훈련이 시작되었다. 그런데 이번에도 교관은 앞으로 취침, 뒤로 취침, 그리고 포복으로 이어졌다. 바닥은 잔돌들이 유리조각처럼 깔려 있었고 뙤약볕은 머리 위로 쏟아지고 있었다. 나는 더 이상 보고만 있을 수 없었다.

　"교관, 이거 너무하는 것 아니요? 병사들 죽이려고 작정했소?"

　교관은 내 말은 들은 척도 하지 않은 채 보란 듯이 더 심하게 포복을 시켰다. 나는 소대원들 앞에 나서서 일어나라고 소리쳤다. 소대원들은 감히 일어나지 못했다. 교관이 내게 소리쳤다.

　"소대장님, 지금 뭐하자는 겁니까? 훈련을 방해하자는 겁니까?"

　교관은 소대원들에게 '포복 앞으로!'를 외쳤다. 나는 화가 나서 '일어섯!'을 외쳤다. 소대원들은 어찌할 바를 몰랐다. 뒷줄에 있던 병사들 몇이 주춤주춤 일어섰다. 그런데 앞에 서 있는 교관이 '어떤 놈이 일어나!'라고 소리쳤다. 일어서던 병사들은 다시 엎드렸다. 교관과 나 사이에 팽팽한 긴장감이 형성되었다. 나는 화가 나서 다시 소리쳤다.

　"이 자식들, 소대장 말 안 들엇! 모두 기상!"

　내 기세에 눌려 소대원들이 자리에서 일어났다. 나는 전령에게 소금과 물을 마시게 했다. 훈련은 중지되었다. 교관은 길길이 날뛰다가 금학산 호랑이인 유격대장에게 사태를 보고했다. 얼마 후 금학산 호랑이가 커다란 지팡이를 들고 나타났다. 새파란 신임 장교가 금학산 유격대의 전통을 깬다는 건 있을 수 없는 일이었다. 유격장에서는 무조건 교관의 말에 복종해야 했다. 나는 유격대장에게 항의했다.

훈련을 받으러 왔는데, 왜 훈련을 안 시키느냐. 유격훈련이란 극한 상황에 처했을 때 생존할 수 있는 기술을 연마하는 것이 아니냐. 얼차려를 통해서 긴장감을 높이고 정신무장을 하는 건 좋지만 코스는 단 한번도 태우지 않고 시종일관 얼차려만 준 것은 부당하다. 유격훈련이 얼차려가 중심이 되고 코스가 부가 되어서는 안 된다. 극한상황에 처하면 정신무장은 다 되게 되어 있다. 유격장에 와서 로프 한번 만져 보고 외나무다리를 타 봐야 경험이 되고 그 경험이 실전에서 살아나는 것이 아니냐. 나는 소대원들을 저런 교관에게 맡길 수 없다고 했다.

유격대장은 돌아갔다. 유격장은 난리가 났다. 작전 장교가 부르고 대대장이 불렀다. 나는 주장을 굽히지 않았다. 사디스트에게 소대원들을 맡길 수는 없었다. 그날 교육은 전면 중지되었다. 다음 날 새로운 지침이 내려졌다. 사병과 간부를 분리시키라는 것이었다. 간부들은 사병과 떨어져서 별도의 훈련을 받아야 했다.

나는 코스를 타지 않아도 되었지만 간부들이 따로 움직이게 된 원인을 내가 제공한 터라 솔선해서 코스를 탔다. 그러다가 세 번째 코스를 타던 중 꽤 높은 곳에서 떨어졌다. 무릎 통증으로 제대로 점프를 하지 못해 잡아야 할 철봉을 놓친 것이다. 숨을 쉴 수가 없었다. 죽는다는 느낌을 받았다. 흉추압박골절이었다. 나는 긴급 후송되었다. 그리고 두 달이 넘게 병원에 누워 있어야 하는 신세가 되었다.

군의 잘못된 사고방식과 지금 생각해도 부당했던 처사에 맞서다가 입은 상처는 지금도 날씨가 궂을 때면 이렇게 신호를 보내고 있다.

언젠가 민병돈 장군을 만난 적이 있었다. 무슨 이야기를 하다가 군대의 형식주의에 대한 이야기가 나왔다. 민병돈 장군은 내가 군 생활 내내 품었던 의문을 꼬집어 이야기했다.

내가 군 생활을 하는 동안 참으로 납득하기 어려운 일이 몇 가지 있었는데, 그중 하나가 초병에 관한 문제였다. 초병의 역할과 중요성은 주간보다는 야간에 더 잘 나타난다. 초병은 아군의 진지로 접근하는 모든 사람과 사물을 경계한다. 정체를 알 수 없는 누군가가 아군의 진지에 접근했을 때 초병은 정체불명의 대상을 향하여 총을 겨누고 신원을 확인한다. 암구호를 통해 아군임이 판명되고 그가 상관임을 알게 되었을 때 초병은 예를 갖춰 경례를 하게 된다.

문제는 그 장소가 주둔지가 아니라 야영지일 때 발생한다. 야영지는 주로 적을 공격하기 위해 비밀스럽게 이동한다거나 적의 코앞에서 은폐한다. 그때 초병의 임무는 그 어느 때보다 중요해진다. 그런데 담뱃불 하나 새나가서는 안 되는 야간에 앞에 말한 것처럼 정체불명의 누군가가 진지로 다가오면 초병은 정해진 룰에 따라 신원을 확인하고 확인이 되면 지체 없이 앞엣총을 하면서 경례를 한다. '충성'이라고 큰소리로 외치는 것이다. 그 소리가 작으면 초병은 그 자리에서 심한 얼차려를 받는다.

얼마나 어처구니없는 일인가. 적의 코앞에 대고 우리가 너희들을 공격하러 왔으니 빨리 죽여 달라는 소리밖에 더 되겠는가. 아무리 훈련이라고는 하지만, 코미디가 따로 없다. 실전을 위한 훈련이 아니라 지휘관의 권위를 유지하고 높이려는 형식에 불과하다.

나는 그러한 형식적 행태를 이해할 수 없었다. 그런데 민병돈 장군이 그 점을 꼬집어 말했다. 자신이 지휘하는 부대에서는 절대 그런 행동을 하지 못하게 했다고 말했다. 역시 훌륭한 지휘관이라는 생각을 했다. 훌륭한 지휘관은 본질을 꿰뚫고 부대를 본질에 보다 쉽게 접근할 수 있도록 유도하는 자다.

초병의 문제와 상반되어 보이는 예가 있다. 야영지에 나가면 각 사병들은 자신의 철모와 전투복은 물론이고 장갑차와 진지까지 완전 위장한다. 산속에서 행하는 가장 효과적은 위장은 나뭇가지를 덮어씌우는 일이다. 사병들은 나뭇가지를 부러뜨려 위장을 한다. 위장을 위해 잔가지가 아니라 거의 나무 하나를 통째로 꺾어 낸다. 잔가지로 위장을 하면 손도 많이 갈뿐더러 효과가 떨어진다. 수없이 많은 나무들이 영문도 모르는 채 굵은 가지를 내주어야 한다. 그리고 반나절이 지나, 어느 때는 10분 후에 그 자리에서 다른 지역으로 이동을 한다.

그 같은 행위는 실전이라면 너무도 당연한 일이다. 10분이 아니라 1분을 머물더라도 철저하게 위장을 해야 한다. 그러나 이것은 훈련이다. 훈련을 위해서 그렇게 무자비하게 삼림을 훼손해도 되는 것인가.

이 역시 무의미한 형식주의일 뿐이다. 위장은 그렇게 수없이 반복해야 할 만큼 숙련된 훈련이 필요하지 않다.

반복된 훈련을 통해 몸에 익혀야 하는 것은 따로 있다. 가장 좋은 예가 제식훈련이다. 어찌 보면 제식훈련은 가장 무의미한 일로 비칠 수 있다. 총알이 쏟아지는 실전에서 '앞으로 가, 뒤로 돌아가, 발맞추어 가'가 무슨 소용이 있다는 말인가. 제식훈련은 전투력과 아무런 상관이 없어 보인다. 그러나 숙련된 제식훈련이야말로 최강의 전투력을 유지시킨다.

실제 전쟁이 터지면 전장은 아수라장이 된다. 전투에서 승리하는 자는 질서를 유지하는 자다. 혼란 속에서 일사분란하게 대열을 유지하며, 상관의 지휘명령에 따라 공격과 철수를 효율적으로 수행할 수 있는 부대가 승리하는 것이다. 질서를 유지하고 지휘관과 커뮤니케이션을 유지할 수 있는 가장 기초적인 훈련이 바로 제식훈련이라는 생각을 갖게 되었다.

전투력의 기본은 사격과 제식이다. 사격은 특별한 기술과 훈련을 필요로 한다. 제식은 일상적 반복 과정을 통해 몸에 익혀야 하는 일이다. 그리고 나머지는 각자가 살기 위해 알아서 하는 것이다. 이것이 내가 소대를 지휘하면서 지각하게 된 전투력의 본질이다.


손자는 궁녀들을 세워 놓고 제식훈련을 시켰다. 오합지졸이었으나 한 궁녀의 목이 그 자리에서 떨어지자 일사분란하게 움직였다. 강압이나 공포를 통해 부대를 통제할 수 있다. 그러나 그것은 어디까지나 일시적인 것에 불과하다. 군은 획일 속에 묶여 있으나 다양한 성향을 가진 사람들로 구성되어 있다. 훌륭한 지휘관은 사안의 본질을 꿰뚫고 있어야 한다. 위와 아래의 의견을 조율하고 효율적으로 소통시켜야 한다. 획일화된 형식에서 벗어나 다양한 접근과 시도가 이루어져야 하는 것이다.

나는 군 생활을 하면서 형식이 가지고 있는 위험성을 절감했으며, 중간자로서의 책임과 의무를 어떻게 수행해야 하는지 배웠다. 그 점이 내가 군 생활을 통해 배운 가장 값진 교훈이었다.

# 15 | 어머니의 빨랫비누와 이 시대의 효(孝)

　어머니는 충남 예산 삽다리 읍내 농장집의 딸이었다. 시골에서는 남부럽지 않은 부잣집 딸이었으나 말단 공무원이셨던 아버지에게 시집와서 어려운 시절을 보내셨다. 풍족하지 않은 아버지의 월급을 알뜰하게 모아 일꾼을 부려 손수 집을 짓기도 하셨다.

　내가 세 살 때 우리 가족은 상도2동 아랫동네에서 세를 살았다. 주인집 아주머니는 유난히 괄시가 심했다. 내가 같은 또래의 주인집 아들과 놀다가 작은 다툼이라도 일어나서 주인집 아들이 울기라도 할라치면 아주머니는 경우를 따지지 않고 나만을 호되게 꾸짖었고, 어머니는 이마가 땅에 닿을 만큼 사죄를 해야 했다. 집 없는 설움을 나는 불과 세 살 때 알았다.

　어머니는 지독하리만큼 알뜰하셨다. 어머니는 빨랫비누 값을 아끼기 위해 밤골에서 영도시장까지 빈 고무 대야를 들고 걸어가셨다. 어머니가 무거운 고무 대야를 다시 머리에 이고 집으로 돌아오셨을 때 그 안에는 폐유로 만든 재생비누가 가득 담겨져 있었다.

　재생비누가 일반 비누보다 얼마나 싼지 나는 모른다. 그러나 그러한 억척스러움 때문에 지금의 내가 있을 수 있음은 분명하다. 칠순이 넘으신 어머니는 퇴행성 관절로 고생하고 계시다. 아마도 무거운 비누를 머리에 이고 그 먼 길을 다니시느라 관절이 다 상하신 것 같다. 어머니는 그렇게 생활비를 아끼시면서도 자식들에게는 부족한 것이 없도록 최선을 다하셨다.

초등학교 1학년 때 나는 옷도 깔끔하게 입고 다녔다. 사람들은 내가 공부도 잘하고 옷도 잘 입고 다녔기 때문에 당연하게 부잣집 아들이라고 생각했던 모양이다. 당시 우리 사회에는 치맛바람이 아주 거셌다. 그러나 어머니는 단 한번도 선생님께 촌지를 갖다 주거나 학부모회에 나가지 않으셨다. 학부모회에 열성적이었던 친구 어머니나 선생님이 몇 번 전갈을 보냈으나 어머니는 무심히 넘길 뿐 학교에 가지 않으셨다.

그러던 어느 날 급기야 친구 어머니 두 분이 나를 따라 집까지 찾아왔다. 집까지 걸어오면서 어린 나이에도 기분이 몹시 불쾌했다. 친구 어머니는 우리 집을 한번 쭉 훑어보고는 어머니께 학부모회비만 받아 가지고 가 버렸다.

그리고 얼마 후에 생활통지표를 받았다. 모든 과목이 '수' 였는데 유독 체육만 '미' 였다. 초등학교 1학년의 체육은 객관적인 평가가 불가능한 과목이었다. 생활통지표를 받아 보신 어머니는 허탈하게 웃으셨다. 나는 내가 왜 체육에서 '미' 를 받아야 했는지 어렴풋하게나마 알 수 있었다. 아버지는 내 머리를 쓰다듬으시며,

"원래 공부 잘하는 학생은 공부만 하기 때문에 체육을 못하는 거다."

라고 위로해 주셨다.

어머니는 그 후에도 촌지를 들고 학교에 찾아가는 일은 없었다. 자식을 위해서라면 조금도 돈을 아끼지 않으셨지만 당신이 부당하다고 생각하는 일 앞에 고개를 숙이지는 않으셨다. 그리고 당신 앞에 닥치는 숱한 고통을 기꺼이 받아들이셨다. 어머니는 당신의 육체적 고통과 자식에 대한 애정을 맞바꾸셨다. 그 생각을 하면 지금도 가슴이 콱콱 막혀 온다.

삶의 고단함과 자식에 대한 희생적 사랑이 어찌 내 어머니에게만 해당되겠는가. 우리 어머니 세대를 생각하면 그 안쓰러움이 가슴을 쓰리게 한다.

우리 어머니 세대들은 어렸을 때는 남아선호 사상의 그늘이 짙게 드리워진 때였다. 자연히 사회적 무관심 속에서 부모의 눈치를 보고 살아야 했고, 커서는 시부모와 남편의 눈치를 보고 살아야 했다. 그리고 늙어서는 며느리와 자식 눈치를 보면서 살아야 한다. 집안의 궂은 일은 모두 어머니의 몫이었고, 사회적 폭압과 남편의 폭력 앞에서도 입을 다물어야 했다. 역사적으로 격동기도 모두 거쳐야 했다. 일제 강점기부터 육이오까지. 그럼에도 우리 어머니 세대들은 현재까지 대우를 받지 못한다.

효라는 전통적 개념은 무너졌으며 노인 문제는 날이 갈수록 심각해지고 있다. 개인주의적 가족관이 보편화된 상황에서 노인은 존경과 공경의 대상이 아니라 한낱 거추장스러운 존재일 뿐이다. 의학의 발달은 노령화된 사회를 촉진했다. 이제 노인 문제는 각 가정의 문제로만 생각할 수 없는 상황에 이르렀다.

노인 문제는 사회 행복을 유지하는 핵심적인 문제이다. 노인 문제를 가족의 틀 안에서 끄집어내어 우리 사회가 공동으로 풀어나가야 한다. 늙으신 부모를 자식이 모시는 것만이 최선인가라는 물음을 던져야 한다. 아침마다 늙은 부모와 젊은 며느리가 으르렁거리면서 싸워야 한다면 그것은 모두에게 불행하다.

도시화된 삶 속에서 노인들은 철저한 외로움에 갇힐 수밖에 없다. 말이 통하지 않는 가족보다는 말이 통하는 친구들과 더 많은 시간을 가질 수 있도록 해야 한다. 안전이 보장된 환경 속에서 친구들과 취미 생활을 하며 공동의 삶을 꾸려나갈 수 있도록 만들어야 한다.

노인을 가족과 분리해서도 안 되지만 가족이라는 울타리에만 가두어서도 안 된다. 더 큰 사회적 울타리 안에서 지원을 하고 관심과 애정을 보내야 한다. 우리는 지금 과거 가족 단위의 전통적인 효를 사회 전체의 공동체적 개념으로 계승 발전시켜야 하는 숙제를 안고 있는 것이다.

# 16 | 대통령 앞에서 방귀 뀐 놈

동작구 사무실에는 사진 한 장이 걸려 있다. 김대중 전 대통령 내외와 우리 일가족이 제주도 중문에서 찍은 사진이다. 사진에는 1996년 8월 17일이라는 날짜가 박혀 있다. 그 사진을 볼 때마다 나는 웃음이 난다. 아들녀석이 당시 김대중 총재 앞에서 과감하게 방귀를 뀐 일이 생각나서이다.

그때 우리 가족 외에도 대선 기획단 가족 모두가 제주도에 내려와 있었다. 김대중 총재가 괌에서 3박 4일간의 휴가를 마치고 귀국하자마자 당시 괌 구상을 발표하고 제주도로 대선 기획단을 비밀리에 소집했다.

대선 기획단이 구성된 건 1996년 4월 총선이 끝난 직후였다. 김대중 총재가 정계에 복귀한 후 새정치국민회의를 창당했고, 주변에서 총선의 승리를 의심하지 않았다. 모두들 국민회의가 제1당이 되리라는 기대감을 가지고 있었다. 그러나 뚜껑을 열고 보니 참담한 패배였다. 중진들이 줄줄이 낙선을 했고, 1997년 차기 집권마저 불투명해지고 말왔다.

그러나 나는 총선의 패배가 대선의 승리로 이어지리라는 것을 확신했다. 4 · 11총선은 DJ 단독으로는 집권할 수 없다는 것을 여실히 보여 준 사건이었다. 새로운 방법을 모색해야만 했다. 나는 김대중 총재가 설령 대통령이 못 된다 해도 반드시 국민회의를 여당으로 만들 것이라고 확신했다.

낙선의 고배를 마신 중진들의 얼굴엔 김대중 총재에 대한 원망의 기색이 역력했다. 나는 한 중진에게 말했다.

"절대 총재를 원망하지 마라. 총재를 원망하든 안 하든 총선에서 실패한 것은 기정사실이고 국민회의가 존재하는 것은 역시 현실이다. 이번 총선의 실패는 차기 대선의 승리를 예고한다. DJ 지지 세력만으로는 집권에 성공할 수 없다는 것을 증명했기 때문이다. 연대가 아니라면 제3의 후보를 내세워야 한다."

그 당시 자민련은 충청권에서 대세를 장악했다. 그리고 신한국당의 부정 선거를 공격하고 있었다. 나는 모 중진에게 계속 주장했다.

"자민련과 연대하여 부정 선거를 규탄하자. 그리고 JP와의 연합을 모색하자. 지금은 총선 실패에 대한 원망보다 국민회의의 앞날을 걱정해야 할 때다."

그 일이 있은 후 당시 이강래 간사에게 전화가 왔다. 김대중 총재가 찾으시니 4월 29일 코리아나호텔 '대상해' 음식점으로 나오라는 내용이었다. 오후 5시에 약속 장소에 갔다. 그곳에 이종찬, 임동원, 나종일, 정세균, 김홍업, 황용배, 박금옥, 천정배, 정동채, 배기선 등이 모였다. 김대중 총재는 말했다.

"여기 모인 사람들이 대선 기획팀이다."

모인 사람들 가운데 내가 최연소자였다. 김대중 총재가 직접 뽑아

대선 기획단이 제주도에 모였을 당시
김대중 총재 내외와 함께 필자 일가족이 포즈를 취했다.

구성한 대선 기획팀은 이후 대선이 끝날 때까지 유지되면서 1997년 6월에 김한길, 장성민 등이 보강되었다. 대선 기획팀은 열띤 토론을 벌였고 획기적인 아이디어를 만들어 냈다.

언젠가 한번은 총재께 이런 제안을 하기도 했다. 상대측에서 총재의 연령과 건강을 가지고 문제 삼을 공산이 높기 때문에 수영장에 자주 다니는 모습을 보여 주라고 제안했다. 총재는 바닷가 출신이라 워낙에 수영을 잘 하셨으며 그 모습이 충분히 건강을 과시할 만했다. 총재는 알았다고 대답을 했다. 한참 지난 뒤에 총재는 그 일을 가지고 "현실성 있는 얘기를 해야지, 노인네 보고 수영을 다니라면 그게 말이 되느냐."라고 말씀하셨다는 얘기를 듣고 웃기도 했다. 어찌 되었건 총재는 대통령 취임 후 일주일에 한두 번씩 수영으로 체력 관리를 하셨다.


대선 기획단이 구성되고 바쁜 몇 달을 보냈다. 8월 13일 쯤에서 귀국한 총재는 8월 15일에 모두 제주도로 모이라고 지시했다. 일하느라 휴가도 못 갔을 터이니 가족과 함께 오라는 전갈이었다. 휴가 겸 회의였다. 당시 이종찬 단장의 소개로 씨―빌리지 호텔에 숙소를 정했다. 대선 기획단과 가족들이 모두 모인 다음 날 김대중 총재가 박지원 특보 가족과 함께 제주도로 내려왔다.

회의가 진행되는 중간 중간에 기획단원들은 잠깐씩 중문 해수욕장에 나갔다. 가족들은 해수욕을 즐기고 있었다. 그런데 수영을 하던 딸 지원이가 너무 멀리 나가고 있었다. 파도가 높았다. 아내는 자리에서 일어나,

"지원아! 지원아!"

하며 딸의 이름을 소리쳐 불렀다. 엄마가 자꾸 불러 대자 지원이는

낮은 바다로 돌아왔다. 아내가 안심하자 박지원 특보가 아내에게 다가가 농담을 던졌다.

"자꾸 지원아, 지원아 하지 마세요. 듣는 지원이 기분 나쁩니다."

그 말에 주변에 있던 모든 사람들이 한바탕 웃기도 했다.

회의를 끝내고 대선 기획단 모두는 가족과 함께 주변 관광에 나섰다. 호텔에서 내준 버스를 타고 이동하고 있었다. 총재 바로 뒷자리에 내 아들이 앉았다. 그런데 아들녀석이 방귀를 뀌었다. 아들 옆에 앉아 있던 내가 얼른 창문을 열어 환기를 했지만 자수를 시키기도 가만히 있기도 참 애매한 상황이었다. 그저 웃음만 나올 뿐이었다.

우리 가족은 가끔 그 일을 두고 아들에게 '대통령 앞에서 방귀를 뀐 놈'이라고 놀리곤 한다. 숨 가쁜 여름이었으나 그 어느 때보다 보람되고 즐거운 한때였다.

# 17 | 비켜 갈 수도 있었던 IMF?

1997년 9월, 나는 일산의 김대중 총재 자택을 찾았다. '이경규에서 스필버그까지' 라는 제목의 단행본 발간을 보고하기 위해서였다. '이경규에서 스필버그까지' 는 20~30대 독자층을 겨냥한 김대중 총재의 글 모음집이었다.

나는 이 책의 출간을 건의, 기획했고 세간의 관심을 끌어냈다. 발행처는 조선일보사였다. 국민회의와 적대적 관계에 있던 언론사에서 책을 발행한다는 것도 주목받을 만했고, 무엇보다 내용과 구성이 재미있었다. 결과적으로 교보문고에서 3주간 베스트셀러 자리를 차지했으며 인세도 꽤 많이 받았다.

내가 가제본이 된 책을 들고 일산을 찾았을 때 총재는 마침 여성대회 참석차 대전으로 내려가려는 참이었다. 총재는 나에게 차에 타라고 했다. 서울역까지 같이 가면서 차 안에서 보고하라는 얘기였다. 승용차가 성산대교쯤에 이르렀을 때 보고가 끝났다. 서울역에 도착하기까지는 얼마간의 시간이 있었다.

나는 총재께 CNN과 인터뷰할 것을 제안했다. 당시 6월부터 태국에 불어 닥친 금융 위기는 동남아 전 지역을 휩쓸고 있었다. 일각에서는 한국도 위험한 것이 아니냐는 불안이 일고 있었다. 그러나 정부 당국 자들은 한국 기업과 경제는 펀드멘탈이 튼튼하다며 방관하고 있었다. 내가 알고 있는 내용과 달랐다. 무역업에 종사하는 지인들의 얘기는 한화가 달러로 환전이 되지 않아 난리가 아니라고 했다. 외국에서 환전을 꺼리고 있다는 것은 한국 경제를 신뢰하지 않는다는 직접적인 증거였다. 간과할 상황이 아니었다.

그러나 한편, 동남아에서는 유일하게 말레이시아가 금융 위기를 맞지 않았다. 마하티르 말레이시아 대통령은 말레이시아 금융정책에 대한 비전을 확실하게 보여 주었다. 전 세계에 신뢰를 준 것이다. 그로 인해 말레이시아는 금융 위기에서 벗어날 수 있었다.

국내 회사원들 사이에서는 이미 금융 불안이 일고 있었다. 그러나 정부와 언론은 외면하고 있었다. 나는 김대중 총재에게 상황이 심상치 않으니 마하티르 대통령처럼 CNN과 토론할 것을 건의했다. 경제적 식견과 한국 경제의 확신을 주어야 한다. 그리고 집권 시 비전을 제시한다면 우리 경제와 대선에 큰 도움이 될 것이라고 말했다.

총재는 한참 생각하시더니 "내가 CNN과 인터뷰를 해서 세계적 관심을 끌려면 남북문제를 가지고 해야 할 것이다. 그래야 CNN 쪽에서도 인터뷰 요청에 응할 것이다."라고 말씀하셨다. 나는 총재의 말에 수긍했다. 총재는 좋은 아이디어이니 추진해 보라고 지시했다.

내가 직접 할 수 있었으나 내 영역이 아니었으므로 유재건 비서실장과 이종찬 대선 기획단장에게 이 같은 사항을 보고하고 인터뷰 추진을 적극 건의했다. 그러나 일은 전혀 진행되지 않았다. 몇 번을 얘기했으나 CNN과의 인터뷰 건은 시작조차 되지 않았다. 그러는 사이

11월이 되었고 우리 경제는 IMF의 통제 하에 들어가야만 했다. 나는 땅을 쳤다. 그러나 땅을 쳐 본들 돌이킬 수는 없는 일이었다.

어느 날 최규선이 나를 찾아왔다. 클린턴 미 대통령의 대선 참모였던 스테파노폴로스 초청 건을 상의하기 위해서였다. 나는 그에게 CNN과의 인터뷰 건을 이야기하면서 어쩌면 IMF 체제를 비켜 갈 수도 있었으며 손쉽게 대선을 치를 수도 있었다는 아쉬움을 토로했다.

최규선은 내 이야기에 흥미를 보였다. 그리고 보름이 지난 12월 3일. 최규선의 주선으로 조지 소로스, 마이클 잭슨, 알 왈리드 왕자, 유종근 전북도지사가 신라호텔에서 영상 대담을 가졌다. 그 일을 계기로 최규선은 김대중 대통령의 신임을 얻게 되었다.

# 18 | 마이클 잭슨과 김대중 총재의 제안

대통령의 아들을 구속시키면서 온 나라를 발칵 뒤집어 놓았던 최규
선 때문에 진땀을 흘린 적이 있었다.

김대중 전 대통령이 아직 대통령으로 당선되기 전 최규선은 한국을
방문한 마이클 잭슨을 김대중 총재와 만나게 하면 어떻겠냐는 제안을
하였다. 당 관계자들은 반대했다. 나는 왜 반대하는지 그 이유를 알
수 없었다. 나중에 알고 보니 반대하는 것이 아니라 최규선의 말을 신
뢰하지 않고 있었던 것이다.

그러던 어느 날 내가 총재단 회의에 배석하고 있는데 부산에서 전
화가 왔다. 김대중 총재였다. 오늘 1시 30분에 아태재단 사무실에서
마이클 잭슨을 만나기로 했으니 준비를 하라는 지시였다. 시계를 보
니 아침 9시 30분이었다. 준비된 자료를 가지고 12시 50분까지 공항
으로 나가 아태재단까지 이동하면서 보고를 해야 했다.

난감한 일이었다. 야당 총재가 세계 유명 가수를 만나서 무슨 얘기
를 해야 하는지, 그보다 먼저 왜 만나야 하는지, 만나서 무엇을 이끌

어 내야 할지 막막하기만 했다. 명쾌한 주제가 필요했다. 인터넷으로 마이클 잭슨의 홈페이지를 검색한 결과 당시 그는 체코의 하벨, 바웬사, 지미카터, 만델라 등의 세계 지도자와 같이 세계 평화를 기원하는 음반 제작을 기획하고 있었다. 나는 '평화'를 주제로 삼아 두 가지 방안을 생각했다.

첫째, 마이클 잭슨이 김대중 총재를 만난 자리에서 먼저 한 가지 제안을 한다. 당신은 세계 인권 운동가이자 민주화 운동의 지도자로서 세계 평화를 기원하는 음반 제작에 참여해 달라. 총재는 그 제안을 흔쾌히 수락한다. 둘째, 제안을 받아들인 총재가 마이클 잭슨에게 역 제의를 한다. 한국은 세계 유일의 분단국이다. 내가 남북 평화를 기원하는 시를 쓸 테니 당신이 내 시에 곡을 붙여 노래를 불러 달라. 마이클 잭슨은 그 제의를 받아들인다.

이렇게 생각을 정리하고 최규선에게 전화를 했다. 당시 최규선은 마이클 잭슨과 함께 롯데월드 호텔에 있었다. 나는 최규선에게 위와 같은 두 가지 제안을 마이클 잭슨에게 하고 그의 생각을 물으라고 했다. 얼마 후 최규선에게 전화가 왔다. 마이클 잭슨이 두 가지 모두 좋다고 했다는 내용이었다. 나는 최규선에게 몇 번씩 확인을 했다. 마이클 잭슨이 먼저 총재에게 세계 평화 음반에 동참해 줄 것을 제안하겠다고 했는가, 마이클 잭슨이 총재의 제안을 받아들이겠다고 했는가? 최규선은 그렇다며 걱정 말라고 했다.

나는 공항으로 달려갔다. 공항에서 아태재단까지 오면서 나는 보고했다. 마이클 잭슨은 이런 사람이고 오늘 만남의 콘셉트는 이거다. 총재께서는 알았다며 고개를 끄덕였다. 총재는 마이클 잭슨을 만나서 먼저 휘호를 써 주었다. 마이클 잭슨은 무척 좋아했다. 그런데 그 다

청와대 정무비서관 시절.
앞줄 오른쪽에서 네 번째가 필자.

음 아무런 얘기를 하지 않는 것이다. 총재에게 평화 음반 제작 건을 제안해야 하는데 입을 열지 않았다.

　나는 최규선을 밖으로 끄집어내 어떻게 된 거냐고 물었다. 최규선은 이제 곧 제안을 할 것이니 기다리라고 했다. 그러나 마이클 잭슨은 입을 열지 않았다. 나는 몇 번 더 최규선을 밖으로 끌어냈다. 소식은 없었고 시간은 흘러가고 있었다. 나는 최규선에게 화를 내며 빨리 제안을 하라 이르라며 화를 냈다. 잠시 후 마이클 잭슨이 말하기를 "김대중 총재가 노래를 잘 하는지 못하는지 내가 알지도 못하는데 어떻게 그런 제의를 하느냐."고 했다는 것이다.

　나는 황당했다. 처음부터 내 말을 마이클 잭슨에게 전달도 하지 않은 것 같았다. 만일 내 제의를 마이클 잭슨이 거부한다면 만남이 성사되지 못할 수도 있다는 우려 때문인 듯했다. 결과적으로 나는 총재에게 거짓 보고를 한 셈이 되었고 오늘의 만남은 그림이 있으나 내용이 없는 무의미한 만남이 될 위기였다.

　그때 김대중 총재가 마이클 잭슨에게 한 가지 제안을 했다. 총재는 마이클 잭슨이 구체적인 제안을 하지 않자 아주 신중하게 조건을 달아 먼저 말씀을 했던 것이다. '만일 내가 한국의 대통령이 된다면' 이라는 전제를 달았다. 그리고 "내가 한국의 평화를 기원하는 노랫말을 쓸 테니 당신이 내 노랫말에 곡을 붙여서 불러 주겠느냐." 마이클 잭슨은 흔쾌히 그 제의를 받아들였다.

　주요 메시지는 전달이 되었고, 만남은 성공적으로 끝이 났다. 김대중 총재의 순발력과 지도자로서의 자질을 다시 한 번 확인한 순간이었다.

# 19 | 합쳐지고 강화되면서

청와대에서 근무할 당시 나는 본의 아니게 늘 합쳐지는 업무를 했다. '국정홍보 비서실' 과 '정책조사 비서실' 이 합쳐져 '국정홍보조사 비서실' 이 되었을 때 나는 그 일을 맡았으며, '국정홍보조사 비서실' 과 '행사기획 비서실' 이 다시 합쳐져 '행정조사 비서실' 이 되었을 때도 나는 그곳에 있었다.

국민의 정부가 출범하면서 '행사기획 비서실' 이 처음 생겼다. 당시 '행사기획 비서실' 은 대통령의 일정과 메시지를 관리하는 매우 중요한 비서실이었으며 경호실, 의전 비서실, 해당 소관 비서실의 의견을 통합 조정하는 기능을 담당하고 있었다. 그러나 초기였던 탓에 그 기능이 제대로 자리 잡지 못하고 있었다. 각 실에서는 '행사기획 비서실' 이 여러 의견을 조정하기보다 오히려 거치적거리기만 한다는 불만이 조금씩 생겨나고 있었다.

그 당시 '법무 비서관실' 이 현재의 '민정수석실' 의 역할을 수행하고 있었다. '민정수석실' 이 신설되면서 청와대 운영 체제가 대폭적으로 개편되는 작업이 진행되었다. 그 일을 김중권 대통령 비서실장, 김한길 정책기획수석과 함께 '국정홍보조사 비서관'이었던 내가 실무를 맡아서 진행했다.

그때 '행사기획 비서실'을 없애자는 의견이 나왔다. 나는 반대했다. '행사기획 비서실'은 유지되었고 새로운 '행사기획 비서관'이 필요했다. 적합한 인물을 찾지 못한 채 며칠이 지나갔다. 그러던 어느 날 김중권 대통령 비서실장이 나를 불렀다. '행사기획 비서실'을 맡으라는 것이었다. 대통령이 직접 지명했다며 신임이 두텁다는 얘기도 했다.

나는 '행사기획 비서실'을 아주 단단한 비서실로 정립시켰다. 경호실, 의전 비서실, 소관 비서실의 의견을 통합 조정했으며 '행사기획 비서실' 중심으로 대통령의 모든 일정과 메시지를 관리했다. 그와 함께 '국정홍보조사 비서실'이 해체되면서 여론조사 업무까지 맡았다. 이로써 '행사기획 비서실'은 국정홍보 업무와 정책조사 업무, 행사기획 업무를 통합한 부동의 비서실로 확립되었다. 그렇게 체계를 잡아놓은 '행사기획 비서실'은 아직까지 그 기능을 유지하고 있다.

2001년이 되던 해에 대통령 비서실장이 나를 다시 불렀다. '국정상황실'을 맡으라는 것이었다. 당시 '국정상황실'은 실장이 과로로 쓰러져서 제 기능을 수행하지 못하고 있던 상황이었다. '국정상황실'은 대단히 중요하고 어려운 자리였다. 그리고 나는 '행사기획 비서실'에 한창 열정을 쏟아붓고 있던 상황이었다. '행사기획 비서실'을 통해 성공한 대통령을 만들 수 있다는 신념을 가지고 있었던 때였다. 나는 고사했다. 그러나 이미 결정된 상황이었다. 대통령이 '국정상황실'의 강화를 지시했고 그 실장으로 나를 직접 지목했다는 것이다.

국정홍보처 차장 취임식 장면.
늘 합쳐지는 업무 속에서 청와대 정무비서관,
정책기획비서관, 국정상황실장을 거쳐
국정홍보처 차장을 맡게 되었다.

'국정상황실'의 업무는 '민정수석실'의 업무와 상당 부분 겹쳐 있었다. 정보와 정책을 모니터링한다는 부분에서 크게 다를 것이 없었기 때문이다.

내가 '국정상황실'로 자리를 옮기고 나서 한 달이 지났을 무렵, 민정수석실에서 난리가 났다. '국정상황실'이 천지개벽을 했다는 얘기였다. 선임 실장의 부재로 사실상 기능이 마비되어 있던 '국정상황실'은 한 달 만에 모든 기능을 재정비하여 청와대 내에서 명실상부한 핵심 부서로 떠올랐다.

2002년 초, 일부에서 '국정상황실'을 민정수석실 안으로 흡수 통합하려는 움직임이 있었다. 그런 움직임에 대통령이 쐐기를 박았다. "현재 국정상황실이 아주 잘 돌아가고 있는데, 왜 자꾸 없애려 하느냐. 차라리 국정상황실을 민정 기능을 강화한 TFT(Task Force Team) 형태로 운영하라."고 지시했다. 이로써 '국정상황실'은 민정수석실 기능과 정무 분석 기능을 업무분장에 공식적으로 확장하게 되었다.

# 20 | 9 · 11 테러가 일어나다

　청와대 국정상황실에 근무할 때였다. 국정상황실의 실장이라는 자리는 누구보다 먼저 출근해서 가장 늦게 퇴근해야 하는 위치였다. 9.11 테러가 일어나던 날 나는 여느 때와 마찬가지로 가장 늦게 상황실을 나왔다. 늦은 밤, 피곤한 몸을 이끌고 집으로 가고 있는데 전화벨이 울렸다. 먼저 퇴근한 요원의 전갈이었다. 그의 목소리는 흥분해있었다. 집에서 CNN을 보고 있는데 이상한 장면이 TV에 나온다는 것이었다. 비행기가 미국의 무역센터 빌딩에 부딪혔다는 뉴스가 나왔다는 것이다.

　즉시, 차를 돌려 상황실로 돌아갔다. 대통령에게 먼저 보고했다. 최초의 보고였다. 간단한 보고를 마치고 나는 생각했다. 어떻게 대응할 것인가. 세계사를 뒤바꿀만한 사건이었다. 그러나 외국의 일이었고, 전례가 없던 일이었으므로 어느 수위에서 다루어야 할지 혼란스러웠다. 너무 크게 다루면 남의 일에 호들갑을 떠는 일이 될 것이고, 느슨하게 대처하면 안일하다는 비판을 피할 수 없을 것이다. 갈피를 잡을수 없었으며, 국내에 미칠 영향을 가늠할 수 없었다. 당시 청와대는 조금 어수선한 상태였다. 전날 수석들이 교체되었고, 비서실장 역시 새로 임명된 첫날이었다.

나는 비서실장에게 전화를 걸었다. 전임 실장인 한광옥 민주당 대표가 전화를 받았다. 후임인 이상주(전, 성심여대 총장) 실장은 아직 공관에 입주하지 않고 있었던 것이다. 나는 우선 한광옥 대표에게 상황을 설명하고 민주당 차원에서 당내 지혜를 모아야 한다고 말했다. 그리고 이상주 실장 자택으로 전화를 걸었다. 사상 초유의 사태가 벌어졌으니 청와대로 빨리 나오라고 했다. 세계 각국의 정부가 어떻게 대처하는지 모니터링을 하면서, 외교안보수석, 정책기획수석(당시 박지원 씨)과 협의해서 기민하게 대처해야 한다고 말했다.

전화를 끊고 나서 대통령에게 다시 보고를 했다. 지금 비서실장이 챙기고 있다고. 얼마 후 창밖을 내다보니 비서실장실에 불이 켜져 있었다. 급히 비서실로 갔다. 그러나 실장은 보이지 않았다. 다시 비서실장에게 연락을 해 보니, 외교안보수석이 그렇게 급하게 나올 필요가 없을 것 같다는 보고를 했다는 거였다. 나는 '무슨 소리냐. 한시가 급하다.'고 채근했다. 비서실장은 결국 새벽에 나왔다. 수위와 수순을 조절해야 했다.

군경은 이미 경비태세에 들어갔다. 남은 수순을 결정했다. 새벽 수석회의 소집, 국가안전보장회의 소집, 국무회의 개최, 그리고 상황을 봐서 대통령 담화를 발표한다. 이후 정부는 정해진 수순에 맞춰 기민하게 대처했다. 수석회의를 소집했을 때, 수석이 교체된 다음 날이었으므로 전후임이 뒤섞여 모여들었다. 경우에 따라서는 대단한 혼란에 빠져 우왕좌왕하다가 대처할 시기를 놓칠 수도 있는 상황이었다. 그러나 국정상황실이 중심이 되어 매우 신속하고 깔끔하게 대처할 수 있었다.

국정상황실장 시절
최우수 모범 공직자로 황조근정훈장을 받았다.

우리 정부의 움직임에 언론들은 호평했고, 이후 비서실장은 많은 일들을 국정상황실과 상의해서 진행해 나갔다.

그 일이 있은 후 나는 청와대 최우수 모범 공무원에게 수여하는 황조근정훈장을 받았다. 황조근정훈장은 각 부서에서 우수 모범 공무원을 추천한 후, 심사와 심의를 거쳐 수여하게 된다. 나는 국정상황실에서 말단으로 있으면서도 성실하게 자신의 책무를 다하는 직원을 추천하려 했다. 그러나 직원들은 반대했다.

당시 국정상황실 직원들은 업무량이 대단히 많았다. 그러나 그들은 하나같이 국정상황실 직원이라는데 큰 자부심을 가지고 있었다. 내가 국정상황실장으로 부임한 이후부터 직원들은 일이 많아져서 고생스럽기는 하지만 마음이 뿌듯하다고 얘기하곤 했다. 진행이 다이나믹하고 각 수석에게 즉각적인 영향을 미치고 있었기 때문에 그들은 "일하는 것 같다."는 얘기를 자주 했다.

그런 분위기에서 직원들은 하나같이 실장이 훈장을 받아야 한다고 했다. 다른 사람이 받으면 개인이 받는 거지만, 실장이 받으면 실 전체가 받는 것이 된다는 얘기였다. 나는 그들의 의견을 받아들였다. 각 수석실에서 1급 공무원들을 천거했다. 그리고 서로의 공을 내세우며 왈가왈부했다. 결론이 쉽게 나지 않았으므로 투표로 결정하기로 했다. 나는 천거인이 아니라 수상 대상자이었으므로 투표에서 빠졌다. 결과는 내가 1등으로 나왔다.

그렇게 해서 결국 황조근정훈장을 받게 되었지만, 이 훈장은 내 개인의 영광이 아니라 국정상황실 전 직원에게 돌아가야 할 모두의 영광이었다.

# 21 | 청와대를 스튜디오로 만들다

공간은 열려 있어야 한다. 닫힌 공간은 이미 공간으로써의 기능을 상실한다. 특히 닫힌 공간에서 이루어지는 정치는 독재로 변질될 수 있다. 그런 의미에서 나는 언제나 열린 공간을 추구해 왔다. 열린 공간은 건축물로써의 물리적 공간만을 의미하지는 않는다. 사고와 감정이라는 정신적 무형의 공간 역시 열림을 필요로 한다.

내가 청와대 정책기획 비서관으로 근무하던 1999년 일이다. 당시 MBC 방송국에서 '칭찬합시다' 라는 프로그램이 큰 인기를 모으고 있었다. 릴레이 형태로 칭찬 받은 사람이 또 다른 사람을 칭찬해 주는 방송이었는데, 이러한 방식은 하나의 오락 프로그램을 넘어 사회 문화로까지 발전해 나가고 있었다. '칭찬합시다' 에 출연하는 칭찬 주인공들은 언제나 감동을 주었다. 나는 그 방송을 즐겨 보았고 매 방송마다 눈물이 그렁그렁 맺히곤 했다. 전 국민의 호응 속에서 방영되던 그 프로그램은 어느덧 100번째 주인공을 기다리고 있었다.

나는 그 100명의 주인공을 청와대로 초청해 대통령과 오찬 행사를 마련하고 싶었다. 우리 사회에 진한 감동과 인간애를 전해 준 프로그램이었기에 충분히 가치 있는 일이라고 확신했다. 그러나 선뜻 수화기를 들지 못했다. 아무리 의미 있는 일이라고는 하나 청와대가 방송에 관여한다는 오해와 비난을 살 여지가 있었다. 몇 번을 망설이다가 '칭찬합시다' 책임 프로듀서인 김영희 PD에게 전화를 걸어 내 생각을 전했다.

김 PD는 너무 좋은 생각이라며 감사해했다. 그리고 그 행사를 방송으로 내보내고 싶다고 했다. 100번째 주인공을 김대중 대통령으로 하고 싶다는 얘기였다. 김 PD는 지금까지 김대중 대통령을 칭찬 주인공으로 추천하는 사람들이 많았으나 감히 연락하지 못했다는 설명을 덧붙였다. 사실이 아무리 그렇다 해도 그것은 어려운 일이었다. 초청하는 일조차 비난의 여지가 있는데, 대통령을 칭찬 주인공으로 삼는다면 우리의 순수한 의도는 분명 왜곡되고 말 것이다.

나는 칭찬 주인공들이 청와대에서 대통령을 만나는 모습을 잠시 보여 주는 선에서 마무리 짓자고 말했다. 대통령이 칭찬을 받는 것이 아니라 칭찬 주인공과 프로그램 스텝 진을 칭찬하는 형태로 가자고 했다. 그러나 김 PD의 요청은 간곡했다. 나는 그에게 정히 그렇다면 '21세기 위원회' 프로그램에 출연해 줄 것을 오찬장에서 건의해 보라고 조언했다.

며칠이 지나 청와대 영빈관에 100명의 주인공들이 모였다. 그 자리는 감동적이었고 화기애애했다. '칭찬합시다'와 '21세기 위원회'를 함께 진행하고 있던 김용만, 김국진, 정은아 씨도 자리했다. 점심을 먹으면서 김용만이 대통령께 공개적으로 제안했다. '21세기 위원회'에 나와 주십사 하고. 대통령은 고개를 끄덕이며 긍정적인 반응을 보였다.

사실 그때까지 대통령은 그 '21세기 위원회'가 어떤 프로그램인지 모르고 계셨다. 나중에 내가 녹화된 방송을 보여 드렸다. 대통령은 자신 없어했다. 감각과 재치가 넘치는 젊은 프로인데, 늙은 사람이 젊은 친구들과 호흡을 잘 맞출 수 있겠냐는 말씀이셨다. 그러나 나는 대통령을 믿었고 녹화 일정을 들어갔다.

당시는 IMF를 극복하기 위해 온 국민이 힘을 모으던 때였다. 대통령은 누구보다 바쁘셨고 긴박하게 처리해야 할 일들이 산재해 있었으므로 방송 녹화 일정은 몇 번씩 연기되어야만 했다. 몇 번의 펑크를 낸 후 어렵사리 녹화 일정이 다시 잡혔다. 김한길 수석과 함께 내가 방송 출연에 대한 브리핑을 했다. 대통령이 퇴청하신 후에 나는 관저에서 대통령께 이 방송의 중요성을 다시 한 번 말씀드렸다. 시청률이 20%가 넘는 인기 프로인데, 대통령께서 출연을 하시면 최소한 40%는 기록할 것이다. 2천만 명의 국민이 텔레비전을 시청하게 된다. 국민에게 비춰진 대통령의 모습은 논리적이고 딱딱하다. 경직된 이미지에서 벗어나 웃음을 선사하는 부드러운 이미지를 보여 주는 것도 소중한 일이다. 평소의 모습만 그대로 보여 주신다면 대 성공하리라 생각한다, 라고.

드디어 '21세기 위원회' 녹화가 시작되었다. 녹화 장소는 청와대 영빈관이었다. 국가 원수의 국빈 방문 연회장으로 쓰이던 영빈관을 방송 촬영 스튜디오로 꾸민 것이다. 그때까지 어느 누구도 상상하지 못했던 일이며, 청와대가 생긴 이래 최초의 일이었다.

방송은 기대 이상으로 대 성공이었다. 지켜보던 모든 사람들이 놀랐고 김영희 PD도 감탄을 멈추지 않았다. 시청률은 50%를 넘어섰다.

그 뒤 청와대는 한 번 더 스튜디오로 탈바꿈했다. MBC '여성시대'

와 한겨레신문사가 공동으로 IMF 극복 수기를 공모했는데, 당선자들을 청와대로 초청하여 대통령 내외와 함께 방송을 내보냈다. 수기를 읽으면서 읽는 사람도, 듣는 사람도, 대통령 내외도 흐르는 눈물을 감추지 못했다. 하나같이 너무나 마음 아픈 이야기였고 그 고통을 이겨내려는 국민들의 가슴은 뜨거웠다. 방송을 마치고 오찬을 가졌다.

1999년 겨울 크리스마스 무렵이었다. 그날 따라 많은 눈이 내렸다. 청와대는 하얀색에 묻혔다. 은색에 묻힌 청와대는 아름다웠고, 그 아름다움은 닫힌 공간이 아닌 열린 공간으로써의 청와대 안에서 뜨거운 가슴으로 서로를 위안하는 국민들로 인해 더욱 아름다울 수 있었다.

위기일발의 국정 대혼란

국가 정책에는 일관성이 있어야 한다. 그러나 이미 결정된 사항이라 하더라도 잘못된 정책이 명백하다면 수정되어야 한다. 어느 것이 좋고, 어느 것이 잘못된 정책인가라는 판단 기준은 정책을 수립하거나 집행하는 자에게 있지 않다. 있어서도 안 된다. 행정 편의, 정치적 명분, 당파의 이기 때문에 지금까지 국민이 겪어야 했던 고통은 얼마나 극심했던가.

내가 청와대 국정상황실장으로 근무할 당시에도 잘못된 정책으로 인해 자칫 국가의 근간이 흔들릴 수도 있었던 위기가 있었다.

당시 정부에서는 공직자의 구조조정이 한창 진행되고 있었다. 정부 구조조정을 맡고 있던 부서는 기획예산처였다. 기획예산처는 정보통신부 산하의 우정사업본부에 35% 인력 감원을 결정했다. 이에 따라 수많은 집배원들이 옷을 벗어야 했다. 대대적인 1차 감원이 진행되었으나 당초 목표였던 35%에 미치지 못했다. 기획예산처에서는 목표를 채우라는 압력을 가했다. 그러나 현실적으로 더 이상의 감원은 불가능한 상태였다.

우정사업본부는 정부 부처이기는 했지만 독립채산제로 운영되고 있었으므로 다른 부서에 비해 힘이 약했다. 그리고 4만 명이 가입되어 있는 체신노조가 결성되어 있었다. 대대적인 인원 감축으로 남아 있는 집배원들의 업무량은 포화상태였다. 과로로 순직하는 사태가 벌어지기 시작했다. 그 와중에도 구조조정을 채근하는 지침은 멈추지 않았고 체신노조의 분노는 극을 향해 치닫고 있었다.

우정사업본부의 경영기획실장은 노조와 합의하여 외부기관으로부터 경영평가를 받기로 했다. 현 상태에서 인원 감축이 과연 가능한지, 구조조정이 타당한지 정확한 진단을 내리고 그 평가에 따라 향후 방향을 결정하기로 했다. 민간업체의 경영평가 결과가 더 이상의 인원 감축은 불가능하다는 평가가 내려졌다. 이미 너무나 많은 피를 흘린 뒤였다.

경영기획실장은 기획예산처에 노사 합의사항을 보고했다. 그런데 기획예산처에서는 그 사항을 무시했다. 귀를 닫은 채 무조건 35% 감원을 마무리하라고 하달했다. 기획예산처가 입장을 바꾸지 않았으므로 그 상부기관인 정책기획수석실에서도 별다른 조치를 취하지 않았다. 경제수석실과 그 산하인 정보통신부 역시 현 사안을 외면했다. 어느 누구도 앞에 나서서 사태를 올바르게 보려 하지 않았다. 우정사업본부의 인원 감축이 35%를 채우지 못할 경우 나머지 부분을 어느 부서에선가는 채워야 했기 때문이다.

체신노조는 극단적인 파업을 선택할 수밖에 없는 상황으로 내몰렸다. 우편배달의 마비는 국가 기능의 마비를 의미했다. 내 소관은 아니었으나 두고만 보고 있을 수 없었다. 수석회의에서 몇 번의 문제 제기를 했으나 수뇌부들은 오히려 우정사업본부가 부서 이기주의를 내세워 정부 결정에 따르지 않는다고 말했다. 한 번 결정된 사항을 뒤바꾸는 일이 담당자들로서는 부담되는 일이었을 것이다. 일이 터지고 나서야, 모든 우편배달이 중단되고, 국민의 아우성이 온 나라를 뒤덮은 후에야 수습에 나서겠다는 심산이었다.

내가 총대를 메기로 했다. 정부 구조조정 추진안을 처음부터 재검토하기 시작했다. 객관적인 자료는 충분했다. 처음부터 행정 편의에 따른 잘못된 결정이었다. 나는 당시 구조조정 주무부처인 기획예산처 박지원 정책기획수석에게 강력하게 건의했다. 우정사업본부에 할당된 인원 감축은 처음부터 무리한 결정이었고, 지금 그 결정을 철회하지 않는다면 대 혼란을 야기할 수밖에 없음을 강조했다. 정치적 감각이 있었던 박지원 수석이 내 이야기를 받아들였고 대통령에게 보고하였다. 대통령 또한 내 주장을 받아들여 파업 직전에 사태를 막을 수 있었다. 심각한 국가 혼란을 초래할 수도 있었던 순간이었다.

아들녀석이 학교에서 쓸 거라며 종이 찰흙으로 탈바가지를 만들고 있었다. 옆에서 지켜보던 딸도 재미있어 보였던지 동생의 일을 거들고 있었다. 나도 가만히 있지 못하고 녀석들의 작업에 동참했다. 종이 찰흙이 부족했으므로 찰흙을 더 만들어야 했다. 한참 후에 아들이 만들고 있는 탈의 형태가 잡혔다. 하회탈이었다. 하회탈을 보자 몇 년 전 김대중 전 대통령을 모시고 안동에 내려갔던 일이 떠올랐다.

청와대 정책기획 비서관으로 재직할 당시의 일이었다. 1999년 가을 어느 날, 당시 김대중 대통령은 영주의 연초공장 기공식 참석과 함께 안동시를 방문하는 일정이 잡혀 있었다. 안동은 유교문화의 중심 도시다. 정부에서는 유교문화 발전을 위해 안동에 있는 예산 지원을 계획하고 있었다.

나는 그 일정 중에 대통령이 꼭 도산서원을 방문해야 한다고 생각했다. 도산서원은 유교문화의 상징이다. 대통령은 유학자들을 만나야 했고 그 장소로 도산서원이 안성맞춤이었다. 나는 당시 김중권 비서실장과 상의하여 도산서원 행을 결정하고 안동시에 통보했다.

얼마 후 경호실에서 문제를 제기했다. 사전 조사 결과 도산서원까지 가는 길은 일차선 외길인데다 비포장도로이므로 경호 상에 문제가 있다는 것이었다. 퇴로가 없는 길은 가기가 곤란하다는 주장이었다. 도산서원 행은 취소되었다.

일정이 바뀌었다는 소식을 듣고 나는 비서실장을 다시 찾았다. 경호실의 주장은 충분히 이해할 수 있으나 그렇다고 해서 안동까지 와서 도산서원에 들르지 않는다는 것은 말이 안 됐다. 유림들과 딱딱한 시청 건물에 앉아서 유학을 논하는 것은 아무래도 모양이 좋지 않았다. 너무 사무적이다. 유교문화 발전을 이야기하면서 안전상의 이유로 유교문화를 거부하는 것은 앞뒤가 맞지 않았다. 나는 강력히 주장했고 결정은 다시 번복되었다.

경호실에서는 도산서원까지 갈 시간이 안 된다고 했다. 아무리 빨리 일정을 마친다고 해도 예천공항에서 이륙해 성남비행장에까지 가는 것은 불가능하다고 말했다. 일몰 전까지 도착할 수 없다는 얘기였다. 대통령의 일정은 일몰 전에 모두 끝내야 한다. 시간이 안 된다는데 도리가 없었다. 일정은 다시 번복되었다. 안동시에서는 대통령이 도산서원에 간다는 건지 안 간다는 건지 도무지 갈피를 잡지 못해 우왕좌왕했다.

일정이 다시 번복되었다는 통보를 받고 나는 화가 치밀었다. 이동 시간이 없다면 도산서원에서 예천공항까지 헬기로 이동하면 되지 않냐고 반문했다. 경호실에서는 인근에 헬기가 뜰 장소가 없다고 했다. 다섯 대가 떠야 했는데 헬기장은 물론이거니와 그렇게 큰 학교 운동장도 없다는 것이었다.

나는 김대중 대통령이 퇴계 이황 선생을 얼마나 존경하는지 잘 알고 있었다. 나는 김중권 비서실장에게 말했다.

"대통령도 사람이다. 어떻게 공무적인 일정만 생각하느냐. 도산서원은 관광 코스로도 즐겨 가는 곳이다. 특히 대통령은 퇴계학에 조예가 깊고 평소, 퇴계 선생은 중국의 유학을 조선 유학으로 발전시킨 대가이며 세계 12군데의 퇴계 연구소가 있다고 늘 말씀하실 정도다. 안동까지 가서 퇴계 선생의 유적을 보지 않고 오는 것은 어리석은 짓이며, 대통령을 배려하지 않은 경호만을 위한 일정이다. 대통령의 솔직한 말씀을 듣고 싶다."

비서실장이 대통령께 상황을 다시 말씀드렸고, 대통령은 잠시 생각하시다가 가자고 했다. 결국 도산서원 행이 최종적으로 결정되었다.

대통령은 도산서원을 둘러보고 앞마당에서 유학자들과 인사를 나누었다. 대통령의 첫마디는 이러했다.

"내가 경호 문제로 이곳에 올지 말아야 할지 무척 망설였다. 그런데 안 왔으면 일평생 후회할 뻔했다. 오면서 보니 경치가 너무 아름다웠고 평소 존경하던 퇴계 선생을 직접 만나 뵙는 듯하여 마음이 기쁘다. 정말 오기를 잘했다."

그 말씀을 들으니 내 마음도 편해졌다. 도산서원 행을 두고 경호실과 나와의 팽팽한 대립은 나의 일방적인 압승으로 끝난 셈이다. 주변에는 헬기가 다섯 대는 아니더라도 세 대까지는 뜰 수 있는 학교가 있었다. 경호실의 신속한 대처로 대통령은 무사히 일정을 마치고 성남 비행장에 도착할 수 있었다. 비행장 너머로 붉은 노을이 아름답게 물들고 있었다.

모든 만남은 소중하다. 그러나 뜻하지 않은 장소에서 우연히 마주치는 만남은 약속된 만남보다 인상적이고 특별할 수밖에 없다. 공적인 만남이 많은 나로서는 더욱 그렇다. 노무현 대통령과의 인상적인 만남이 있었다.

숱한 게이트로 정신을 차릴 수 없었던 2001년 여름에 노무현 대통령은 당시 해양수산부 장관을 그만두고 당 고문으로 복귀해 차기 대권 준비에 들어갔다. 그 시기에 대다수의 대권 주자들은 김대중 대통령과 현 정부를 맹렬히 공격했다. 그 대열에 여당 후보들도 동참했다. 야당은 그렇다 치더라도 여당 후보가 여당을 공격한다는 것은 색다른 뉴스였다. 후보들은 그렇게 뉴스를 만들어 내면서 자신을 드러내고 있었다.

그러나 노무현 고문은 정반대였다. 그는 예나 지금이나 정면돌파형이며 자신의 생각을 솔직하게 말해야 하는 분이다. 노무현 고문은 다른 대권 주자와는 정반대의 논리로 목소리를 높였다.

"국민의 정부가 뭘 그렇게 잘못했느냐. 아무리 잘못했다고 해도 과거에 비하면 훨씬 덜하다. 교육정책이 엉터리라고 하지만 우리 모두

대방초등학교에서 실시한 도로교통안전교육 행사에
노무현 대통령이 참석하여
필자와 인상적인 만남을 가졌다.

는 그 엉터리 같은 교육을 받고 우리 경제 규모를 세계 11위에 올려놓았으며 정보통신 분야에서 세계 최강국들과 어깨를 나란히 하고 있다. 우리 자신을 비하하지 말자." 노무현 후보는 당당했다.

국정상황실장으로 있던 나는 김대중 대통령에게 건의했다. "대권주자들이 노 후보와 같은 방식으로 나가야 한다. 여당 주자를 통해서 국민의 정부의 치적을 바로 알려야 한다." 자해를 통해 성장하겠다는 전략은 오산이었다. 그런 논리로는 결국 자해로 그칠 수밖에 없었고 결과가 이를 증명했다. 나는 노무현 고문이 국민의 정부의 업적과 정통성을 창조적으로 계승 발전시킬 수 있는 아이덴티티를 가지고 있으며, 전략적으로도 이회창 후보와의 대결 상황에서 우위를 점할 수 있다고 믿었다.

국내 정세는 혼란스러웠고, 그 혼란은 쉽게 정리될 기미를 보이지 않았다. 그 와중에 우리는 월드컵을 치렀다. 월드컵 4강전이 벌어지던 서울상암월드컵 경기장에서였다. 나는 김대중 대통령을 수행하여 경기장에 있었다. 우리 선수들은 독일과 지루하리만큼 힘겨운 싸움을 벌이고 있었다. 전반전이 끝나고 나는 화장실에서 나오다가 노무현 후보와 마주쳤다.

그 뜻하지 않은 장소에서의 우연한 만남은 사람을 당혹하게 했다. 그리고 그 당혹감은 진한 인상을 남겼다. 노 후보는 수행원도 없이 혼자였다. 여당 후보라고 하기엔 너무나 초라한 모습이었다. 가슴이 아팠다. 우리는 반갑게 인사를 나누었고 노무현 고문은 내 손을 끌며 자신의 자리로 안내했다. 노무현 후보와 나는 중간 휴식 내내 많은 이야기를 나누었다. 어느 만남보다도 인상적인 만남이었다.

그때 나누었던 이야기들과 그 당시의 청와대 상황 등과 알려지지 않은 사건들은 나중에 다시 말할 기회가 있을 것이다.

# 25 | 노무현의 가치가
## 그들만의 것이 되어서는 안 된다

현 민주당이 노무현의 가치와 관계가 없다고 한다. 실로 놀라운 주장이다. 노무현 가치를 두고 볼썽사나운 소유권 분쟁을 벌일 생각은 전혀 없다. 이 자체가 노무현 가치를 훼손하는 것이기 때문이다. 하지만 누군가가 노무현 가치를 배타적으로 독점하려 할 때 그들의 의지와는 무관하게 노무현 가치는 국민적 지지를 상실하고 역풍을 맞을 수도 있다. 이런 우려가 어렵지만 이 글을 쓰는 이유이다.

노무현을 만든 사람들, 노무현을 누린 사람들, 그리고 노무현을 지킨 사람들… 겹치기도 하고 다르기도 하다. 안타깝게도 노무현 대통령을 떠나보냈으니 누구도 노무현을 지키지 못한 원죄로부터는 자유롭지 못하다.

### 노무현 독점론은 노무현 배반론

다만, 남아 있는 자들이 노무현의 유산을 어떻게 계승하고 발전시킬 지에 대해서는 진지한 논의와 함께, 무엇보다 노무현에 버금가는 노력과 실천이 필요하다는 점에는 이견이 있을 수 없다. 그런데 누군가가 노무현을 혼자만 갖겠다고 하는 순간 민주 진영은 물론 노무현을 사랑하는 모든 국민의 반대에 부딪힐 수밖에 없다. 필연적으로 누군가를 배제하고 자신들이 독점해야 하기 때문이다. 이 자체가 노무현 정신을 정면으로 배반하는 것이다.

노사모, 이해찬, 정대철, 문재인, 이광재, 안희정, 염동연, 정세균 그리고 조세형과 한광옥 등… 적어도 이분들은 내가 눈으로, 귀로 확인할 수 있었던 대표적인 노무현을 만든 장본인들이다. 누구나 인정하듯이 〈노사모〉와 〈국민참여경선〉이 없었다면 노무현 대통령은 없었다. 조세형과 한광옥은 민주당 안팎의 기득권에 맞서 후보 추천권을 국민에게 돌려준 국민참여경선을 만들어 낸 분들이다. 국민참여경선은 우리에게 노무현이라는 시대정신을 선사했다.

그런데 국민참여경선을 전후로 이른바 동교동 출신의 한광옥 전 대표가 노무현 만들기에 어떤 역할을 했는지 제대로 알려진 바 없다. 자신의 공로를 드러내지 않는 심성과 개인보다는 당을 위해 생각하고 실천해 왔던 품성 때문이리라.

### 동교동 출신 한광옥 대표가 만들어 낸 노무현 비사

사실은 이렇다. 국민참여경선으로 노무현 후보가 민주당의 대통령 후보가 된 뒤 두 달 만에 노 후보의 지지도가 곤두박질치는 위기를 맞았다. 이 위기는 당시 8.8 재보선의 패배로 더욱 악화되었다. 결국 새천년민주당은 후보 단일화파와 신당 추진파의 반노 입장과 정통성을 갖춘 민주당의 후보를 끝까지 지켜야 한다는 친노 입장으로 분열했다.

당시 청와대 국정상황실장이었던 나는 청와대 내 최고위 친노 공직자로 분류되어 있었다. 이즈음 이광재 노 후보 기획팀장은 나를 찾아와 후단협과 신당파 등 걷잡을 수 없이 커져만 가는 당내의 반노 흐름에 쐐기를 박을 필요가 있으며 김대중 대통령 비서실장 출신의 한광옥 최고위원이 적임자라는 요청을 해 왔다.

나는 지체 없이 한광옥 최고위원을 만나 "민주당이 국민참여경선으로 후보를 뽑아 놓고 제대로 밀어 보지도 않은 채 후보를 교체하려는 것은 명분이 없는 일인 만큼 대통령 비서실장을 지낸 한 대표께서 이 같은 움직임에 제동을 걸고 민주당과 민주당 후보를 지키겠다는 선언을 해야 한다."고 건의를 하였다.

이 자리에서 "모두가 흔들리는 시기에 대통령 비서실장 출신의 최고위원이 민주당에 중심을 잡아 준다면 매우 뜻있고 역사적인 역할을 하는 것이 아니겠는가." 라는 이야기를 나누었다. 또한, 단 두 달 만이라도 당에서 혼신을 다해 지원했는데도 지지도가 오르지 않아 정권 재창출이 어려워진다면, 노 후보는 후보 자리에 연연할 성품이 아니라는 점도 얘기했다. 민주당이 국민과 노 후보에 대한 도리에 최선을 다하자는 것이었다.

한광옥 최고와 논의 끝에 나는 기자회견문 작성까지 도와드리게 되었다. 한 최고는 9월 8일경 기자간담회를 통해 "노후보 사퇴 서명운동은 부적절하다. 지금 중요한 것은 대선 전열정비를 위해 선거대책위원회를 발족하되 특정 계파가 아닌 거당적 힘을 통합할 수 있는 체제를 꾸리는 것" 이라고 밝힌다. 더 이상 대안 없이 친노, 반노 대립하지 말고 대동단결해서 당력을 모으고 민주당 후보를 부활시키자는 제안을 한 것이었다.

아울러 "반노 활동을 벌였던 의원들을 만나 선대위 참여를 통한 정권 재창출 노력에 동참하도록 설득하겠다." 라는 선언도 하였다. 당시 동교동 출신의 한광옥 최고의 이 같은 기자회견은 친노와 후단협, 반노로 분열되었던 민주당의 전열을 재정비하는 중대한 디딤돌 역할을 하였다.

그 뒤 한광옥 최고는 한 번 더 기자간담회를 통해 민주당 분열의 흐름에 확실한 쐐기를 박았다. 첫 번째 회견과 두 번째 회견 사이에 한광옥 최고를 중심으로 핵심 참모진과 외부 교수진들이 함께한 토론에서 나는 이런 기조의 주제발표를 하고 토론도 펼쳤다. 당시 참석자 중엔 후에 통일부 장관을 지낸 이종석 박사도 있었다.

## 정치적 고려 아닌, 노무현 가치 신뢰 때문

이 시기에 한광옥 최고와 내가 '노무현 지키기'에 나선 데에는 오직 노무현만이 한나라당 후보를 이길 수 있다는 노무현 가치에 대한 믿음 때문이었다. 일각의 유시민이 이끌던 개혁당 창당 움직임이나 배타적인 친노 인사들의 반발은 고려의 대상이 아니었다.

그 후 다행스럽게도 노무현 후보의 지지도는 재상승하여 정몽준 후보와 경합을 벌일 정도가 되었다. 민주당내 노무현 후보 교체 움직임이 사그라들자 이인제 의원이 민주당을 탈당하여 자민련에 입당했다. 당시 자민련은 대선에서 중립 입장을 고수하고 있었지만, 이인제 의원은 노무현 후보에 대한 맹렬한 공세를 펼쳐 사실상 자민련의 중립적 입장마저 의심받는 상황이 전개되었다.

다시 한 번 한광옥 최고를 찾아가 "DJP 연합을 이뤄 냈던 신뢰 관계를 기반으로 JP의 중립을 확실하게 다질 필요가 있다."는 조언을 하였다. 그러나 한 최고께서는 이미 김원기 고문으로부터 부탁을 받아 한 최고가 JP께 말씀드렸는데 당내 사정이 좀 어려울 것 같다는 답이 온 상태라고 하였다.

한 최고와 나는 다시 JP를 설득할 논리를 만들어 JP에게 호소를 하였다. 며칠 뒤 JP께서는 "자민련의 입장은 중립이다. 이 같은 당론을 위배하려면 당을 떠나라."는 입장을 강하게 천명하였다. 한광옥 최고위원과 나는 크게 한 숨을 돌렸다.

나는 지금도 다른 분들의 많은 노력과 함께 한광옥 최고의 이러한 결정적인 노력들이 없었으면 천신만고 끝에 만들어 놓은 노무현 후보의 가치가 소진되어 버리는 결과를 초래했을지도 모른다고 생각한다. 그래서 한광옥 최고를 노무현을 만든 사람이라고 자신 있게 얘기하는 것이다.

한광옥 최고는 대통령 선거가 끝난 뒤 송사에 휘말려 다른 이들처럼 참여 정부를 누리진 못하고 내내 야인으로 지낼 수밖에 없었다. 정대철 고문, 안희정 최고처럼 공신으로 알려지지는 않았지만 참여 정부 내내 이분들과 비슷하게 고행과 수난의 길을 묵묵히 걸었다.

### 노무현 가치, 참여 정부가 누린 소수의 전유물이란 독선 자체가 반 노무현

이 글은 노무현의 가치가 참여 정부를 누렸던 사람들의 것만이라는 독선적 태도가 결코 옳지도 않고 명분도 없다는 점을 말하고자 함이다. 살아남은 자들끼리의 볼썽사나운 유산 싸움을 하자는 것은 더더욱 아니다. 다만, 노무현 가치를 특정인 혹은 특정 세력이 독점하겠다는 자세가 노무현 대통령을 위해 옳은 일인지도 곰곰이 따져 봐야 한다.

우리 모두는 노무현을 지키지 못했다. 모두의 책임이다. 참여 정부의 업적을 유지하고 노무현을 지키고자 했다면 우리는 정권을 재창출했어야 했다. 민주적 개혁 정권이 보수 정권이 집권한 기간의 1/5도 안 된 상태에서 '정권이 다시 한나라당에 넘어가도 별문제 없다는 식의 오만하고 경박한 인식들이' 노무현을 떠나보내는데 조금은 더 책임이 있는 것이 아닌가 하는 아쉬움이 남는 것은 어쩔 수 없다.

국민의 정부가 들어서면서 그간, 어느 누구도 침범할 수 없었던 성역 한 곳이 허물어졌다. 비록 외부 관람으로 한정되기는 했지만 일반인에게 청와대를 개방한 것이다. 많은 사람들이 흥미를 가지고 청와대를 찾았다. 대단한 이벤트였으나 내가 보기엔 너무 밋밋했다. 청와대 관람에 앞서 청와대의 내부 모습과 역사, 중점 정책을 설명해야 할 필요성이 있었다.

나는 청와대 한 곳을 시청각 관람실로 활용할 것을 제안했다. 제안은 받아들여졌고, 여러 장소를 물색하였으나 마땅한 장소를 찾지 못했다. 결국, '청와대 장기 발전 계획'을 앞당겨 춘추관 옆에 새로운 공간을 만들기로 했다. 내가 팀장이 되어 그 일을 기획하고 추진했다. 그리고 현재 춘추관 옆에 마련된 관람관에서 사람들은 청와대의 역사와 비전을 보고 있다.

나는 이 일이 국민에 대한 일종의 서비스라고 생각한다. 그리고 정치는 서비스여야 한다. 나는 초등학교 5학년 때 남북 통일과 세계 평화를 위한 새로운 이념을 꿈꾸었다. 나의 이상은 민주주의의 장점과 공산주의의 장점을 결합한 제3의 이념을 실현하는 것이었다. 그 꿈을 실현하기 위해 나는 정치가의 길로 들어섰다. 내가 꿈을 키워 가던 중 냉전 시대는 막을 내렸고, 그 싸움에서 민주주의가 사실상 승리했다. 이러한 세계 변화의 흐름을 지켜보면서 나는 내 어린 시절의 꿈이 옳았다는 것을 스스로 검증했다.

20세기 마지막에 등장한 『제3의 길』을 보면서 나는 그 점을 다시 한 번 확인했다. 『제3의 길』은 영국 사회학자 앤서니 기든스가 저술한 이론서다. 그는 저서를 통해 사회주의의 경직성과 자본주의의 불평등을 극복하려는 모델을 제시했다. 그의 이론은 영국의 토니 블레어와 독일의 게르하르트 슈뢰더 등 유럽 중도 좌파 정치가들의 이론적 배경이 되었다. 그의 이론은 좌우 대립의 극복뿐만 아니라 국가와 시민사회의 관계를 재정립하고 있다. 그 이론을 바탕으로 현재 여러 유럽 국가들이 사회민주주의를 시도하고 있다.

이념전은 끝났고, 나의 꿈은 현실 정치로 넘어왔다. 나는 현실 정치 측면에서 두 가지를 꿈꾼다. 그 첫째는 여전히 평화다. 이데올로기의 대결은 민주주의의 승리로 끝났으나 우리에게 아직 평화는 오지 않았다. 나에게 남은 과제는 남북이 전쟁 없이 평화를 이룰 수 있도록 초석을 다지는 일이다. 전쟁의 위기와 위협에서 벗어나는 일에 정치가의 역할은 막중하다. 이 같은 맥락에서 국민의 정부는 남북의 대결 구도를 협력 구도로 바꾸어 놓는데 지대한 공헌을 했다.

나의 두 번째 꿈은 정치를 서비스로 바꾸는 일이다. 이제 우리의 정치는 슬로건으로만 끝나서는 안 된다. 정치를 위한 정치적 싸움은 더 이상 용납될 수 없다. 과거에는 근본, 원칙, 정통성 자체가 문제였고

주요 국가정책에 대해
당과 정부가 심도 있는 논의를 하는 당정협의 때 모습.
협의를 하다 보면 국민을 위한 정치가 무엇인지
늘 생각하게 한다.

이를 고치지 않으면 아무것도 알 수 없는 상황이었으므로 정치적 싸움은 불가피했다. 군사독재를 향한 정치적 싸움은 정당했다. 그러나 군사독재에 항거하던 사람들이 정권을 잡은 지금 패거리 정치는 명분을 얻을 수 없다.

정치의 패러다임은 바꿔야 한다. 각 정당은 누가 얼마나 많이 국민들에게 편의와 혜택을 주느냐에 초점을 맞춰야 한다. 정쟁이 아니라 국민에 대한 서비스를 놓고 경쟁을 해야 한다. 국민을 피곤하게 만들고 짜증나게 하는 정치가 아니라 보다 많은 편의를 제공하는 생활 중심형 정치로 변신해야 하는 것이다.

# 언론에 비쳐진 전병헌

- 정책위 의장 인터뷰
- 언론이 평가한 의정 활동
- 언론이 보는 전병헌

한겨레, 2010. 06. 13

# 전병헌 "민주당, 더 진보적인 정책 짤 것"

전병헌 민주당 신임 정책위 의장은 13일 국회에서 기자간담회를 열어 "민주당 정책의 정체성을 좀 더 진보적이면서 자유의 가치를 확장하는 방향으로 가겠다."고 밝혔다.

그는 이날 "상위 5%를 위한 정책, 하위 10%를 위한 시혜적 복지주의 정책이 아닌 80%의 국민 다수가 정책의 수혜자가 되는 정책의 대중화가 민주당 정책의 핵심이 될 것"이라고 말했다.

그러면서 그는 정부의 △상위층 등을 위한 편향적 성장 정책 △소득하위 계층에 베풀 듯 펴는 시혜적 복지 정책 △아이티(IT) 산업이 아닌 토목산업에 치중하는 과거지향적 정책 △빚을 내서 운영하는 중앙정부의 재정 고갈형 정책 등을 수정하라고 촉구했다. 그는 "국민은 지방선거를 통해 이명박 정부의 정책과 국정 운영의 기조를 바꾸라고 요구하는데 정부와 여당은 인적 쇄신이 최종 목표인 것처럼 몰아가고 있다."고 지적했다.

그는 또 4대강 사업과 관련해 "골재 적치장 시행 허가권, 농경지 리모 델링 허가권, 환경영향평가, 문화재 재조사 등 야당 소속 지방자치단체 장들의 실질적인 권한을 활용해 4대강 사업을 치수를 위한 친환경 사 업으로 축소, 조정해가겠다."고 말했다. ⟨송호진 기자 dmzsong@hani.co.kr⟩

한국일보, 2010. 06. 13

# 민주 '3대 정책 현안' 정부·여당 압박

## ─4대강 저지, 세종시 수정안 철회, 친환경 무상급식

민주당은 13일 '4대강 사업 저지, 세종시 수정안 철회, 친환경 무상 급식 실시'를 6·2 지방선거 이후 3대 정책 현안으로 정했다.

전병헌 정책위 의장은 이날 취임 기자간담회를 열어 4대강 사업 문제에 대해 "지방선거를 통해 국민들이 심판하고 수정을 요구한 핵심적 사안"이라며 "민주당 등 야당 소속 지방자치단체장들과 협의해 실질적으로 사업을 저지하는 실천과 행동으로 옮겨나가겠다."고 말했다. 그는 구체적 저지 방안과 관련, "골재 적치장 인가권, 농경지 리모델링 허가권, 환경영향평가, 문화재 재조사 등 단체장의 실질적이고도 구체적인 권한과 책임을 활용하겠다."고 말했다.

그는 영산강 공사를 둘러싼 박준영 전남지사와의 이견과 관련해선 "이미 조율이 거의 끝났다."며 "전남, 광주 지역 출신 의원들과 박 도지사 간 비공개 간담회에서 의원들이 충분히 문제점을 지적했고 오해 소지에 대한 경고를 한 것으로 알고 있다."고 말했다.

전 의장은 세종시 문제에 대해선 "정부와 여당이 출구 전략 운운할

민주당 전병헌 신임 정책위 의장이 13일 국회 당 대표실에서 가진 기자간
담회에서 4대강 사업 저지와 세종시 수정안 철회, 친환경 무상급식 실시
등 민주당이 추진할 주요 정책들을 설명하고 있다.
〈오대근 기자 inliner@hk.co.kr〉

것이 아니라 세종시 수정안을 조용히 철회하는 것이 옳다."고 수정안 반대 입장을 분명히 했다. 또 친환경 무상급식과 관련해선 "민주당 교과위 위원, 광역단체장 등 관계자 연석회의를 통해 2011년에 무상 급식이 실천될 수 있도록 구체적 실천 계획과 예산 확보를 추진해 나 갈 것"이라고 강조했다.

민주당은 3대 현안에 대응하기 위해 중앙당과 지자체 간 정책 협력 시스템도 강화해 나갈 방침이다. 전 의장은 "정책의 일관적 추진과 역량 극대화를 위해 보다 내실 있는 지방자치 협의회를 구성, 운영하 겠다."고 말했다.

전 의장은 또 이명박 정부의 정책 기조의 문제점을 ▲편향적 성장 · 시혜적 복지 정책 ▲과거지향형 역주행 정책 ▲허장성세형 재정 정책 ▲대북 냉전지향 정책 등 4가지로 꼽았다. 그는 "서민 · 대중형 성 장 · 복지 정책, 미래지향형 산업 정책, 실사구시형 평화 정책이라는 3대 기조로 정부의 정책적 무능을 견제하겠다."고 강조했다.

그는 천안함 사태와 관련해선, "국회 특위가 자료 제출을 거부당하 고 정보 접근이 막히면서 문책받아야 할 당사자들이 장병들의 희생을 방패 삼아 개선장군처럼 행세하고 있다."며 "이들이 모든 사실을 왜 곡하고 있다면 국정조사가 불가피할 것으로 보여진다."고 말했다.

〈김영화 기자 yaaho@hk.co.kr〉

서울신문, 2010. 06. 11

# 전병헌 민주당 의원 "명료한 정책으로 승부…
# 4대강 우선 저지"

지방선거 이후 민주당에 부쩍 힘이 실리고 있다. 여전히 소수 야당이지만 '민심'이란 든든한 원군을 얻었기 때문이다. 민주당이 수권 정당으로 면모를 갖추기 위해선 정책으로 승부해야 한다는 의견이 많다. 그래서 민주당의 새 정책위 의장에 오른 전병헌 의원의 어깨가 무겁다. 그는 "정책위 의장을 꼭 해 보고 싶었다."며 속마음을 숨기지 않았다. 소수 야당의 정책을 총괄하게 된 그의 구상을 들어 봤다.

### ▶ 정책위를 어떻게 이끌 것인가

정책에 관한 한 민주당은 여전히 여야의 과도기에 있다. 아직 '여당 티'를 벗지 못한 셈이다. 정책의 방향과 원칙, 정체성을 분명하게 정해야 한다. 꼭 그 일을 하고 싶었다. 홍보가 충분하고 바로 집행되는 여당 정책과 달리 야당의 정책은 외면받기 쉽다. 국민이 '민주당의 정책은 이것이구나'라고 느낄 수 있게 명료해야 한다.

"명료한 정책으로 승부해 수권정당의 면모를 갖추겠다. 우선
4대강 사업을 반드시 중단시키겠다."

### ▶ 어떻게 하면 명료해질 수 있나

이슈를 선점하는 게 가장 중요하다. 그 뒤에 여당과 이슈 파이팅을 해야 국민에게 전달된다. 그동안 우리는 여당의 정책에 수동적으로 반응하는 '코멘트 정책'에 그친 측면이 있다.

### ▶ 선거 이후 4대강 사업이 가장 큰 정책 이슈로 떠올랐는데

선거 막판 민주당은 크게 두 개의 이슈로 승부를 걸었다. 첫째가 4대강 사업 반대이고, 둘째가 전쟁·평화론이었다. 두 이슈가 국민들로부터 인정을 받았다고 생각한다. 국민의 요구가 명확해진 만큼 4대강 사업을 중단시킬 것이다.

### ▶ 사업 중단이냐 수정이냐에 대해 논란이 있는 것 같은데

4대강 사업은 이명박 대통령이 임기 중에 제2의 청계천 환상을 실현시키기 위해 과다 예산을 투입해 환경을 파괴하는 개발 사업으로 정의할 수 있다. 여기에 해당하는 사업은 모두 중단돼야 한다. 지천 정비나 치수사업은 4대강 사업이 아니라 일상적인 사업이다.

### ▶ 중단시킬 방법이 있나

새로 당선된 우리 당 광역단체장 및 기초단체장과 협조하면 가능하다. 단체장이 4대강 사업 저지를 위해 행사할 수 있는 행정권이 어떤 게 있는지 면밀하게 검토하고 있다. 단체장-중앙당, 중앙당-지역위원회-단체장-지방의원 등으로 연결되는 '당정 협의체'를 구성하고 있다. 이 기구는 4대강 사업뿐만 아니라 우리가 승리한 지역의 지방정부를 효율적으로 지원하고 감시하는 역할을 할 것이다. 특히 부정부패 방지를 위해 최선을 다하겠다.

## ▶ 박준영 전남지사는 4대강 사업을 반대하지 않는다고 하는데

곤혹스러운 측면이 있다. 영산강만의 특성도 있다. 그러나 박 지사도 환경을 파괴하는 난개발에 찬성하는 게 아니라 치수 문제를 얘기하는 것으로 이해한다. 박 지사의 말을 과하게 해석할 필요가 없다. 계속 협의하면 조율이 가능할 것으로 믿는다. 설득시키겠다.

## ▶ 세종시 수정안은 어떻게 될 것으로 보나

원안에 찬성하는 한나라당 내 친박계 의원과 민주당 의원이 국토해양위원회에서 다수를 차지해 상임위 통과조차 불가능하게 됐다. 청와대는 출구 전략을 찾을 게 아니라 자진 철회해야 한다.

## ▶ 민주당이 북한을 옹호하는 듯한 인상을 줬다는 비판이 있다

북한이 천안함을 침몰시켰다면 당연히 강력한 조치를 취해야 한다. 그러나 천안함 진상 규명 과정이 정치적이고 정략적으로 이용됐다. 조사를 받아야 할 사람들이 조사를 담당했다. 국회 차원의 객관적 검증이 반드시 필요하다. 북한을 옹호할 생각은 추호도 없다.

## ▶ 여당이 개헌 이슈를 들고 나왔는데

개헌은 국가의 '백년대계'이다. 개헌 논의 필요성도 부인하지 않는다. 그러나 전국 선거에서 패배한 정부 여당이 국민의 요구에 아무런 반응도 없이 개헌 문제를 들고 나왔다. 진정성이 없다. 먼저 민심을 수용하고, 개헌 논의를 하자.

## ▶ 이번 선거에서 유권자가 민주당의 손을 들어 줬다고 보나

민주당이 좋아서 뽑은 게 아니라는 것을 잘 안다. 여당의 오만을 심판했을 뿐이다. 우린 국민에게 인정받을 수 있다는 가능성만 본 것이다. 정책을 통해 그 가능성을 현실화시켜야 비로소 수권 정당이 될 수 있다. 〈이창구 기자 window2@seoul.co.kr〉

조선일보, 2010. 07. 1

# 전병헌 "무상급식-보육복지 예산 확대해야"

　재선 의원(서울 동작갑)인 전병헌(52) 민주당 정책위원회 의장은 지난달 취임 후 줄곧 '중산층과 서민을 위한 정책'을 강조해 왔다.

　전 의장은 지난 28일 조선일보와 조선경제i가 함께 만드는 경제·투자 전문 온라인 매체 조선비즈닷컴(chosunbiz.com) 출범 기념으로 국회 민주당 정책위 의장실에서 가진 인터뷰에서 "현실적으로 통신 요금은 인하할 여지가 많다."며 이같이 말했다.

　전 의장은 또 "국가 재정 건전성을 높이기 위해서는 이명박 정부들어 인하됐던 소득세와 법인세 인하분을 환원해야 한다."고 말했다. 정부가 추진하고 있는 비과세 감면 축소 방안에 대해선 "부자 감세 환원 없는 서민 증세는 받아들일 수 없다."면서 "서민과 중소기업을 대상으로 하는 비과세 감면 축소를 반대한다."고 밝혔다.

　그는 오마바 미국 대통령과 이명박 대통령 정상회담 이후 제기되고 있는 '한-미 FTA 재협상' 가능성에 대해선 "매우 유감스럽지만 매우 잘못된 것"이라며 "단호하게 반대하겠다."고 못박았다.

전 의장은 서울시 뉴타운 추진 방향에 대해선 "역세권 중심 지역을 '고밀 복합지구'로 지정해서 용적률을 500%까지 늘려서 뉴타운 지역 원주민들이 재입주를 할 때의 경제적 부담을 절반으로 줄이도록 하겠다."고 말했다.

▶ **성장률이 올라가면서 정부 일각에서는 재정 확대와 금리 인하를 통해 썼던 부양책을 정상화하는 출구 전략을 써야 한다는 의견이 있다. 아직도 남유럽 사태 등으로 인한 불안 요인이 있어 신중해야 한다는 의견도 있는데, 민주당은 금리 인상 시기와 방향에 대해 어떤 생각을 가지고 있나**

"서민과 중소기업 부문에서는 아직 경기 호전을 체감하지 못하고 있다. 금리 인상이 단행됐을 때 서민들의 가계 대출과 중소기업 대출의 이자 비용이 늘어나는 등, 서민과 중소기업에 대한 자금 압박이 가중될 수 있다는 우려도 있다.

그러나 시중 부동자금이 800조에 이르고, 버블(bouble · 거품경제)이 일어날 수 있다는 우려가 있기 때문에, 서민과 중소기업에게 갈 압박을 살펴보면서 출구 전략을 신중하게 모색해야 된다고 본다."

▶ **부동산 경기 활성화를 위해서 총부채상환비율(DTI)과 주택담보인정비율(LTV) 규제를 풀어야 한다는 지적이 있다**

"시기상조라고 본다. LTV-DTI 완화는 부동산 시장에 거품을 일으켜 경제를 활성화시키겠다는 매우 위험한 생각이다. 진동수 금융위원장도 수도권 전체 DTI가 19% 수준으로 여유가 많다고 밝힌 바 있다.

또 LTV-DTI 규제는 수도권에만 규제가 이뤄지고, 지방은 해당되지 않는다. 그런 (규제 완화) 주장은 부동산 거품을 통해 경제를 활성화시키겠다는 의도에서 나오는 것이라 반대한다."

▶ **정부가 얼마 전에 발표한 건설사 구조조정 방안에 대해서는 어떻게 평가하나**

"건설업계가 어려워져서 일부 기업을 워크아웃(기업 개선작업)을 실시하는 등의 조치가 있었는데, 우리는 불가피한 조치라고 보고 있다. 그것에 대해서 특별히 문제시할 생각은 없다. 워크아웃을 통해 부실한 기업이 정리돼서 건설업계가 건강해져야 한다."

▶ **바람직한 부동산 가격의 방향은 무엇인가**

"지금 부동산 시장에서 집값은 비교적 하향 안정 추세를 보이고 있다. 지금 가격 움직임은 대다수 중산층에게는 도움이 되는 수준이라고 본다.

근본적인 문제는 전세값이 폭등하고 있어서 집 없는 서민들이 고통받고 있다는 것이다. 지난 참여 정부 5년 동안 평균 전세값 상승률에 비해 MB 정부 집권 후 전세값 상승률이 3배 이상에 이른다. 서민들이 2년마다 자기가 현재 살고 있는 평수나 주거 환경을 유지하기 위해서는 등허리가 휠 정도다. 전세값 안정이 중요하다."

▶ **세종시 안이 국회에서 부결돼 세종시 원안대로 사업이 진행되면, 수정안에 들어가 있던 '플러스 알파'는 어떻게 추진해야 된다고 보나. 없어져야 하는 것인가, 아니면 다른 시도로 가야 하는 것인가**

"세종시 원안을 담은 특별법은 2005년 3월 여야 합의로 국회에서 통과돼서, 이번 지방선거까지 모두 7차례 선거를 거치며 검증을 받았다. 9부 2처 2청이 이전하는 세종시 원안에는 행정도시에 자족도시

기능까지 더해져 있는 복합도시로 기능하는 도시가 형성되도록 계획
돼 있다. 때문에 지금 다시 원안으로 가면 플러스 알파가 없어지는 것
처럼 이야기하는 것은 또 다른 혼란을 일으키고 국론을 분열시키는
것이라고 생각한다."

▶ **이번 지방선거로 민주당 소속 서울 구청장이 많이 늘었다. 서울시 뉴**
   **타운 사업은 그대로 진행되는 것인가**

"서울시 뉴타운 사업의 대상 지역을 선정해서 추진한 것은 당시 이
명박 서울시장이었지만, 사업의 경제적 효율성을 높이기 위해 도시정
비촉진법을 만들어서 사업을 법적으로 뒷받침한 것은 여당이었던 열
린우리당이었다. 서울시민들의 주거 환경을 개선해야 된다는 민주당
의 입장은 확고하다.

다만, 뉴타운이 들어선 은평이나 길음지구를 보면, 원주민 재정착율
이 20%도 안 된다. 원주민들이 개선된 주거 환경에서 생활하는 뉴타
운이 돼야 하는데, 원주민의 80%를 내쫓은 개발이 됐다. 원주민들의
재정착율을 높이기 위해, 개발지에 우선 임대주택을 지어서 원주민들
이 개발 기간 동안 이곳에서 살다가 개발이 끝난 뒤 뉴타운 개발을 통
해 만들어진 주택에 분양을 받아 재입주할 수 있도록 '순환식 개발'
의 원칙을 지키겠다."

▶ **순환식 개발을 하더라도, 현재의 뉴타운 분양가로는 원주민들이 재**
   **정착하기에는 어려운 것이 현실 아닌가**

"그렇다. 지금 방식으로는 원주민들이 개발된 뉴타운에 재입주하기
에는 경제적 부담이 강하다. 그래서 작년에 저와 김성순 의원이 공동
발의를 해서 일부 법을 고쳤다. 대체로 뉴타운 지역의 용적율이 250%

이내로 돼 있는데, 저희가 고친 법에는 기존 기설이 비교적 단단하게 돼 있는 역세권 중심 지역의 뉴타운은 '고밀 복합지구'로 지정해서 용적율을 500%까지 늘릴 수 있도록 했다. 이 고밀복합지구에서는 용적율이 일반 뉴타운에 비해 용적율 한도가 두 배로 높기 때문에 지역 원주민들이 부담을 절반으로 줄여서 입주할 수 있다."

### ▶ 정부가 추진하고 있는 4대강 사업은 완전 중단해야 하는 것인가

"우리의 주장은 4대강을 완전히 하지 말라는 것이 아니다. 4대강 사업을 치수작업으로 국한하는 쪽으로 전환해야 한다는 것이다. 현재의 4대강 사업은 대통령의 치적을 쌓기 위한 사업에 불과하다. 게다가 여러가지 환경영향평가 등의 법적인 절차를 생략한 채 불법적으로 과속으로 밀어붙이고 있다는 문제점도 있다. 이런 점을 또박또박 법률적인 절차를 밟아서 사업을 진행해야 된다."

### ▶ 민주당이 지방선거 전에 통신료, 유류가격 등 생활 물가를 인하하겠다는 공약을 내걸었다. 이것을 위해서는 정부의 지원이 필요하다. 한정된 예산을 가지고 이런데 투입하는 것은 '포퓰리즘'이라는 지적도 있다. 어떻게 생각하시나

"현장 중심형 생활 정치를 한다는 맥락에서 7대 생활 물가를 관리할 방침이다. 이 가운데 통신료에 대해서는 정치권이 몇 차례 인하 약속을 해서 이른바 '단골 메뉴'처럼 들리는데, 현실적으로 통신료는 인하할 여지가 많다는 것이 우리 판단이다.

특히 소비자들은 가입비에 대한 불만이 많다. 연구개발을 위해 통신사들이 초과 이윤을 내는 것은 당연하다. 그러나 그동안 통신기반시설을 구축한다는 명분으로 부가했던 가입비는 폐지해야 된다. 경제개발협력기구(OECD) 회원국 중에서 이동통신 가입비가 없는 나라가 12개국에 이른다.

　가입비를 받는 나라 중에서도 우리나라는 평균 41달러인데, 미국은 36달러, 일본은 23달러이고 우리나라와 함께 IT강국으로 유명한 핀란드는 4달러에 불과하다. 핀란드에 비해서 열 배가 넘는 통신 가입비를 내고 있는 셈이다.

　기본 요금도 대폭 인하하거나 폐지하는 것이 바람직하다. OECD 평균이 연간 190달러인데, 우리나라가 연간 237달러이다. 가입비와 기본료가 매우 높게 책정된 것이다. 통신3사가 과점 체제로 출발하다 보니 이런 높은 요금 부과가 가능했던 것이고, 과점 체제를 개선하겠다고 했지만 여전히 미흡했던 점이 많았다는 것을 보여 주는 것이다. 포퓰리즘이 아니라더라도 통신요금을 낮출 만한 요건은 많다.

　자본주의 사회에서는 독점보다도 과점 체제가 가격을 높여서 초과 이윤을 볼 수 있는 여지가 많은 것이 사실이다. 독점 기업은 타깃이 되는 한 기업이 정해져 있기 때문에, 부당성을 지적하고 시정하는 데 명료하다. 하지만 관점은 준경쟁 체제이고, 상대적으로 각사를 대변하는 이익집단과 로비 단체의 영향이 크기 때문에 가격을 조정하기 더 힘든 여건이다. 대표적인 사례가 바로 통신사와 정유사들이라고 우리는 보고 있다.”

**▶ 얼마 뒤에 정부가 세제개편안을 발표한다. 소득세·법인세는 어떻게 해야 하나**

“이명박 정부 들어와서 법인세와 소득세를 인하했고 종부세 세율도 내렸다. 우리는 이것을 부자 감세라고 했다. 완화된 세율이 소득 상위 계층에 대한 제한된 혜택으로 이어졌고, 그 결과가 재정의 건전성을 훼손하는 것으로 나타났다. 국가재정 수입의 건전성을 위해서는 이 정부 들어와서 인하했던 법인세 소득세 인하분을 환원시켜야 한다."

▶ 정부가 재정 건전성 강화를 위해 각종 비과세 감면 조치를 정상화할 계획이다. 그러면 저소득층에서 세금을 내게 돼 있는데, 어떻게 해야 하나

"이번에 비과세 조치가 끝나는 품목이 약 50개이다. 대부분의 비과세 감면은 서민과 중소기업을 대상으로 하는 세제이다. 그래서 부자 감세에 대한 환원없이 서민들에 대한 비과세 감면을 없애는 것은 부자 감세로 인한 재정 손실을 서민 증세로 메우는 거꾸로 가는 세제이기 때문에 반대한다."

▶ 정부가 국세인 종합부동산세를 지방세인 재산세로 전환하려는 움직임을 보이고 있다

"종부세를 재산세와 합치게 되면 지역간 재정의 부익부 빈익빈 현상이 답습될 것으로 보인다. 양극화와 지역 간 불균형을 심화시킬 것이다.

재정 수입이 비교적 좋은 서울시에서도 자치구 간의 세입 차이가 커서 이를 완화하기 위해 공동재산세를 도입한 마당에 종부세를 지방세인 재산세로 전환하는 것은 합당한 조치가 아니다."

▶ 하반기 예산 편성을 앞두고 있다. 민주당에서 가지고 있는 원칙은 무엇인가

"기본적으로 세입내 세출 구조가 돼야 한다. 부자 감세를 환원해서 세입 기반을 확대하고 4대강 사업을 전면적으로 재검토해서 예산 투

입을 최소화해야 한다. 거기에서 절감되는 예산을 가지고 무상급식과 보육시설 확충과 같은 보육복지에 과감하게 투입해야 된다고 본다."

▶ 타임오프제 적용을 앞두고 노사관계가 불안해지고 있다. 환경노동위원회 소속 민주당 의원들은 법률 재개정을 요구하고 있는데, 그러면 지난 13년 동안의 논의 결과물을 뒤집는다는 비판을 받을 소지가 있다

"이 문제는 법률적인 조항도 중요하지만 노동현장에서 제도나 새로운 법률안이 어느 정도 강도로 받아들여지고 (노사) 합의가 이뤄지는지도 아주 중요하다고 본다. 정부가 노사정의 입장을 보다 적극적이고 주도적으로 조율해서 이 문제가 노동3권을 보다 완벽하게 보장하는 계기가 됐으면 한다."

▶ 그럼 재개정할 것까지는 없다는 의미로 볼 수 있나

"먼저 노사정에서 조율을 하는 노력이 필요하다. 또 지난번에 우리당 의원들이 아무도 들어가지 못한 상태에서 일방적으로 법안이 처리됐기 때문에 재개정할 노력의 필요성이 있다면 재개정해야 될 것이다."

▶ 이번 한-미 정상회담에서 한-미 FTA(자유무역협정) 재협상 문제가 언급됐다. 민주당 입장은 무엇인가

"매우 유감스럽지만 매우 잘못된 것이라고 보고 있다. 지난번 미국산 수입 쇠고기 문제는 촛불 시위로 국민적 저항을 불러 일으켰다. 두 차례나 재협상을 통해 조정한 사안이다.

그런데 천안함 사건에 대한 미국의 태도나 전시작전권 환수 기한

연장에 이어서 한-미 FTA 재협상이 나오는 일련의 흐름은 많은 국민들이 현 정부의 대미 관계에 대한 의혹을 품게 만드는 요소를 가지고 있다고 본다.

그렇게 의심하고 싶지 않지만 일련의 순서의 정렬과 흐름이 이면 거래의 의심과 의혹의 소지를 불러일으키고 있다. 그것이 아니면 하나 하나가 매우 중요한 사안들인데 정부가 매우 서투르게 다루고 있다는 인상을 주기에 충분하다. FTA 재협상은 반대한다."

내일신문, 2010. 06. 22
# 민주당 전병헌 정책위 의장

"생활 정치 국민 속에 뿌리 내리는 것"

7대 생활 물가 대책 마련… "휴대전화 요금 인하 · 반값 등록금 실현해야"

6 · 2 지방선거에서 여야는 민생 · 생활 정치를 외쳤다. 이에 맞춰 정치권은 서민 중산층을 위한 정책을 놓고 경쟁하게 됐다. 여야 정책위 의장을 통해 민생 정치의 구체적 계획과 실행 방안을 들어 봤다.

민주당의 전병헌 신임 정책위 의장은 '생활 정치를 중심으로 7대 생활 물가에 대한 지속적이고도 집요한 정책 추진'을 주장했다.

▶ 민주당의 '생활 정치'란 무엇인가

'생활 정치'는 정당이 국민 가계 생활에 직결된 부분에 대해 관심을 갖고 어떤 정책에 역량을 쏟을지 압축한 것이다.

▶ 민주당이 야당인 상황에서 '생활 정치' 추진에 실효성이 있냐는 지적도 있는데

전병헌 의원은
- 1958년생. 휘문고-고려대-고대대학원 경제학 석사
- 청와대 국정상황실장, 국정홍보처 차장, 열린우리당 대변인.
  민주당 전략 기획위원장 및 문방위 간사.
  2010년 6월 정책위 의장으로 임명됨.
- 17대 18대 국회의원. 지역구 서울 동작구갑.
  초선 때부터 '생활 정치' 주장. 민주당 '파워블로거'로도 선정.
  http://twitter.com/BHJun

정당이 메가폴리시(거대 담론에 대한 정책)을 주장하는 것도 중요하지만, 스몰폴리시(생활과 연결된 작은 정책)을 추진하는 것도 중요하다. 민주당이 야당 3년차로서 국민을 감동시키려면, 보다 선명하고 진보적인 정책을 선점해야 한다. 최근 7대 생활 물가 대책을 제시하고 실행에 옮기고 있다.

### ▶ 어떤 정책으로 물가를 잡겠다는 것인가

먼저 휴대전화 요금을 인하해야 한다. 가입비를 없애고 초당 요금제를 전면 도입하면 가능하다. 두 번째로 가계 대출 이자율을 낮춰야 한다. 신용등급별 가산금리가 어떻게 적용되는지 공개하도록 하고, 은행권의 금리 담합에 대해 강력하게 제재해야 한다.

### ▶ 통신요금은 기업이 정할 부분 아닌가

SKT가 초당 과금제를 이미 실시했다. KT도 국민 요구에 따라서 당연히 초당 과금제로 갈 수밖에 없다. 또 앞으로 국민의 20%가 스마트폰을 쓰게 될 전망이다. 스마트폰 요금 체계도 바뀌어야 한다.

### ▶ 공공요금이 인상될 조짐인데 대책은

세 번째 물가 대책이 공공요금 인상 억제 및 인하다. 7월 28일 재보궐선거가 끝나면 공공요금이 잇따라 인상될 것으로 보인다. 4대강 사업에 과다하게 투자되는 부분을 줄이면 공공요금 인상을 억제할 수 있는 재원이 마련된다. 네 번째 물가 대책으로 유류가격 인상 억제가 시급하다. 요즘 자가 운전자들이 휘발유 가격 때문에 스트레스를 받고 있다.

**▶ 유류가격은 환율, 수입 및 공급 체계, 현장판매 체계가 복잡하게 얽힌 문제인데**

유류비를 인상시키는 요인을 없애야 한다. 공정거래법상 문제가 되는 묵시적 가격 담합, 물량 제한 등의 낡은 관행에 대해 과감한 조치를 취해야 한다. 또 유류가에 영향을 미치는 환율 문제는 남북 문제와도 연관시켜 봐야 한다. 천안함 사태 이후 남북 관계가 악화돼 환율이 요동치고, 증시는 폭락하면서 유가 상승에 영향을 미쳤다. 남북 관계는 이념의 문제일 뿐만 아니라 곧 경제 문제다.

**▶ 교육비 인하도 주장했는데**

서민 가계 부담을 줄이기 위해 반값 등록금을 추진해야 한다. 가계 부담의 약 30%~35%를 대학 등록금이 차지하고 있다. 대학 등록금 총 규모는 약 2조 2000억 원인데, 이중 1조 원 정도만 공공재원으로 지원해도 서민들에게 약 15%의 가처분 소득이 발생한다.

**▶ 수도권 주택 문제가 심각한데 대책은**

민주당은 주택임대차보호법 개정을 통해 서민 전세금을 법률적으로 보장해 주는 방안을 시도했다. 앞으로 공공 임대주택을 확대해 전세값을 안정시켜야 한다.

**▶ 생활 물가 대책이 성공한다면 서민에게 큰 도움이 될 것이다. 야당으로서 어떻게 실행할 것인가**

구체적 현장 활동을 통해 민주당의 정책과 대안을 국민에게 알려나가겠다. 국민들이 이런 정책을 많이 알고 공감할수록 정치권에 대한 압박과 요구로 돌아온다. 한나라당도 집권 여당으로서 국민 요구를 더 이상 외면할 수만은 없을 것이다.

### ▶양극화 문제가 심각하다. 이명박 정부와 민주당 복지 정책 차이는 무엇인가

이명박 정부의 부자 감세는 5% 부자만을 위한 것이고, 시혜적 복지 정책은 하위 10%에게 돌아가는 내용이다. 하지만 민주당은 생산적 복지 관점에서 서민 중산층을 포함한 국민 80%에게 혜택이 돌아가는 정책을 만들고 의제를 선점하겠다.

### ▶당의 전당대회를 앞두고 다양한 목소리가 나오고 있는데

정당은 늘 쇄신해야 한다. 동시에 단합해야 한다. 7월 재보선 끝날 때까지는 우리가 6월 지방선거 승리 자산을 잘 활용해야 한다. 국민이 봤을 때 민주당이 쇄신하기 위해 노력하는지, 아니면 밥그릇 싸움을 하는 것으로 비춰지는지 생각해 봐야 한다. 재보선 이후 8월 전당대회가 있으니 어떻게 쇄신할지를 놓고 페어플레이하면 된다.

### ▶민주당이 지방선거에서 승리한 후 정책위 의장으로 임명됐다. 어떤 역할을 할 계획인가

지방선거를 통해 국민은 정권과 여당의 독주를 견제하고 강력하게 심판했다. 4대강 사업 중지, 세종시에 대해 더 이상 문제를 일으키지 말라는 민심을 드러냈다. 민주주의와 남북 관계를 더 이상 후퇴시키지 말라는 것이다. 앞으로 민주당은 국민에게 실질적 도움을 줄 방안을 마련해야 한다. 정책위 의장으로서 7대 물가에 대한 정책을 집요하고도 집중적으로 추진하겠다. 〈전호성 정치팀장, 전예현 기자 hsjeon@naeil.com〉

문화일보, 2010. 10. 13

## 〈주목! 이 議員〉 재정위 전병헌 의원, 예산 · 물가 문제 지적 '경제통' 변신

국회 기획재정위원회 전병헌(민주당 · 서울 동작갑) 의원은 올해 국정감사를 통해 '경제 전문가'로 거듭나고 있다. 이번에 처음으로 기획재정위를 맡으면서 이번 국감이 그에게 하나의 시험대가 될 것이라는 지적이 있었지만 예산, 물가 정책 등의 문제점을 조목조목 지적하면서 전 의원은 6년 연속 '국정감사 우수의원'이라는 그동안의 명성에 걸맞은 실력을 유감없이 발휘하고 있다는 평가를 받고 있다.

전 의원은 특히 당이 이번 정기국회에서 주요 과제로 생각하고 있는 4대강 예산 삭감과 관련해 문제점을 집중적으로 지적했다. 그는 국감 기간 중 국회 예산정책처와 4대강살리기사업본부 자료를 통해 정부가 최근 2년간 4대강 사업을 위한 토지 매입비로 지난해부터 올해 9월 말까지 전용한 예산이 6500억 원에 이르는 등 과도하다고 지적했다. 4대강 사업을 하면서 토지 보상비가 예상보다 많이 들자 다른 예산을 끌어다 쓰면서 공사 기간을 줄이려고 한다는 것을 밝혀낸 것이다.

전 의원은 국감 첫날인 지난 4일에는 직접 배추 등 농산물을 들고 나와 정부의 물가 대책의 문제점을 성토했다. 전 의원은 이날 윤증현 기획재정부 장관에게 "재정부는 고담준론을 논의하는 곳이 아니다." 면서 "실물경제의 고통을 해소하는 게 첫째 임무."라고 강조했다.

〈김병채 기자 haasskim@munhwa.com〉

아주경제, 2010. 10. 4

# 전병헌 "MB물가지수가 서민 경제 파탄 주범 돼"
## 52개 품목 19% 상승 물가 관리 실패 추궁

"2008년 3월부터 관리된 'MB물가지수' 52개 품목은 19.1%가 상승했다. 52개 중 가격이 하락한 품목은 4개밖에 없었다."

국정감사가 시작된 4일 기획재정위 소속 전병헌 민주당 의원은 답변을 위해 출석한 윤증현 기획재정부 장관을 시종일관 압박했다.

이날 첫 질의에 나선 전 의원은 직접 산 배추와 상추 등을 들고 나와 품목별 가격 변화를 조목조목 제시하며 물가 관리 실패를 집중적으로 추궁해 이목을 집중시켰다.

전 의원의 공세에 윤 장관은 "국감 질의 순서가 바뀐 것을 몰랐다."는 핑계로 제대로 답변을 하지 못하고, 통계청이나 기획재정부의 발표 '물가지수'와 실제 체감 가격의 차이가 있다는 지적에는 "일 리가 있다."며 수긍하는 모습을 보이기도 했다.

이날 전 의원은 "'MB물가지수' 상승 상위 10개 품목의 상승률은 72%에 달한다."며 "'MB물가지수'가 도리어 서민 경제 파탄의 주범

이 된 상황"이라고 비판의 목소리를 높였다.

그는 실제 통계청과 기재부 발표 '물가지수'의 가격 차이를 줄이기 위해서는 "'MB물가지수'나 '생활물가지수'라는 던지기식 발언을 할 것이 아니라 물가지수 발표시 '실가격'을 함께 발표해야 한다."고 직접 대안을 제시하기도 했다.

이날 치밀한 자료를 통한 날카로운 공격으로 윤 장관을 당황케 한 전 의원은 국감 첫날 첫 주자로서 '주전 공격수' 역할을 톡톡히 했다는 평가다.

전 의원은 이날 본지와 통화에서 "물가 폭등의 대책을 명확하게 규명하고 대책을 촉구하겠다."며 "이명박 정부의 국가재정 악화와 서민경제 파탄의 책임 규명을 명확하게 하는 동시에 서민 정당으로서 민주당의 목소리를 확실하게 내는 국감이 될 것"이라고 말했다.

〈박재홍 기자 maeno@ajnews.co.kr〉

시민일보, 2010. 10. 17

## '토론의 달인' 허 찌르는 송곳 질의에 장관도 절절

### — '민생 국감 스타' 전병헌 의원, "현 정부, 오로지 4대강 사업 등 불요불급한 분야에 예산 허비"

7년 연속 국정감사와 의정 활동 우수의원을 목표로 맹활약을 펼치고 있는 전병헌(서울 동작갑) 의원은 이번 국정감사에서도 각 언론의 스포트라이트를 받으며 '민생 국감 스타'의 탄생을 예고하고 있다.

재선의 전병헌 의원은 민주당 정책위 의장으로 그동안 당의 서민 정책과 민생 정책을 주도적으로 이끌어 왔다는 평가를 받고 있다.

실제 당내에서는 그를 '민주당 대표 논객', '실감나는 논리의 달인', '전략통', '아이디어 뱅크'라고 부를 정도다.

전 의원은 지난 6년 동안 연속 국정감사 및 의정 활동 최우수 의원으로 선정될 만큼, 왕성한 활동을 펼치고 있다.

이와 관련, 그는 〈시민일보〉와의 인터뷰에서 "이번 국감에서도 최선을 다하겠다."고 의욕을 보였다.

실제 전 의원은 문방위에서 기획재정위원회로 상임위를 옮긴 후 이번 국감을 통해 '실물 경제통', '민생 경제통', '서민 경제통'이라는 새로운 별명을 얻었다.

그만큼 매섭게 현장 경제 실태를 파고들며 정부의 정책 허점과 부실을 강력하게 질타한 사람도 드물 것이다.

해당 상임위 장관과 기관장들이 그 앞에서 진땀을 흘릴 정도였다니, 그의 질책이 얼마나 따가웠을지는 짐작이 가고도 남을 일이다.

다음은 전병헌 의원과의 일문일답이다.

▶ 이번 국정감사에서 가장 역점을 두고 있는 분야는?

저는 민주당 정책위 의장으로서 이번 국감에서 이명박 정부의 친서민 정책의 허구성을 파헤치고, 민주당이 참된 서민 정당으로서 대안을 제시하는 데 역점을 두고 있다. 현 정부는 친서민 정책을 한다면서도 이를 법과 예산으로 뒷받침하는 데는 반대하고 오로지 4대강 사업 등 불요불급한 분야에 예산을 허비하는가 하면, 부자 감세 등 가진 자만을 정책으로 일관하고 있다. 대통령이 내세운 공정 사회는 제대로 실천할 의지도 약하다. 이러한 실상을 파헤치는 게 가장 중요하다. 민생 국감에 초점을 맞추고 있다.

▶ 지난번 기획재정부 국감에서 배추, 상추 등을 시장에서 직접 구입해서 소비자 물가를 따져 언론으로부터 큰 주목을 받았다. 어떻게 그런 생각을 하시게 됐는지

기획재정부 장관은 대한민국 경제 사령탑이자 서민 경제에 직접적인 영향을 미치는 정책들을 입안 집행하는 책임 부서의 장이다. 그런데 정부는 경제 침체를 지적할 때마다 거시 경제적 차원에서 좋아지고 있다는 식의 거대 담론만 되풀이해 왔다. 그래서 경제 수장이 도대체 서민들이 매일 가는 시장, 마트 등에서 채소 값 등 소비자 물가가 치솟아 물가 폭탄을 맞고 있는 사실을 얼마나 잘 알고 있는지 확인하

고자 했다. 장관이 갑작스런 질문에 많이 당황해했다. 궁극적으로는 이른바 50개의 MB물가지수가 소비자 물가 상승률의 2.5배 높아졌음을 추궁했고, 현 정부의 물가 관리가 완전 실패했음을 조목조목 짚어나갔다. 그랬더니 이튿날 신문에 크게 보도됐고 일부 언론에선 '나 시장 직접 갔다 온 몸이야'라는 제목을 달기도 했다. 그 이후 각 상임위 국감장에선 배추, 무우가 중요한 국감 소품으로 유행하기도 했다.

▶ **최근 통계청 국감에서는 전 의원께서 우리나라 최대 인구조사인 센스서 인구 통계의 문제점을 지적하였고, 또 통계청장이 특임장관실에 언론 보도 확산 자제 요청을 했다는 성명을 발표하기도 했는데, 어찌된 일인가**

통계관련 전문학자로부터 제보를 받아 문제를 분석해 보니 결국 엄청난 인력과 예산을 들여놓고 제대로 사용치 않고 있었다.

5년마다 실시하는 센서스 인구조사에 수천억 원을 들이고도 공식통계로 사용치 않고, 사망률 추계도 과다해서 국민연금 고갈 시기 등 미래 정책 결정에 큰 혼란을 초래한다는 사실을 지적한 것이다. 통계청은 발칵 뒤집혔다. 청장이 직접 전 의원실로 달려와 해명했고, 통계청이 이례적으로 두 차례에 걸쳐 해명 보도자료를 냈다.

상당히 중요한 문제 제기였는데 통계청은 해명 자료를 두 번씩이나 냈다. 해명 자료를 내는 것은 자유지만 문제는 또 다른 데도 있었다. 통계청장이 특임장관실에 연락해서 언론 보도 확산 자제 요청을 했다는 것이다. 이는 과거 군사독재 시절에나 있을 법한 언론 보도 통제이고 그런 인식을 지닌 자체가 큰 문제가 아닐 수 없다.

▶ **전 의원께서는 4대강 관련 새로운 사실도 밝혀냈는데, 구체적으로 무**

슨 문제가 있는 것인가

현 정부가 밤낮으로 노래 부르는 4대강 사업은 금도를 넘어서 돈을 쓰고 있었다. 지난해만 2,746억 원을 전용한데 이어 올해는 9월 30일 현재 무려 3,762억 원을 시설비에서 전용해 토지 매입비로 활용했다. 2년간 전용액만 6,508억 원이다. 현재 토지 보상은 39%밖에 안 됐는데 올해 안에 추가 1000억 원 정도 더 전용이 예상되는 등 과다한 토지 매입비 사용이 확실하다. 또 4대강 토목공사에 대기업이 68% 가까이 공사수주 다해서 지역경제를 살리고 일자리 늘린다는 구호도 결국 헛된 구호였음이 확인됐다.

▶ **현 정부의 부자 감세 정책의 문제점도 예리하게 파헤쳤는데 어떤 시각으로 접근했는가**

현 정부 들어 종합부동산세가 2년 사이에 1조 7,995억 원이 감세됐는데 전체 감소분의 40%가 강남 3구에서 감세된 것이다. 실제로 강남 3구에서 7,701억 원이 감소됐다. 반면 간접세이자 소비세인 부가가치세만 지난 2년 동안 5.8%(43조 8,198억 원 → 46조 9,915억 원) 증가했다. 결국 서민 세금인 간접세만 증가하고 부자들은 감세해 준 꼴이다. 이것은 최근 불거진 국가재정 건전성 문제와 재정불안 문제와도 직결된 문제이기에 앞으로도 지속적인 논란이 될 것이다.

▶ **전 의원께서는 정치권에서도 유명한 IT 분야의 선두주자로 알려져 있다. 지난번 기재부 국감에서 장관이 인정할 정도로 기획재정부 어플리케이션 부실 운영 문제를 지적했는데?**

기획재정부에서 발 빠르게 각종 경제 정책, 지표, 정보 등을 스마트폰 시대에 맞게 운영하고 있는데 막상 들어가 보면 황당하다. 현재 미

연방준비제도 이사회 의장이 벤 버냉키인데 아직도 앨런 그린스펀으로 등재돼 있었다. DTI, 햇살론 등 현 정부가 많이 쓰는 시사용어도 등록조차 안 돼 있는 등 너무나 부실했다. 이런 점에 대해선 윤증현 장관도 인정을 했다. 조만간 개선되리라 믿는다.

▶ **민주당 정책위 의장으로서 각종 언론 인터뷰, 방송 토론 등에 단골 출연자로 '민주당 대표 논객', '토론 달인' 별명이 있던데, 특별한 비결이 있는가?**

아무래도 정책위 의장이라서 민주당 정책이나 현안에 대한 입장을 밝힐 기회가 많다 보니 방송, 언론에서 자주 찾게 되는 것 같다. 항상 공부하고 토론 준비를 나름대로 세밀하고 충실하게 하는 편이다. 토론이나 인터뷰 주제에 대해서 가능한 실질적인 문제들, 국민들이 필요로 하고 피부로 느낄 수 있는 현장의 목소리와 실태를 꼼꼼하게 체크하는 편이다. 좋은 사례들도 많이 찾고 준비에 상당한 공을 들이고 있다. 〈이영란 기자 joy@siminilbo.co.kr〉

일요서울, 2010. 10. 14

# "민생 국감 이끈 민주당 전병헌 의원"

**[국감 장면 #1]**

"장관, 이 배추가 얼마인지 아십니까." (기획재정부 국감 첫날 10. 4 전병헌 의원이 물가 폭등을 질책하며 한 질의)… 순간 윤증현 기획재정부 장관은 답변이 없었고 잠시 침묵과 국감장엔 수군수군대는 소리와 함께 장관에게 온통 시선이 집중됐다. 전병헌 의원은 국감장에 시장에서 직접 사온 배추, 양배추, 상추를 올려놓고 채소값 폭등에 대해 질의를 시작하기 시작했다.

답변을 머뭇거리는 장관을 향해 "배추는 1만 5천 원, 양배추는 8천 원, 상추 100그램에 3천 5백 원…", "대통령이 배춧값 오르면서 양배추 먹으라고 했는데 배추 한 포기 분량 김치 담그려면 양배추 2~3통이 필요하기에 양배추가 배추 대용이 될 수 없다."고 현실과 괴리된 대통령의 물가 인식을 질책했다.

이른바 이명박 대통령이 특별관리를 지시한 'MB물가품목' 50개의 "물가지수가 소비자 물가 상승률의 2.5배 높아졌다."고 추궁하며, 물

전병헌 의원은 국감장에
시장에서 직접 사 온 배추, 양배추, 상추를 올려놓고
채소값 폭등에 대해 질의를 시작하기 시작했다.

가 관리가 완전 실패했음을 조목조목 짚어 나갔다. 전 의원의 첫날 국감 장면은 이후 정부 물가를 따질 때 각 국감장에서 배추, 무우 등이 단골 소재로 등장하는 진풍경이 연출되기도 했다.

### [국감 장면 #2]

10. 7 국세청 국정감사장에서 전병헌 의원은 이명박 정부 들어 법인세와 소득세, 상속증여세 등 이른바 부자세는 줄고, 서민 세금인 간접세만 증가했다며 입증 자료를 제시하며 현 정부의 친서민 정책이 빈말임을 추궁했다. 전 의원은 "종부세가 지난 2년 사이 1조 7,995억 원이 감세됐는데, 전체 감세분의 40%가 강남 3구에서 감세된 것으로 강남 3구에서만 7,071억 원 감소했다."고 밝혔다. 이른바 '부자 감세, 서민 증세' 정책의 실체를 지적한 것이다.

민주당 전병헌 의원은 경제 정책의 핵심이자 민생 경제에 가장 큰 영향력을 지닌 기획재정부 대상 국감에서 초점을 서민 경제 등 생활 정치 실천에 주력하고 있다. 정부는 거시적 차원의 국가 경제, 세계 경제 속에서 한국의 위상, 통계 수치 등을 내세워 그런대로 잘 나가고 있음을 강조한다.

답변하는 장관도 쩔쩔맬 수밖에 없는 이유이기도 하다. 국감 첫날 기재부 장관을 대상으로 배추를 들이대며 서민 물가 폭등을 질책하자 장관도 진땀을 흘려야 했다. 이후 경제, 물가 문제를 다룰 때는 의원들이 저마다 죄 없는 배추, 무우를 들고 나오는 진풍경이 연출되기도 했다. 이른바 올해 국감을 배추 국감, 물가 국감으로 정부 물가 관리 실패를 부각시키는데 주연 역할을 한 것이다.

전 의원은 또 국세청 국감에서는 고소득 영업자, 대기업 등에 대한 부자 봐주기 세무조사의 실태를 지적하며 공정한 조세 정책, 친서민 국세행정을 주문하는데 주력했다. 조달청에서는 국정 최대 현안인 4대강 관련 전체 공사 중 50대 건설사가 낙찰받은 곳이 68%에 달한 반면 지역 토착기업은 38%에 불과하다는 통계를 밝혀, 지역경제, 중소업체 살리기, 일자리 창출이라는 명분의 유명무실함을 지적하기도 했다. 또 4대강 조기 속전속결 완공 위해 정부가 토지 매입비를 내년까지 6천 5백억 원을 추가 전용하여 사용하는 등 4대강에 과도한 올인을 하고 있음도 밝혀냈다.

전 의원은 이번 국감에서 사실 가장 큰 빅뉴스로 통계청 인구 통계의 문제점을 통계학적으로 접근, 치밀하게 분석하여 자료를 내놓았다. 통계청은 지난 2005년 센서스 인구에 1,460억 원을 들여 조사해 놓고도 공식 인구 통계로 사용하지 않는다는 사실을 밝혀낸 것이다.

5년마다 실시하는 센서스 인구조사에 수천억 원을 들이고도 공식 통계로 사용치 않고, 사망률 추계도 과다해서 국민연금 고갈 시기 등 미래 정책 결정에 큰 혼란을 초래한다는 내용이다. 이에 통계청은 발칵 뒤집혔다. 청장이 직접 전 의원실로 달려와 해명했고, 통계청이 이례적으로 두 차례에 걸쳐 해명 보도자료를 냈다.

전 의원은 작년까지 6년 연속 의정 활동 최우수 의원으로 선정된 재선의 민주당 전략통으로 불리운다. 현재 전 의원은 민주당 정책위 의장으로도 각종 방송, TV토론에 단골손님이기도 하다.

〈글 홍준철 기자 mariocap@dailysun.co.kr/사진 맹철영 기자 photo@dailysun.co.kr〉

# 물가 폭탄 어떻게 할 것인가?

전 의원이 던진 질문은 "윤 장관, 이게 얼마짜리 배추인지 아십니까." 였다. 부실한 자료, 증인들의 잇따른 불출석 등으로 국감 무용론에 대한 논란이 가중될쯤 전 의원은 단번에 부실 국감을 '민생 국감', '정책 국감' 으로 이끌며 국감 저격수로 맹위를 떨쳤다.

전 의원은 이 자리에서 전날 직접 산 배추와 양배추, 상추 등을 들고 나와 윤 장관에게 "이게 1만 5천 원짜리 배추고 양배추는 8천 원, 상추 100g은 3천 5백 원" 이라며 MB물가지수 52개 품목에 대한 관리 실패를 추궁했다.

또 전 의원은 "지난 2008년 3월부터 관리했던 MB물가지수 52개 품목이 무려 19.1%나 상승한 반면, 소비자 물가는 8.7%가 상승했다." 며 "이는 MB물가 품목이 오히려 소비자물가의 상승을 견인한 셈" 이라고 직격탄을 날렸다.

전 의원은 지난 7일 국세청 국감장에선 "MB 정부 출범 이후 종합부동산세가 2년 사이 1조 7,995억 원이 감세됐는데 강남 3구에서만

지난 4일 종합정부청사에서 열린 국회 기획재정위원회 국정감사에서
전날 직접 산 배추를 들고 나온 전병헌 민주당 의원이
MB 정부의 물가 대책을 강하게 비판하고 있다.

7,701억 원이 감세되는 등 종부세 전체 감소분의 40%가 강남 3구에서 이뤄졌다."며 MB 정부의 '부자 감세', '서민 증세' 등을 강하게 성토했다.

또 박영준 기획재정부 차관 등 MB 정권 특정 인맥들이 주도한 (사)한국경제교육협회 191억 원의 국고지원 실태, 민간인 사찰을 주도한 국무총리실 산하 공직윤리지원관실과 국세청의 밀월 관계 등을 지적하며 MB 정부의 난맥상을 정확히 짚었다는 평가를 받았다.

이뿐만이 아니다. 전 의원은 MB 정부 출범 초기부터 정국의 미증유의 위기로 몰아넣었던 4대강 사업과 관련해 2009년 한 해 동안 2,746억 원을 전용한데 이어 2010년에는 무려 3,762억 원을 시설비에서 전용해 토지 매입비로 사용하는 등 지난 2년간 전용액이 총 6,508억 원에 달한다고 폭로하는 등 올해 국감 이슈를 이끌었다.

전 의원은 국감 소회와 관련해 "올해 국감은 정부 여당의 무관심과 다양한 국감 방해 행위로 과거 정부의 투명한 정보, 자료 공개, 열린 국감 자세와는 달리 버티기, 언론 보도 통제, 증인 기피 등 닫힌 국감"이었다고 강하게 비판했다.

또 "MB 정부가 출범한 지 3년이 다 됐음에도 불구하고 여전히 현 정부는 '親대기업, 親부자 정책, 親특권의식' 하에 가진 자와 힘 있는 자를 우대하고 서민과 봉급자, 중소 자영업자의 호주머니를 털어 강에 뿌리는데만 몰두하는 등 국민들의 소리에 귀를 닫고 있다."고 성토했다.

그러면서 "민주당 정책위 의장으로서 진정한 서민 정책 실천을 위한 법과 제도 마련에 총력을 기울이고 민생 해결에 역점을 둘 것"이라며 "향후 평소 소신처럼 생활 정치 중심을 위한 서민 경제, 실물 경제에 대한 분석과 대안 제시 등을 계속해 나가겠다."고 밝혔다.

〈최신형 기자〉

# 합리적 온건주의자로 당 안팎의 기대 모으는 재선 의원-전병헌

## — '생활 중심 정치' , 발로 뛰는 정책을 내놓아

" '생활 중심 정치' , 발로 뛰는 정책을 내놓아 정무위 국감에서 피감기관으로부터 호평"

[국감인물] 정무위 전병헌 의원 (내일신문, 2004. 10. 20)

"전병헌 의원(민주당)은 합리적 온건주의자로 당 안팎의 기대를 모으는 재선 의원"

[국감인물] 문방위 전병헌 (연합뉴스, 2008. 10. 06)

"현안 꿰뚫고 있다는 평, 송곳 질문으로 피감기관 관계자들은 긴장"

[국감인물] 전병헌 민주당 의원 (서울경제, 2008. 10. 06)

"싸우면서 공조할 줄 아는 선량… 격전지 문방위서 발군의 실력"

[국감스타] 민주당 전병헌 의원 (문화일보, 2008. 10. 07)

"근거 있는 비판과 합리적인 대안을 제시하는 '올라운드 플레이어' "

[국감인물] 문방위 전병헌 (연합뉴스, 2009. 10. 11)

"국감에서 대형 이슈 제기를 통해 일거에 여권을 궁지에 모는 민주당 의원들, 전병헌 의원은 청와대 기금 출연 요구 의혹 제기로 초반 국감을 주도했다는 평가"
민주, 새로 뜨는 국감장 '新저격수' (연합뉴스, 2009. 10. 11)

"'신(新)저격수 부대' 화력을 과시, 전병헌 의원 국정감사를 달아오르게 했다"
민주당 新저격수 맹활약 (매일경제 2009. 10. 11)

"전병헌 민주당 의원이 제기한 자료를 바탕으로 단독 보도된 〈청와대, 통신3사 압박 250억 기금 요구〉, 언론의 큰 반향을 일으켜"
문방위 '이슈 메이커'는? (미디어오늘, 2009. 10. 15)

"국감 베스트 '꼼꼼한 저격수' 전병헌 의원"
[국감베스트] '꼼꼼한 저격수' 전병헌 의원 (아시아경제, 2009. 10. 16)

"'문방위 지킴이' 역할을 톡톡히, '송곳 질의'를 하기로 유명"
가깝고도 먼… "우린 문방위 지킴이" (한국경제, 2009. 10. 20)

"한나라당 의원들로부터도 '부적절하다'는 공감을 끌어낸, 소위 '한 방'을 터트린… 국감 스타"
국정감사 돋보인 인물 누구? (경향신문, 2009. 10. 23)

"세심하고 꼼꼼함 활동 덕에 과거부터, 리베로 꼼꼼한 저격수, 올라운드 플레이어라는 별명을 가지고 다니는 전병헌 의원, 행정부의 비리 및 정책에 대한 폭로 및 지적을 통해 성공적인 국감을 이끌었다는 평"

[국감스타] 문화체육관광방송통신위 민주당 전병헌 의원

(폴리뉴스, 2009. 10. 24)


"국정감사 보도 중 단연 돋보인, 파괴력 으뜸은 전병헌"

파괴력 으뜸은 전병헌 (오마이뉴스 2009. 10. 27)


"정부 친서민 정책 허실 따져 서민 고통 해소 기여, 정책위 의장으로서 제1야당의 친서민 행보를 주도"

[국감인물] 재정위 전병헌 (연합뉴스 2010. 10. 04)


"6년 연속 국정감사 우수의원 명성에 걸맞은 실력을 유감없이 발휘"

재정위 전병헌 의원, 예산·물가 문제 지적 '경제통' 변신 (문화일보, 2010. 10. 13)


"야당 주포로 맹위, '민생 국감' '물가 국감' 이끌어"

정책국감 실종 속 본보 선정 우수의원 10人은 (세계일보, 2010. 10. 21)


"가장 눈에 띄는 인물들은 '저격수형' 의원, 전병헌 민주당 의원… 이슈를 선도"

밋밋했던 국감에도… '송곳' 질의 의원 돋보이네 (한국경제, 2010. 10. 22)

아시아투데이, 2010. 11. 23

# 전병헌 의원, 전지원 부녀 진실 토크

"지금 선거철이라 정신없이 바빠요. 제가 총학생회장으로 선거관리
위원장을 맡고 있거든요. 어제도 집에 못 들어갔는데…."

"너 이 자식, 아빠 만난 첫 마디가 선거 얘기야? 으이구."

"선거 첫날부터 흑색선전으로 과열돼서 전 지금 머릿속에 그 생각
밖에 없어요.(웃음)"

햇살이 눈부신 늦가을 대학가 카페에서 만난 정치인 아버지와 총학
생회장 딸의 유쾌·통쾌·솔직 토크는 이렇게 시작됐다.

제1야당 민주당의 정책 사령탑, 전병헌 정책위 의장과 딸 지원 양은
고려대 정경대 선후배 사이로 전 의장이 정치외교학과 77학번, 지원
양은 경제학과 06학번이다.

호랑이가 상징인 고려대에서 정경대는 '호랑이눈-호안(虎眼)' 이라
부를 정도로 날카로운 사회 비판과 현실 참여가 활발했다.

그래서일까. 짙은 눈썹과 안경 너머로 보이는 작지만 날카로운 눈
매, 다부진 말솜씨. 아버지와 딸은 붕어빵처럼 똑 닮았다.

## Special Report

커피잔 '건배'
민주당 정책통

전병헌 의원-전지원 부녀의 솔직토크

소주 2병 '꿀떡'
고려대 총학회장

# "아빠한테 85점이 뭐냐?" "그것도 많이 봐드린 거예요!"

**진행=수 진 정치부 차장**

"지금 선거법상의 정치업이 아빠로, 제가 총학회장이나 선거 관리위원회를 맡고 있기 때문에, 어떤 것에 좀 참여하는데…"

"너 처음에, 아빠 선거 할 거라고 선거 때 나왔잖아?"

"선거 캠페인의 촛불집회는 괜찮은데… 전 지금 대상에서 굉장히 조금씩 시작하는데…"

해당이 오후를 넘겨버릴 대학가에서 시작된 정치권 아빠와 총학회장인 딸의 만남은 솔직 솔직토크로 이어졌다.

개그맨 민주당 정책위원장, 전병헌 정책위원장과 지원양은 고려대 정치외교 선거에 수시로 연락을 담이지만 만남은 드물다. 그래 대학로 인근의 한 사무실 남편으로 눈에, 이 두가 있는데, 아버지의 딸은 90여명이 될 듯싶다.

전 의원은 고려대 특정팀의 생각을 위해 매일의 시간이 지나고 막고 자식스러웠다. 한번없이 가득스러웠던 마음이 담긴 도봉. 국회의원 아버지의 시스템을 본 적 없고 고려대 총학 회장의 시스템이 안 될 듯이 '연봉에' 1년으로 임박했다. 그에게 정치판이 "연봉에" 봐 위치하는 곳 없는 질문에 중요한게 "연봉에" 1년로 생동한 마음도 표현하다. 그라 오래 동안 아버님과 친어로 정치얘기 뭘 했지만… 중요한게 "연봉에 마음 가 아니나" 손주가 개 새로운 한 남일이.

시간이 짧아 이야기 뭐나 긴의 대화는 웃음과 사색과 진행됐다.

- 오랜만에 대화하며 오시니까 기분이 어떠세요?
전 의원 "제가 주로 고나기나 시골에도 정일되며 야하귀라 의원 때 알았는데, 지금 저희가 열면이나고 지나는 '자료디고'이고. 다른 단대들에게 어린애에게 화이팅 당신한 곳에 1년 경조자와 경제위로 생각한…총학위원장이야 '연봉에 사실이고… 그러게, 막선되 당해 열심히 참여도 나갔야 참여하는 일이 알아서 더 작성하는데."

지원 "아빠치이 청소년처 생각 안 나요 한번에도. 그리고 그 연봉에 저 참여하는 일이 있는데 전 참여한 아빠 얼마 아예야 아예에 얼마의 생각하게 하다. 있는데 여러 정점을 당시하는데… 작성부에 생각한 정점에 열심히 참여하나요?"

- 총학회장이 됐던 데 아빠지가 힘이 도움주시나요?
지원 "처음에 그냥 착성해서 1된 자연한 아빠지가 하나 결과를 했다. 선의했든지 "총학지원" 이야말이. 자리도 과 후보지 했다… 그러 지면 동생 덕동은 고려고… 일거는 강조하고 제공 개 새로운 한 남일이."

- 이제부터 대학활동에 참수를 준다면 몇 점 줄까?
지원 "그게 참 어려운 질문이네요. 아빠에 100점 만점에 85점 정도요. 전 민주주의가 매우 중요스러운데, 제는 이익 참고에 정부 전에 참 촛불 건에도 반성이 된 참, 정말 일 주의 경제에 뭐 얼마의 참여 그러게 아예와 두번데 시스템이 자기 위기 넣 때문이고요."

전병헌 "앞으로 주요해도, 특히 한참여에 조금 정도, 이 덕행 봐준 뭐 같아요. 목마래 무엇것 경제에 뭘 참여하고 있는데, 그러게, 막선된 당해 열심히 참여한 것이 조금부에 생각에 필요한 거 아니시 경제에 알아 위조이 없다."

- 특 민주당 원다르면 정답을 드리겠나요? 연봉에 달가운가?
지원 "민주당이 활동을 딸만 구조 하네 비중해다면, 그정도 지금 주게 많은 일, 덕동에 걸어 정부 구조니과 거울스, 중요보는데, 아예 이게 뭐에 어떻 상처 일거에 입장에 정점에 한 대당게 알아이 제가 있는데… 연봉에 막선되 이게뭐 같이 필요다는 뭐 정점이 든 상처 함이를 다 되게 드는데, 정점이 알아게."

- 혹시 지원양이 나중에 정치 참 불릴까 봐 두려운 적은 없었나요? 이렇당이 보면 결과는 거예요?
지원 "총학지원에 당선되고 전 참 사람들로부터 1년 참 됐었고 참 내 정치를 너무 LEO 어색한 건 같아요. 과게 저 어려운데, 등 초보 활동을 하거는데 '정치에다 뭐 같아에' 그러 나 초보에 '뭘 느껴봐요, 정말 당당하게 뭐 1거 스트레스가 장 더 없는 상사지거에 제 건 같아요. 작은 스트레스는 참 것 같아요. 정치가도 없 명점받아요. 그래나갈이 아예든 '상처받게 참고 장대위로에' 있는데…"

- 지금 취업을 힘들고 있는데 대학생, 젊은 청소년들 '아빠에' 꼭 부탁많던 아빠지와 정책을 부탁한는 거요요?
전병헌 "꽃 년 전부터 소리 생각하면 더욱 지금 지적들 안별도, 좀 지까는 저희만 생각이 과하 상처 참 긴다는 건 전에, 먼구 들어 구제봤어봐 같은 냉 정대에스든 참여만 참 있어있고 이게 그 스트레스, 생각한 좀 너내를 풀어는 것도 있고, 참어고 그걸 내 자식에게 부조건 정점에 알아 주어든지, 꼼만 뭐 참 막은나 참 연봉에 한 남일에서 참 긴다. 그리고 여러 상처의 다다 참 중요한 생각에 부조건 정점되면 한 남일이고 안별도, 제가 '연봉에' 도 수 주 나요. 그라 얼마이에 참여에 뭐 이러참이다 뭐 쉬에, 정부 정권정치로 함 실명한 손주에 이라 정점, 그라 스로 참여이게 참어게 느 구개나큰 제점제에.

- 정치의 아버지에게 바라는 게 있다면?
전병헌 "아예에 소장이고 3배산 동아일보 참다기 문제되도 함양 어르게 있어요 지금에서 참 많이 하고 싶는 덜요 그래서 어제 잘 민속에 참과 참 같은 참다. 그래서 여러 공들은 참 간 격에서는. 정정 참나 정점 앞에 참여이게 참가기에 가끔으로 참여한 참 제자도 '연봉에 마음으로 참여 힘한에' 아예에는지 저 참전에 참더 나, 채용이 아예에는 잔 정점 아예든. 그라고 개경제에 참 어든 것도 참여이게 참어게 느 구개나큰 제점제에.

전병헌 비서 나 참어게 손구 참어에 참여게 참과 막선에 정부 막선이에 '연봉에' 참주일 참여에 참어에 참여한 그래서 여러 참 참어게 참여도 막선에.

지원 "아예에 참 참여든 막선에 참 쉬게 앞에, 막선되. 지금 이런 참었어요. 그런데 참어에 참이 참어게 참여든 막선에 아예든 참어게 참과 '막선에 바른 참여로 연봉에 참여든지 참어게 참어게 참어에 참여게 참과 참여게 참어든 아예든, 그러고 개정참들 참어게 참여든.

전병헌 비서 나 참여든 손구 참어에 참여게 참과 막선에, 참과 참여든 참여에 참어든 참어든 참여게 참여든 참여에 참어든 참여게 참여든.

지원 "이렇게 참 참어게 참여든 참여에 참여, 참여게 참여든 참여에 참여든 참여게 참여든 참여에 참어에 참여든. 그참여든 참여에 참여든 참여든. 이참여든 참여, 참여든 참여든 참어에 참여든 참여에 참여든 참여에.

/사진=송의물 익관자 dmvbwin

너무 억현 야당이라고?
싸움을 안하는구나~
아빠에게 96점은 화야지

'초심을 잃지 않는 정치가
마음으로 만드는 정책'
네 딸 가슴에 새기렴

제1야당의 정부견제 필수
구성은 높여서 뵈나요
소수일수록 더 잘해요

민탄탄 놀린 청년실업 대책
고용 숫자 늘리기에 불과
정말 필요한 건 '좋은 직업'

전 의장은 고려대 학생들의 권익을 위해 열심히 일한 딸이 대견하고 자랑스러우면서도 한켠으론 걱정스러운 마음이 앞서는 듯했다.

국회의원 아버지로 인해 딸은 지난 선거 기간 중 "고려대 총학생회가 민주당의 시녀가 될 수 있다."는 네거티브 선전에 휘말리기도 했고, 보수 논객 지만원 씨에 의해 '연좌제' 낙인도 찍히는 등 상처를 많이 받았기 때문이다.

그러나 오히려 딸 지원 양은 아버지가 '담대하게' 정치가의 길을 갔으면 좋겠다며 위로했다. 그러면서도 "야당이 너무 약한 거 아니냐."며 매섭게 한 방 날렸다.

1시간 가량 이어진 부녀 간의 대화는 웃음꽃 속에서 진행됐다.

진행: 주 진 정치부 차장

▶ 오랜만에 대학에 오시니깐 기분이 어떠세요?

**전 의장** "제가 학교 다니던 시절에는 정경대에 여학생이 5명밖에 없었는데. 지금 여학생이 절반이라고 해요. 엄청난 '격세지감' 이죠. 다른 단과대에서 여학생이 회장에 당선된 경우는 있는데, 정경대에서 경제학과 여학생이 총학생회장에 당선된 것은 지원이가 처음이에요. 자랑스러워요. 그래도 학생회 활동 때문에 집에 못 들어오거나 나보다 늦게 들어오는 일이 잦아서 걱정돼요."

**지원** "아버지는 잔소리는 많이 하시는 편이에요. 그렇다고 '뭐 언제까지 들어와라' 는 식으로 강압적이진 않아요. 1년 동안 이해를 많이 해 주셔서 감사했어요. 제가 원래는 늦게 다니지도 않고 학교와 집만을 오가는 딸이었어요. 처음에는 부모님이 적응을 잘못하셨는데,

어쨌든 나중에는 적응을 하셨어요.(웃음)"

▶ **총학생회장 출마 때 아버지가 많이 도와주셨나요?**

**지원** "처음엔 그냥 학생회에 대한 막연한 불만을 느끼다가 불만만 하면 의미가 없다고 생각해서 직접 나서 보자 생각해서 시작했어요. 제가 기반이 있었던 것도 아니고 학생회를 했었던 것도 아니었어요. 친구 2명이랑 맨땅에 헤딩하는 심정으로 도전했어요. 아빠가 걱정을 하시긴 했는데, 도와주시지는 않더라구요. 당선 가능성이 없다고 생각하셨나 봐요.(웃음)"

**전 의장** "막상 선거에 들어가니 안쓰러웠어요. 선거 막바지에는 아버지가 민주당 국회의원이라는 것이 쟁점이 됐죠. '민주당의 시녀가 될 것' 이니 '연좌제이다' 등의 비난의 글들이 학교 홈페이지에 올라오고, 언론에서 떠들고. 아버지로서 아이가 상처를 받을까 봐 미안했어요. 그런데 네거티브 선전에 넘어가지 않는 유권자들의 판단도 현명했고, 딸도 담대하게 잘 이겨내더라구요.(웃음)"

▶ **아버지의 의정 활동에 점수를 준다면 몇 점 정도?**

**지원** "그거 좀 어려운 질문이네요.(웃음) 100점 만점에 85점 정도요. 전 (민주당이) 매우 불만스러워요. 저는 제1야당이 정부 견제를 좀 더 강하게 했으면 좋겠어요. 물론 어려움이 많은 것은 알지만 그럼에도 불구하고 국민들이 기대하는 바가 있기 때문이죠."

**전 의장** "95점은 주셔야죠. 학교 회장이라서 10점 정도 더 적게 부른 것 같아요. 하지만 비판을 무겁고 겸허하게 받아들입니다.(웃음)"

▶ 혹시 민주당 외 다른 정당을 지지하나요? 민주당 보기에 어때요?

　지원 "민주당의 활동을 보면 구호 속에 치중됐다는 생각을 지울 수가 없네요. 방향성을 잡는 것이 구호니까 구호도 중요하죠. 여당이 너무 커서 어쩔 수 없다고 하는데 야당이 현실적인 힘이 없어 보여요. 다수일 때 잘하는 것은 당연해요. 민주당은 이때 오히려 더 잘하도록 노력해야 해요."


　전 의장 "딸이 민주당 국회의원 아버지를 둬서 한계와 고충을 잘 이해하는 듯하더니 일반 시민으로 돌아가서 다시 야당을 가격하네요. 정신이 없네요."


▶ 지금 취업을 앞두고 있는데, 대학생, 젊은 청년들을 '이태백'으로 부르잖아요. 아버지께 정책을 제언한다면?

　지원 "몇 년 전만 해도 소위 명문대를 다니고 있어 취업 걱정을 안 해도 될 거라는 막연한 믿음이 있었어요. 하지만 지금 선배, 친구들이 구직 활동을 하는 걸 보면 명문대조차도 취업하기 힘들다는 걸 느껴요.

　현재 정부의 청년 취업 정책은 숫자 놀이에 불과해요. 무조건 취업률 높이고, 취업자수 늘리면 된다는 식 같아요. 정말 실업난을 해결하려면 젊은 사람들이 진짜 원하는 직업들이 생겨야 해요. 정부 청년 인턴직 활성화 방안만 해도 그래요. 그냥 스펙 쌓는 거 하나 도와주는구나 그 정도로밖에 생각이 안 들어요. 인턴은 인턴이에요. 별로 현실성 없는 정책이죠."


　전 의장 "지원이가 지금 중요한 이야기를 했네요. 유전적 성질이 비슷해서 그런지 저랑 생각이 똑같네요.(웃음) 정부에서 10만 행정 인턴 자리를 만들어 놓고 청년 일자리 문제를 해결했다는데 부끄러운 일이에요. 청년 실업 대란 상황에서 가장 중요한 것은 신세대 청년들이 하고 싶어 하는 일자리를 많이 만들어 내는 것이라고 생각해요. 야당의 정책적 용어로 본다면 질 좋은 일자리를 만들어 내는 것이죠. 임시직이나 인턴직을 가지고 청년 일자리를 만들어 냈다고 말하는 것은 청년들을 무시하는 태도라고 생각해요."

▶ 혹시 지원 양은 나중에 정치를 할 생각이 있어요? 의장님은 딸이 정치한다고 하면 반대하실 건가요?

지원 "총학생회장 당선되면서 언론이나 주변 사람들로부터 가장 많이 받은 질문인데요. 저는 정치가 너무 어려운 것 같아요. 선거 치르면서, 또 1년 동안 활동하면서 '정치하는 사람은 따로 있구나' 하는 걸 느꼈어요. 정말 담대해야 하고 스트레스도 잘 안 받는 성격이어야 할 거 같아요. 저는 스트레스를 많이 받는 성격이라 많이 힘들었어요. 그래서인지 아버지는 '상처받지 말고 담대해라' 라는 말을 많이 해 주셨어요."

전 의장 "전 아이들이 자신이 하고 싶은 일을 했으면 좋겠어요. 그 일이 정치든 청소부든 자기 적성에 맞는다면 전혀 반대할 생각이 없어요."

▶ 자녀들과 가끔 술잔을 기울이기도 하는지?

전 의장 "나는 커피잔 가지고 건배하는 걸 좋아하고, 지원이는 소주잔 가지고 건배하는 것을 좋아하죠.(웃음)"

**지원** "예전에 속상한 일이 있어서 아버지와 함께 술 한 잔 하자고 포장마차에 간 적이 있었는데 소주 두 병 시켜서 아버지는 한 잔 먹고 나머지를 제가 다 마셨어요.(웃음) 아버지는 계속 안주발만 세우셨죠.(웃음)"

**전 의장** "저는 주말 저녁은 꼭 가족들과 식사하고, 한 달에 한 번씩은 팔순 어머니와 온 가족이 함께 극장에 가서 영화 관람을 꼭 하는 걸 제1원칙으로 생각해요. 요즘 지원이가 일요일에도 학교엘 가는 바람에 가족 식사, 영화 관람을 자주 빠졌거든요."

▶ **정치가인 아버지에게 바라는 게 있다면?**

**지원** "아버지는 초등학교 5학년 때부터 정치가를 꿈꿨다고 들었어요. 많은 사람들에게 많은 혜택을 주고 싶으셨다고요. 그때의 마음을 늘 간직하는, 항상 초심을 잃지 않는 정치가가 되셨으면 좋겠어요. 머리가 아닌 마음으로 정책을 펼치는 아버지가 되었으면 해요. 마음을 이해하는 것이 가장 어려운 거죠. 그리고 개인적으로 건강을 꼭 챙기셨으면 좋겠어요. 몸을 돌보지 않고 일에만 매달리시는 거 아닌가 걱정돼요."

전 의장의 눈시울이 순간 붉어졌다. 딸의 어깨를 지그시 감싸 안으며 "고마워." 미소를 지었다.

**전 의장** "'마음으로 정책을 만들어라' 라는 말. 가슴에 와 닿네요. 특히 지원이 같은 대한민국의 젊은이들이 자기가 하고 싶은 일을 마음껏 할 수 있는 세상을 만들기 위해 노력하고 싶어요. 그게 바로 정치가 해야 할 몫이 아닐까요?"

전병헌 정책위 의장은…

전병헌 민주당 정책위 의장은 대학 졸업 직후 평민당·민주당 편집국장과 조직국장을 맡으면서 정치에 입문했다. 그 뒤 김대중 정부 청와대 정무비서관과 정책기획비서관, 새천년민주당 정책위 상임부의장을 거쳐 현재 제1야당 민주당의 정책 사령탑을 맡고 있다.

전 의장은 2004년부터 2008년까지 4년 연속 입법 활동 및 국정감사 우수의원, 2008년에는 의정대상을 수상했다. 같은 해에는 한국 남성 컬렉션에서 선정하는 베스트 드레서로 선정되기도 했다.

〈강소희 기자 shkang@asiatoday.co.kr, 최용민 기자 yongmin03@asiatoday.co.kr〉